U0510301

シャンハイ

魔都

SHANGHAI

[日]
村松梢风
著

徐静波
译

上海人民出版社

图书在版编目(CIP)数据

魔都/(日)村松梢风著；徐静波译. —上海：
上海人民出版社，2023
ISBN 978-7-208-18280-6

Ⅰ.①魔… Ⅱ.①村… ②徐… Ⅲ.①游记-作品集
-日本-近代 Ⅳ.①I313.64

中国国家版本馆 CIP 数据核字(2023)第 083919 号

责任编辑 张晓玲 张晓婷
特约编辑 肖 峰
装帧设计 陈绿竞

魔都
[日]村松梢风 著
徐静波 译

出　　版 上海人民出版社
(201101 上海市闵行区号景路 159 弄 C 座)
发　　行 上海人民出版社发行中心
印　　刷 上海盛通时代印刷有限公司
开　　本 889×1194 1/32
印　　张 9.75
插　　页 5
字　　数 183,000
版　　次 2023 年 7 月第 1 版
印　　次 2024 年 3 月第 2 次印刷
ISBN 978-7-208-18280-6/K·3284
定　　价 68.00 元

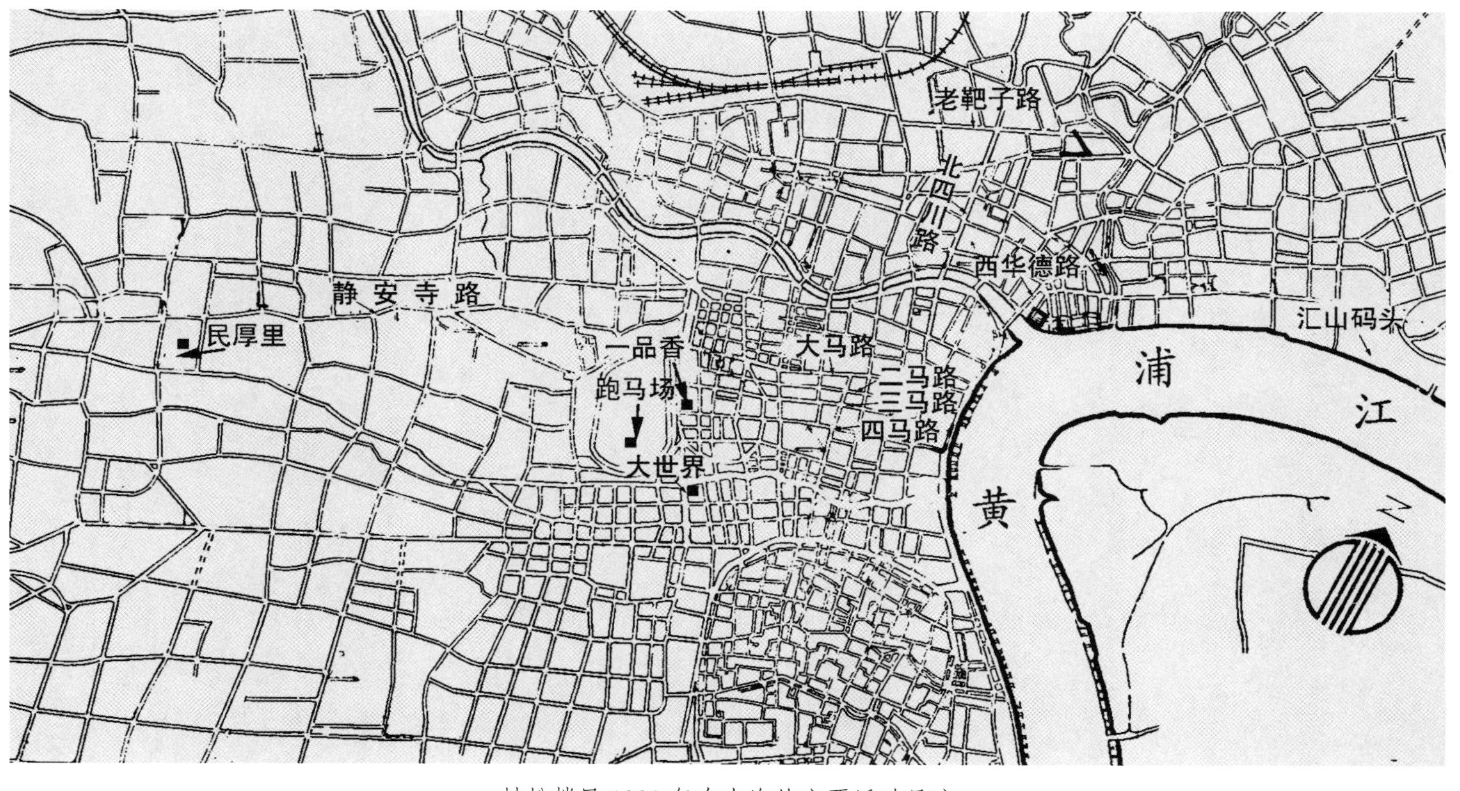

村松梢风 1923 年在上海的主要活动足迹

译者前记

村松梢风（1889—1961）的作家地位在20世纪的日本文坛大概连二流也排不上，尽管他生前发表过几十部小说和人物传记，曾经有过不少的读者，他撰写的六卷本《本朝画人传》被数家出版社争相出版，一时好评如潮，1960年中央公论社在建社100周年时又以精美的装帧将其作品作为该社的纪念出版物推出，在日本出版的各种文学辞典和百科全书中，对他也有颇为详尽的介绍。不过对于梢风的小说，评论界一直很少给予关注，他撰写的作品，大部分是历史人物故事，人文的内涵比较浅薄，除了作为大众文学作品集出过寥寥两种选集外，在文集、全集汗牛充栋的日本出版界，迄今尚未见到有梢风的著作集问世。这大概可以映照出梢风文学作品的内在价值指数。

之所以要翻译出版这本《魔都》，主要是因为梢风最早创造出了“魔都”这一词语以及“魔都”这一意象。当年也许只是不经意间创造的这一词语，由于内含了太多难以言说的复杂的元素，或者说是较为准确地概括了混沌叠合、明暗相交的上海的各种因子，时隔将近一世纪之后，突然在如今的中国爆热起来，在说到上海时，差不多是一个使用频率最高的词语。

事实上，“魔都”一词及其意象被创制出来的当时，在中日两国都没有引起人们太多的关注。在日本，由于梢风的文学影响力有限，他的作品并未得到广泛的传播（间或有人提及），而在当时的中国，还很少有人注意到梢风的文学作品，他的《魔都》以及记述他在上海经历的自传体长篇小说《上海》都没有被译介到中国来，因此这一词语差不多一直沉寂了几十年。一直到改革开放以后，上海开始新的腾飞，上海的近现代发展历程又引起了学界和媒体的瞩目。1995年，日本放送协会（NHK）派出了一批记者来到上海作专题采访，从历史的演绎来考察日中关系的未来，在当年的5月出版了一部《魔都上海　十万日本人》。2000年，来自中国的刘建辉经由讲谈社出版了一部日文著作《魔都上海——日本知识人的“近代”体验》[1]，介绍了20世纪初叶日本人与上海的关联。在此前后，日本一些报道或研究论文对上海使用了“魔都”一词，尤其是在日本的上海史研究界。梢风

[1]　中译本于2003年在上海古籍出版社出版。

以自己的中国游历为素材所撰写的两部长篇小说《上海》和《男装的丽人》，最近被东京的大空社作为“重刊‘外地’文学选集”的两种分别按原版本影印出版，标志着日本出版界重新注意到了梢风在这方面的影响。但在中国本土，“魔都”一词似乎仍然没有进入人们的视野。我在2001年发表了一篇论文《村松梢风的中国游历与中国观研究》(《日本学论坛》2001年第2期，后被中国人民大学书报资料选刊《外国文学研究》当年第12期全文转载)，这或许是在中国最早论及梢风与“魔都”的文章。也不知因何缘由，两三年前开始，“魔都”一词突然在中国蹿红起来，且往往与时尚和流行交织在了一起，染上了些许魔幻的色彩。但人们依然不怎么知晓这一词语乃是出自近一个世纪前的日本人梢风的笔下。

其实，与同时代的谷崎润一郎[1]、芥川龙之介[2]、佐藤春夫[3]等相比，村松梢风在中国文史上的学养以及原本对中国的兴趣，都要弱得多。梢风于1889年9月出生于静冈县的一户地主家庭。从现有的史料来看，笔者未能找到青少年时代的梢风曾对中国或中国文史有兴趣的记录，他后来提到

[1] 谷崎润一郎（1886—1965），日本文学家，著有《刺青》《细雪》等。

[2] 芥川龙之介（1892—1927），日本文学家，以《罗生门》等知名于世，1921年来中国旅行，著有《中国游记》，1927年自杀。有岩波书店出版的《芥川龙之介全集》十二卷。

[3] 佐藤春夫（1892—1964），日本诗人、小说家、评论家，著有《田园的忧郁》《晶子曼陀罗》等。

的孩童时代唯一跟中国相关的记忆是，当年风行一时的所谓“壮士剧”中经常会出现作恶多端的中国人的形象，小孩要是不听话的话，大人就会用“小心被中国人拐骗了去”的话来镇住孩子[1]。梢风在家乡的中学毕业后，来到东京进入了庆应义塾理财科预科学习，此时他才接触到日本的新文学，并由此萌发了对文学的兴趣。不久因父亲的猝然去世，作为长子的他只得返回家乡看守田产。其间在家乡的小学和农林学校担任过教员，读了大量的文学作品，颇为倾倒的作家有永井荷风[2]和谷崎润一郎等，而卢梭的《忏悔录》更是他的不释之卷。从个人习性上来说，梢风不是一个安分稳静的人，他不顾自己已娶妻生子，常常一人跋山涉水，四出游行。“什么目的也没有，只是想到陌生的土地上去行走。喜爱漂泊，喜爱孤独。”[3]这一习性，与他后来的中国游历很有关系。他忍受不了乡村的沉闷，1912 年又来到东京入庆应义塾的文科学习。这一时期他陷入了东京的花街柳巷，家中的田产也被他变卖得所剩无几，他一时感到前途困顿。

恰在此时，第一次世界大战爆发，日本乘机出兵，于 1914 年 11 月占领了原属德国势力范围的青岛。前途迷茫的

[1] 村松梢风《不思議な都“上海”》，载东京《中央公论》1923 年 8 月号，第 12 页。

[2] 永井荷风（1879—1959），日本小说家、散文家，代表作有《地狱之花》《濹东绮谭》《断肠亭日记》等。

[3] 村松梢风《梢風物語——番外作家伝（一）》，载东京《新潮》杂志 1953 年 1 月号。这部以第三人称撰写的自传分三期刊于此杂志。

《魔都》日文 1924 年版封面

《魔都》日文 1924 年版扉页

梢风不觉将目光移向了中国。他想到这一陌生的土地去闯荡一下。这时他的一位师长辈的人物洼田空穗劝阻了他。洼田劝他不必急着到中国去，在这之前不如先锻炼一下文笔，在文学上辟出一条路来。于是梢风暂时打消了去中国的念头，一边写稿，一边帮朋友编杂志，以后又进入日本电通社做记者。1917 年，他将写成的小说《琴姬物语》投到了当时最具影响的综合性杂志《中央公论》，得到了主编泷田樨阴的赏识，在 8 月号上刊登了出来。由此梢风在文坛上正式崭露了头角，作品频频刊发，知名度也日趋上升。梢风写的大都是传奇故事类的大众文学，渐渐他感到可写的素材已捉襟见肘，于是想到在人生中另辟一条生路，这就是使他 35 岁以后的人生发生了重大变化的中国之行。

梢风后来在以第三人称撰写的自传《梢风物语——番外作家传》中这样写道，1923 年的上海之行，"从某种意义上来说，是受了芥川中国之行的刺激，但主要是他自己想去上海寻求自己人生的新的生路。从这意义上来说，他的意图可谓获得了完全的成功，而其结果是梢风将 35 岁以后人生中的十几年生涯沉入到了中国之中。"[1] 这里所说的芥川的刺激，是指芥川龙之介作为《大阪每日新闻》的特派员于 1921 年到中国作了近四个月的旅行，回国后在报上陆续发表了《上海游记》等多种游记，后来集成《中国游记》一书

[1] 东京《新潮》杂志，1953 年 2 月号，第 66 页。

出版。芥川那稍稍有些夸张的、多少有些寻奇猎异的文字无疑打动了梢风的心。梢风为此曾专程去访问芥川，芥川告诉他，写旅行记的要领是，仔细观察，随时在笔记本上详记所有的见闻。[1] 从梢风日后所写的游历记来看，可以说是深得个中三昧。

1923 年 3 月 22 日清晨，梢风从长崎坐船来到了上海，“说起我上海之行的目的，是想看一下不同的世界。我企求一种富于变化和刺激的生活。要实现这一目的，上海是最理想的地方了。”[2]

据对各种文献的梳理考证，可知在 1923 年至 1932 年间，梢风总共到上海来过 6 次。

第一次是 1923 年 3 月 22 日至 5 月中旬，约两个月，初抵时寄宿在西华德路上的日本旅馆“丰阳馆”[3]，大约在 4 月 10 日左右，他移居到老靶子路[4]95 号一处房东为俄国人的公寓（此建筑今日仍然留存）内。其间认识了在上海教授

[1] 村松梢风《芥川龍之介の〈支那遊記〉を評する》，载东京《骚人》杂志 1926 年 4 月号。

[2] 村松梢风《魔都》，小西书店 1927 年 4 月，自序。

[3] 西华德路，也写作“熙华德路”（Seward Road），据熊月之主编的《上海通史》第 15 卷附录的“新旧路名对照表”，今为长治路，查 1918 年 7 月上海日本堂出版的《新上海》之附录《日本人职业别事业案内》，丰阳馆在西华德路 5 号（当年建筑今已不存），1921 年 3 月芥川龙之介来上海时下榻的万岁馆在西华德路 80 号，而日本学者木之内诚最新编著的《上海歴史ガイドマップ》中，将“丰阳馆”定在今北海宁路 34 号，乃后来迁徙至此，其建筑至今仍留存。

[4] 即今武进路。

交谊舞（实际上是在西洋人开的舞厅内当舞女）的日本女子赤城阳子，两人迅速坠入爱河，同居在一起。回国之后在《中央公论》上发表了五万字左右的《不可思议的都市“上海”》，翌年以《魔都》为书名出版。第二次来上海，是在1925年4月初至5月10日左右，主要下榻在“一品香”旅馆[1]。第三次来上海，是1925年6月10日左右至6月底，主要住在日本旅馆“常盘舍”[2]。第四次来上海是1925年11月初，大约于11月底或12月初归国，长篇小说《上海》是对以上几次经历的自传体叙述。第五次是在1928年的秋天，访问的目的地主要是新近成了中华民国首都的南京，但登陆地是在上海，且也在上海盘桓了数日。第六次是1932年2月初，由日军挑起的侵略战争已在上海爆发，梢风为了要撰写一本记述事变的书籍，来到上海采访，待了半个多月。

此后他又到中国来了好几次，除了上海和江南一带之外，足迹北及东北、热河，南涉台湾、广东、香港，有关中

[1] 原址在今西藏中路，1922年开设，附有西菜馆，1993年10月笔者曾陪同日本创价大学的西田祯元教授冒雨前去踏访，其时底层已改为商场，二楼以上为上海市农委招待所，二楼中间的天井仍为玻璃天顶，尚存有旧貌，后被拆除，原址现为新建的来福士广场。

[2] 梢风本人在《上海》中记述的地址是赫司克而路（今虹口中州路），島津长四郎编、上海金枫社1921年出版的《上海案内》也记录为赫司克而路（第52页），但在稍早的1918年日本堂出版的《新上海》中记录为南浔路18号，长崎日中两国人民朋友会1994年发行的、依据1942年格局绘制的《上海在留邦人が作った日本人の街》（非卖品）则标识为在今乍浦路北海宁路口，可见该旅馆也曾搬迁过几次。

国的文字，仅结集出版的即有十本之多。此次将他有关上海的文字编选翻译出来，其意义大概有两个。

其一是展现了梢风当年视野中的魔都上海，即1920年代的上海，具有一定的史料价值。当年的上海，虽然总体社会环境动荡不安，然而因处于西方列强势力的卵翼之下，局部出现了畸形的发展和繁荣，差不多拥有远东最繁华的商业和娱乐业，这就是梢风笔下魔都的所谓“明亮”的一面。而另一方面，整个中国尚处于战乱状态，公共租界、法租界与华界各自为政，法律与行政都局限在自己的管辖区，因而上海也往往成了藏污纳垢的混沌之地，且由于战乱和部分农村破产，周边区域的贫民纷纷涌入上海，因而也就有了众多犄角旮旯的存在。梢风文章对有些历史实状的描述，在中国的文献中未必有详细的记载，或已在人们的历史记忆中漶漫不清。他的文字，并非事后的回忆，而是即时的实录，且文字亦颇为生动，可权当一部黑白纪录片来观看。

其二是反映了当时日本人中国观的一个侧面。来中国之前，梢风对于中国并无太多的学养和知识，相对成见和偏见也较为淡薄，在他的文字中所体现的，多为直观感受，鲜活生动，也不免有些肤浅低俗，当年日本人对中国的歧视，多少也有些流露。在文人中，他算是一个游荡儿，吃喝嫖赌都不会缺位，在这方面，与井上红梅[1]有些相近，也因为如

[1] 井上红梅，日本作家，写过以中国风俗为主题的著作。

此，笔墨所涉，就相当广泛。开始的几年，他对中国相当痴迷，他也写苏州旧城的逼仄，古迹的颓败，写南京城区出奇的黑暗，写南京城门口人声鼎沸的杂乱和壅堵，写广州珠江上船民生活的诸种实相，写黄包车夫谋生的艰难。日本大正、昭和时期出版的日本文人的中国游历记，多达上百种，相比较而言，梢风这一时期对中国的描述不管是怎样的五色杂陈，却始终带着一种温情，没有芥川那样的冷眼。这种笔下的温情，构成了一·二八事变前梢风中国观的基本色调。

需要指出的是，1932 年 1 月 28 日爆发的一·二八事变（日本人称为第一次"上海事变"），成了梢风中国认识或者说对中国态度的一个分水岭。梢风从此前的中国赞美者，骤然变成了日本当局的同调者。严格地说，一·二八事变以后梢风到中国来已不是纯粹的游历了。这一时期他有关中国的著述结集出版的有《话说上海事变》（1932 年）、《热河风景》（1933 年）、《男装的丽人》（1933 年）和重新编定的《中国漫谈》（1937 年）、《续中国漫谈》（1938 年），在战后有将以前的长篇小说《上海》和《男装的丽人》稍作修改后重新出版的《回忆中的上海》和《燃烧的上海》。虽然他对中国的情感依然无法割舍，但狭隘的日本人的立场却严重扭曲了他观察中国的视角，对此，我在《近代日本文化人与上海 1923—1946》一书中曾有详细论述，此处不赘。

这部译稿，一半多完成于 1998 年我在日本长野大学的任教期间，原本是应北京的一家出版社之约，将颇费苦心搜集来的梢风的文字选择一部分进行了翻译（当年还是手写稿），不意后来发生了一些变故，又加上版权问题，译稿就一直被束之高阁，长期蒙尘。这次承蒙上海人民出版社肖峰编辑的鼓励，将梢风有关上海的文字编选了一部分，主要来自《魔都》《中国漫谈》《新中国访问记》《话说上海事变》。在原来译稿的基础上，又增加翻译了十余篇，其中最重要的，就是《魔都》。另外，又加入了几篇有关苏州、杭州的旅行记，这几篇另收录在《中国的色彩》一书中，由浙江文艺出版社另行出版，这是要对读者说明的，但《魔都》的文字是第一次在中国问世。对于本书中出现的一些旧地名和一般不广为人知的人物、事件以及有关日本的词语，译者做了适当的注释。

徐静波

2017 年 9 月 24 日，一个秋雨淅沥的周日中午

此书 2018 年 3 月由上海人民出版社出版后，颇受读者青睐，连续印刷了 4 次。2023 年，正是村松梢风初次来到上海的一百周年；《魔都》一书的原稿《不可思议的都市“上海”》，正是发表在一百年前的 1923 年。在“魔都”意象诞生一百周年之际，出版社决定出版《魔都》一书的新版本，除了装帧设计等有了全新的改观，内容上，我增译了村松梢风出版于1927年的自传体长篇小说《上海》中的前面四节，约两万字，实际上是一幅以朱福昌这个实有人物为主线而展开的1923—1925年间的上海风情画，除了个别的情节有虚构，据我的考证研究，基本均为实录，可看作《魔都》一书的补写。同时还将《魔都》初版本作者的自序补译了出来。

在“魔都”一词完全成了上海代名词的今天，来返视一百年前来自东洋的外来者笔下的“魔都”意象诞生之际的上海及周边的各色人文风景，既可感到历史风云的变幻之剧烈，也可察觉到在历史积淀的深层处，依然还顽强地坚守着某些根深蒂固的文化元素。这些最初的元素，依然以各色的形态、色彩和面貌展现在今天上海的各个层面和畛域。这或许是今天来读《魔都》这本书的有趣之处。

徐静波

补记于2022年10月2日，一个碧空如洗而秋风燥热的黄昏

目录

辑　二

辑　三

辑　四

辑　五

辑一

本辑文章译自《魔都》，东京小西书店1924年7月。

自序

我启程去上海，是在去年的 3 月中旬。我离开上海，是在接近 5 月末的时候。在上海待了两个月多一点。其间曾有人问我，你在那边到底是怎样度日的？我无法立即回答。我在那里经历了许多事情。原本我去上海的目的，是想见一下不同的世界。因为我渴求一种富于变化和刺激的生活。对于我这样的一个目的，上海是最合适的地方了。在不同的视线和眼光中展现出的上海，实在是一个不可思议的都市。在那里，世界各国不同的人种，混然杂居在一起，于是，所有国家的人情、风俗和习惯，没有经过任何的整合统一，自由地呈现了出来。这是一个巨大的国际性的俱乐部。在那里，在文明之光灿烂闪耀的同时，所有的秘密和罪恶，也犹如恶魔的巢窟一般翻卷着。极端的自由、令人炫目的华美的生活、让人喘不过气来的淫荡的空气、地狱一般的悲惨的底层生活——所有这些极端的现象，或是公开且堂而皇之地，或是暗中隐蔽地，涌动翻滚着。它是一个天堂，同时也是一个地狱之都。我欣然雀跃地投到了它的怀中。然而，我在那里遭遇了完全出乎意料的事件[1]。然后，背负着这一事件，回到了日本。我想把这一事件写成一部小说，不过事件本身还没有结果。因此，便将本书先发表出来。这主要是一本对上海的印象记。然而，也不是一部单纯的印象记，同时也是一部我个人生活的记录。或许可以说，后者才是主体。也就是说，是我今后想要写的小说的素材。总而言之，我相信，通过这本书，可以给予不管是了解上海还是不了解上海的人，以一定程度的刺激和启示。

村松梢风

*1924*年6月

[1] 1923年村松梢风第一次来上海时，结识曾在大阪居住过数年的朱福昌，共同制定请当时的京剧名旦角绿牡丹（黄玉麟）前往日本公演的计划。村松梢风回国后与东京帝国剧院谈妥此事，并将一万大洋定金交给朱福昌，不意这笔钱款被朱福昌卷走，下落不明，村松梢风不得不四处寻迹追讨，一路经历了种种遭遇。后村松梢风将这些经历写成自传体小说《上海》。本书补译的《上海的朱福昌》，就是这部小说的最初四节。

扬子江

昨天（1923 年 3 月 21 日）上午九点从长崎起锚的长崎丸，经过一昼夜的海上航行，今日拂晓驶入了扬子江。

我醒来之后就在床上穿好了衣服，出了船舱走到了甲板上。船已完全停止了摇晃，且昨晚睡得很好，头脑轻松，心情很爽。这样说来，听上去似乎海面上风浪很大，实际上从昨天轮船启动之后，是一年中极为难得的风平浪静的好时光，想要在船上寻觅几个晕船的软蛋，竟然一个都没看见。不过，昨天中午时分当船行驶到五岛[1]海面，我从餐厅出来的时候，感到身体有点摇摇晃晃的，心里不由得一阵害怕，就逃进了船舱里。我是特别怕晕船。十二三岁的时候，被大人带着坐了渔船到远州滩[2]去，一路吐得快要晕厥过去了，

[1] 指位于日本长崎县西部东海海面上的群岛，由福江岛等约 200 个大小海岛组成。

[2] 位于日本静冈县。

打那以后，就对大海和坐船怕得不行。即便十来米长的小渔船换成了五千吨的大轮船，远州滩的滔滔巨浪变成了洗笔池般的一潭静水，我还是觉得惧怕。如果船底“嘎嘎嘎”地接触到了地面就会放下心来，可是这样的话船就无法前行了，一想到自己漂浮在深不见底的海神的世界里，心里就会涌起一阵恐惧。一坐上船，我就像遭遇到了地震似的，极度的恐惧在心头萦绕不去。因此，我自己心里明白，不管是摇晃还是不摇晃，我只要坐上船，就会晕船。于是我就迅速钻进了被窝，也不管样子难看或别人说什么，就一直躺在床上，饭食也叫侍者送过来。不过，今早我已完全恢复了元气。我脸上的神情仿佛昨天什么也没发生过似的，迈着坚实的步伐，穿过走廊，登上了楼梯。

来到了甲板上，清冷的晨风吹了过来，似乎在拍打着我起床不久的脸。有些人起得比我更早，已在甲板上散步了。我抓着栏杆，向四面眺望。放眼望去，毫无河流的迹象。极目之处，尽是黄色的泥浆般的水。早上开始，天空显出了灿烂的晴色，仿佛在喃喃细语的太阳亮闪闪地照耀在浑浊的水面上。虽已可清晰地望见地平线，然而在其尽头只是万里碧空，见不到任何物体的踪影。我心想：“这是一条河么？”不过仔细观察一下的话，可感觉到这里的水波与海浪总还是不一样。其水流向着船行进的相反方向快速地流去。我心想，诺亚方舟时的洪水从眼前涌过时会是怎样的呢？那个时候，整个世界肯定都沉浸在洪水中了。我听说，中国是个大国，任何物象都显得很大。不过，这条扬子江，只是大而已，没有丝毫的风情。再待下去恐怕要着凉了，不久我就回到了船舱内。

十点左右船驶过了吴淞港。这是扬子江支流黄浦江上的一个河港。我们所乘坐的轮船也从这里开始驶离了干流，沿黄浦江溯流而上。宽广的扬子江江面到这边也渐渐地窄了起来，显出了两岸的陆地。进入黄浦江后，江面就只有原来的几分之一了，可清晰地望见两岸的景色，第一次有了江河的感觉。吴淞港内停泊着无数的木船，犹如树叶飘落在水面上一般。与扬子江汇流处的江边的村落，绽出了一片青青嫩叶的杨柳。对岸建造着砖瓦结构的仓库。江堤的道路上有几个中国人在行走，长长衣物的下摆被风吹了起来。见此情景，我第一次强烈地意识到自己来到了中国。

船客差不多都来到了甲板上。一个画家模样的人，打开速写本在描绘着各种各样木船的形态。我身旁站着一位绅士模样的男子，见到了江岸上的一排仓库，如同一个一直在荒蛮地带旅行而突然接触了文明之风的人一般，对着他身边的同伴开心地高声说道：

“怎么样？相当整齐漂亮的仓库！中国也打开了大门，这江岸上竟然建起了这么多如此像样的仓库，真是难以置信。”

他的眼神似乎在告诉着人们，他正沉浸在新蓝图的幻想中，那时黄浦江两岸不要说杨柳，恐怕是连寸草也不生了。一直在专心致志画画的画家，快速地斜视了一眼这个企业家。他的眼神分明是在说：

“你在说什么呀！如此美丽的景色，被这煞风景的仓库替代了。还要建造更多的仓库，让人怎么受得了！”

随着轮船的前行，沿岸的风景也越来越具有现代文明色彩了。大概经过了一个小时，在我们的眼前，展现出了一个临江而建的纯粹西洋风的大都市。长崎丸停靠在了汇山码头[1]。

我们必须在海关接受行李的查验。不过这事交给了到船上来迎接的旅馆伙计去办理，我上了岸，坐上了汽车。第一次见到了上海的街市。马路两边几乎都是西洋式的建筑。街上到处都是拉着涂了清漆的人力车的车夫。很多人在行走。头上缠着包布的印度警察手拿着棍棒在指挥着交通。每个警察都长着黑黑的络腮胡，个个躯体高大容貌伟岸，有泰戈尔之风。长着如此魁伟的体格和容貌的国民居然被外国所征服，甘于来做警察这样的事，也实在难以理解。我蓦地联想起了印度的独立运动。正在此时，迎面过来了一支送葬的队伍。最前面的是穿着鲜红制服的西洋乐队，紧随其后的是穿着如同小丑服饰的中国乐人。载着棺木的马车被美丽的人造花装饰起来。前面的乐队在高声演奏着日俄战争时日军的凯旋进行曲，铿锵铿锵的，仿佛死者也会受到惊扰而从棺木中跳出来似的。

我来到了西华德路上的一家日本旅馆丰阳馆。

---

[1]　汇山码头在今公平路码头的东侧，提篮桥地区的最南端，当年是日本邮船株式会社的专用码头，日本人来上海时大抵在此下船，今天应该是上海港汇山装卸公司的属地。

明亮的上海　黑暗的上海

今年的东京一直很冷，从日本出发时穿着冬衣就过来了，到了上海后，觉得气候提前了一个月。杨柳已披上了绿色的新衣，桃花和樱花一起绽放了。田里油菜花盛开，小麦已经长到一尺左右了。而且每天都是上佳的晴天，几乎连一片云彩也看不见。在街上行走的人都戴着轻便的春帽，穿着春天的衣服。月夜时分坐了汽车到法租界的住宅区一带去兜风，觉得这里的春天跟日本不一样，空气清澄，月亮也分外皎洁，行道树的枝梢和建筑物的屋脊线，清晰地映衬在天际，宛如用墨线描绘出来一般。从背面沐浴着月光的高大的砖瓦结构的房子上层的窗口，透出了灯光，挂着绯红色窗帘的房间里，这户人家的独生女正在乐谱前练习着钢琴吧？或者是年轻的太太正在无聊地等待着迟迟不归的丈夫，把读到一半的小说狠狠地抛在了一边，靠在沙发上，眼神如梦似幻，心里正在怀恋着新婚的快乐时光，又在思忖着丈夫回来时该对他说的话语……我的空想，只停留了一瞬间，随着汽车的疾驶而过，一会儿冒出来，一会儿消失了。

温暖的午后。受住在同一旅馆的人邀约，去了极司菲尔公园[1]游玩。在静安寺路[2]这条大马路的尽头有一座称为静安寺的古刹。在寺院前的大道中央，有一口古井，听说自古以来名气就很响。其旁有一块石碑刻着“天下第三泉”，表明了它的历史。往里一望，水深大概有五六尺，如同地沟水一般脏兮兮的，在漂浮着亮闪闪金属气的地方汩汩地冒着一股沼气。这样的水竟然被称作天下第三泉，真是无语了。这里是电车的终点站，再往前就要乘坐黄包车（人力车）了。这里距公园大约两三公里，有一条大道呈直线般的通往那里。这一带是新开辟的开阔的住宅区，街两边是庭院宽敞的漂亮的住宅。和日本所见到的西洋建筑不同，材料有些粗糙，但式样却很繁复，屋顶、墙壁和窗户等的色彩富于变化，显得相当协调，每一幢房屋都给人艺术的感觉。没有去过西洋的我，当时就在想，至少也想在这种地方过一下所谓有文化品位的生活，于是就在车上一

[1] 极司菲尔公园（Jessfield Park），公共租界工部局于 1914 年在原兆丰花园的基础上辟建的公园，因原为英商兆丰洋行的地产，又称兆丰公园，1942 年汪伪政权收回租界时，将此改名为“中山公园”，亦即现在上海的中山公园。

[2] 西方人称这条路为 Bubbling Well Road，1945 年更名为南京西路，今同。

家一家地仔细打量着。公园前有几家颇为时尚的咖啡馆。许多汽车停在路边，形成了一个长长队列，正在等待着主人回去。门口有印度警察站岗。公园相当广大，因园内模仿自然的景象建造，看起来比实际的占地更开阔。尤其是树林间通往最里面的行道让我很喜欢。小鸟不住地鸣唱，蝴蝶穿梭起舞。路边开满了红色和白色的鲜花。有全家一起来的，有全是女伴的，也有男女恋人的，形态不一。女子们个个都有些睡眼惺忪的样子。有一个像是纨绔公子一样的男人带着三四个女伴在树荫下的草坪上玩耍。有一个女子穿着鲜红的衣服，戴着同样颜色的帽子，穿着色彩艳丽的鞋子，一脸浓妆艳抹，看上去像是做娼妓这行生意的，可不知为什么独自躺在草坪上，只是一个劲地抽着纸烟。一个穿着黑底红里的衣服、戴着插有黑色羽毛帽子的少妇，坐在长椅上，倚靠在坐在一旁的摆弄着照相机的丈夫身上，仔细凝视着他的脸庞，我还以为她要说什么悄悄话了，不料发出了“啾”的一声接吻声。我们一行都是些男人，在这里也不知做什么好，就随便走了一下出了公园，在前面的一家咖啡馆喝了茶回去了。

上海现在交谊舞大为流行。在这里，中国的戏曲姑且不论，说起外国人的娱乐，就只有电影了，所以交谊舞流行也自然有它的道理。大的宾馆和咖啡馆酒吧，一定有舞厅的设施，每天夜晚有很多男女聚集在这里通宵达旦地跳舞，交谊舞使上海人的生活显得华美色彩最为浓郁。其中最高级、规模最大的一家是卡尔登大戏院[1]，那里既有电影院，也有餐厅和舞厅。一般是先去餐厅用了晚饭，自九点十五分开始至十一点看电影，然后去跳舞。当然只取其一也可以。不过舞厅要到十点才开，到了一点两点就越来越热闹了，一般来说，不到凌晨的四五点，客人不会全都离场。不管什么时候去，总有一百对左右的舞客在跳舞。特别是到了周六的晚上，各国的领事夫妇等一流的绅士淑女都到这里来，摆满了几百张桌子。舞池呈椭圆形，直径约有六十米。正面是一个舞台，乐队人数约有二十人。周围共有两层，二楼也有桌子。我不会跳舞，就在二楼占了个地方，一边喝酒一边观赏热闹的景象。像我们这些人，从小浸淫在所谓的东方趣味中，说老实话，像交谊舞这种洋人玩的柔软的玩意儿与我们的习性并不相合，但是即便如我这样怪癖的人，瞧着那些男女伴随着快活的狐步舞、优雅的华尔兹而依偎拥抱、翩翩起舞的景象，自己的心魂也不知不觉地浮荡起来，也想跳入舞池与他们一起舞蹈。老爷爷也在跳，老奶奶也在跳。年轻的姑娘把脸和身体紧紧地贴在恋人的怀里挪动着舞步，那神情仿佛是在说，哪怕离开了人世，遭到了杀害，也绝不分离。这时有几对戴着面具加入到了舞池内。红色绿色等扫射的灯

[1] 依照日语原文应直译为“新卡尔登咖啡馆”，经查考，应为位于今黄河路上的卡尔登大戏院（Carlton Theatre），1923 年 2 月建成开张，是一家内有戏院、舞厅等的多功能娱乐场，1954 年改为“长江剧场”，1990 年代拆除重建，今属上海戏曲艺术中心管辖，已重新对外开放。

光从侧面照射着这些由曲线和色彩组成的漩涡，将人们的欢乐引到了新的高潮。就在舞蹈的间隙，来到了桌子边的女士们，竞相炫耀着镶嵌着珠宝的舞会盛装和浓妆艳抹的美丽脸庞，摇动着羽毛扇，将盛满了鸡尾酒的杯子移到了嘴边，接受着同伴男子的阿谀奉承。

此外我去过的舞厅，还有老卡尔登、巴黎客咖啡馆、马克西姆等。巴黎客咖啡馆、马克西姆这些地方，规模只有卡尔登大戏院的几分之一，从宏大华丽上来说毕竟不能相比，但是要平民化得多，气氛也完全不一样。天顶和柱子缀满了镶着电灯的人造花和犹如真的一般的水果，乐队人数也要减半。这里除了交谊舞，设有专门的舞者，会表演芭蕾舞。来的舞客穿着也没那么正式，有些人就穿着平时的衣服在跳舞。眼圈涂得黑黑的、胭脂抹得浓浓的风尘女，懒懒地用手托着下颚，一边喝着浓烈的酒一边左顾右盼，在搜寻着是否有合适的顾客。在这里跳舞的，既有艺人模样的男子，也有穿着水兵服的人。黑人乐师憋足了气在吹奏着单簧管。一个醉醺醺的老头，跳到一半时脱掉了一只鞋子，像提着一只乌龟似地晃动着，步子怪模怪样地回到了桌边。总的来说是极为自由，因为空间并不是很大，就越加感到充满了一种令人有点窒息的欢乐和淫荡的气氛。就这样，夜色在音乐和舞蹈中越来越深了。

上海这个地方，就是这样一个闲适的、明亮的、华美的都市。不过，这只是物象的一面而已。我还要回过头来窥探一下上海黑暗的一面。

来到上海后，我听到了好几个可怕的故事。其中有一个，是今年新年时发生的。

有一天，有个日本女子，在大马路[1]上一边行走一边观赏着商店的橱窗。所谓大马路，是上海首屈一指的繁华大街，鳞次栉比地排列着比东京银座更高级的大商店。像先施公司、永安公司等，还有其他一些著名的百货公司大抵都在这条街上。街中央通行着电车。马路上汽车络绎不绝，川流不息。两边的人行道很窄，人流如织，步行者稍有恍惚瞬间便会被挤落到车行道上。这个日本女子像是准备买东西的，在这条热闹的大马路上走着。就在这时，一辆汽车驶来，从车上跳下来一个西洋人，径直走到了这个女子身边，用手拍拍她的肩膀。那女子向他瞥了一眼，转瞬之间就见她倒在了那洋人的手臂上。乍一看，还以为她是在撒娇呢。那洋人就用双臂夹住了她，把她带到了汽车内。汽车马上就开走了。整个过程就只有一分钟或两分钟。来往的行人自然是目睹了这一过程，但人们还以为那日本女子与那西洋人是很亲密的关系，谁也没有感到奇怪。可是那日本女子的家人只知道她白天出去买东西了，到了夜晚仍然没有回来，开始担心起来。事情渐渐闹大了，警察介入了此事，终于搞清了此前的事情，原来她是被外国流氓用麻醉剂熏倒了，遭到了绑架。

[1]　西文旧名 To Maloo，今南京东路。

犯人没有被抓到，那女子被带到了哪里也不知道，今天仍处于失踪状态。

一对刚从日本过来的年轻夫妇，到市里逛完街后归途中坐上了刚好经过的黄包车。丈夫所乘的车跑在前面，妻子所乘的车跑在后面。可是，半途中丈夫蓦地回头看了一下，妻子所乘的车已经不见了。于是大声嚷着去找寻，结果不知去了哪里。其妻子到底被带到了哪里，据说至今仍然杳无音信。这也是最近发生的事。

有一位挺有名望的日本绅士来到上海，下榻在酒店里，有天晚上在街上散步，穿过了一个小公园，一个坐在长椅上的西洋女子小声对他打招呼说："晚上好！"他稍稍有些惊讶，不过也同样说了一声"晚上好！"走回到了她的跟前站住，这时那女的娇声娇气地对他说：

"这位日本绅士，稍微聊聊天吧，今晚我一个人，寂寞得很。"

那绅士意识到了："啊，是娼妇呀。"不过他本来就想要找一个西洋娼妇玩玩，就顺势在那女的身边坐了下来，两个人用怪怪的英语交谈起来。说话间，那女的就对他说，现在到我家里去玩玩怎么样？到了我家里也只是我一个人，不必担心。此话正中那男的心意，且在昏暗的灯光下，那女的看起来还相当漂亮，于是立即说好，两个人挽着胳膊出了公园。恰好此时有一辆空的马车走过，于是就坐上了马车去了那女的住的地方。那女的家在靠近法租界边缘的一个有些冷僻的地方。日本男人受到了异种人女子极富热情的爱抚，不觉春情荡漾。就在此时，来了一个不知什么人，拼命地敲着房间的门。那女的声音颤抖地说：

“哎呀糟了，你要没命了。实际上我是有丈夫的，他根本就不管我，所以我就暗地里干起了这种买卖。现在敲门的就是我那残酷的丈夫……”

敲门声越来越猛烈，仿佛门要被敲破似的。那个善良的日本绅士是一个比女的胆子还小的懦夫，立即变得脸色苍白，浑身颤抖。女的去开了门。刹那间，冲进来一个像是水手模样的长相凶狠的大个子男人，挥舞着匕首，用听不懂的语言厉声怒吼着。此时那绅士才醒悟到自己是中了美人计了。可要是反抗的话，真的会丢了性命。一想到自己被杀害后，光着身子的尸体被丢到黄浦江的情景，他浑身上下直打颤。他只有设法从坏人那里来获得自由。这对坏夫妻从他的口袋里夺去了酒店的钥匙，将他一个人反锁在房间内走了。那日本人也不知如何是好，待了大约一小时，那对狗男女回来了，只让他穿着一件衬衣，把他赶了出来。那男人抖抖索索地在深夜的街上胡乱行走，终于回到了酒店。进了自己的房间一看，放着现金的包、旅行箱、旅行物品，所有的东西都被洗劫一空。一个傻呆呆的中国侍应生对他解释说：“刚才有一个贵妇人来，说是受你委托，拿着房间钥匙把东西都搬走了。”

到了上海，就可知晓像这种可以成为侦探小说材料的事情俯拾皆是。要说喧嚣杂乱的话，世界上没有比此更甚的了。有人失踪，就好像狗呀猫什么的走失了一样，没有人会特别在意，可怕的是，失踪的人永远都回不来了。上海这个地方，严格而言，可以说是不存在警察权的。虽然有很多警察署，有中国政府的警察、各租界的警察、各国领事馆的警察……差不多多到溢出来了。你在街上行走的话，会遇见来自西洋、印度、安南、日本等各地的警察，简直是警察的品评会。可是这些警察几乎什么用也没有。不是，并不是说这些警察是傻瓜蛋。说起来，是因为虽有这么多的警察，可他们之间既无统一的指挥，彼此间也没有联系，太多了以后反而成了彼此之间的障碍。在甲租界做了坏事的家伙遭到追捕时，就立即逃往乙租界，最后只要越过了甲租界的边界线，就万事大吉了，站在街上对警察脱帽致谢说：您辛苦啦！甲租界的警察也只能干瞪眼，奈他不得。若要将他捕获，就必须得到乙租界的许可才可以出手。等你得到了对方的许可再来抓他的话，那坏蛋也是有脚的，早就溜之大吉了。假使这个坏蛋有一天再次被警察发现，正好在街上撞见的话，也可将他抓起来，但是他若躲在房子里，警察并没有权限去把他抓出来。租界警察的职权只限于马路上。涉及房屋内的警察职权，要依据房屋居住者的国籍来定，属于各国领事馆警察的管辖范围。如果这房屋居住者是英国人，就必须到英国领事馆去，若是德国人就去德国领事馆，是葡萄牙人就去葡萄牙领事馆，得到了那里的警察署同意后，才可借助他们之手来把坏蛋抓住。一般来说，哪怕是傻瓜蛋的偷盗者，也早就趁机逃走了。即便是这样，各国警察之间能取得谅解和许可自然是好，然而任何国家都是一样，警察这种人都是自视甚高，不肯轻易与他人合作，你很难取得对方的同意。你若对他说："现在有如此这般的重大犯人，逃到了贵国的租界内，现在何地何处，请把他抓起来。"这时对方就会砰的一下把你弹回来："这个你也晓得，我不知道那个人在贵国的租界里做了什么坏事，到了我方的租界后情况就难以判断了，我无法相信他是一个重大犯人或是嫌疑犯，你虽然特意过来叫我帮忙，我觉得他在我方租界期间，你就暂且不要管了。"杀人一百次的杀人犯也罢，偷盗一百万现金的大盗贼也罢，那家伙就在你眼皮底下，你却动不了他一根指头，这就是上海的警察现状。在这个喧嚣无比的上海市内，法租界是一个警察权尤其宽松的地方。其原因在于其本国的政治思想和一般国民的思想极端的自由。因此各国的重大犯人一旦遁入上海的法租界，只要不在那里再干大的坏事，此身就得以保全了。就个人生活而言，世界上没有比这更自由的地方了。所以，不管是被驱逐出日本的无政府主义者也罢，俄国的布尔什维克的宣传本部也罢，朝鲜的独立政府也罢，还是中国本国的政党本部或者是在野的政治家的住宅，所有惧怕官府受到官府监视的个人或团体，都聚集在法租界内。上海的法租界，是全世界的自由之乡。

总而言之，上海是一个喧嚣不安的地方，想一想看一看都叫人无比害怕的地方。从另一个角度来看，对那些做坏事的家伙来说则是一个天堂。杀人犯也罢诈骗犯也罢，穿上了晚礼服走到了酒店的餐厅里，就变成一流的绅士了。然后拿着获得的巨款到跑马场去的话，我敢肯定他会被认为是豪门巨富，受到欢迎。虽然配备了马路警察，对于马路上的犯罪和过失已经落实了相应的预防措施，但只要躲过了马路警察的眼睛，干坏事就不会受到处罚。即使来不及逃到法租界，在任何地方都有好几处可以躲藏的房屋。碰到了坏蛋你就倒霉了。因此每个人自己都格外小心，因为警察靠不住。房屋的结构也十分错综复杂。西洋人的住宅就不用说了，即便是中国人的住房和日本人的住所，只要把进口的门锁上，就连一只蚂蚁也爬不进来了。在街上行走时，不可神情恍惚。狭窄的马路上，电车、汽车、马车、人力车如梭如织。在路上行走彼此间差不多都要推推搡搡。真不知道这么多的人是从哪里蹦出来的。人群在密密麻麻地蠕动。稍不留神，钱包呀手表呀就会失踪。而且不小心的话，即便不被汽车撞死，也会让黄包车长长的拉手棒捅伤了腹部。在上海，即使汽车、电车轧着了人也不会受什么大的处罚。在日本，即便明明是被撞的一方不好，但只要是撞伤或撞死了人，司机也会受到严重处罚。但是在这里，只要电车或汽车是行驶在车道上，只要没有冲到人行道上去撞人，哪怕是从背后追上去故意把对方撞倒，司机最多也不过罚几块钱就了结了。彼此有怨恨的人，也只会在车道上追杀对方。被撞的人遭到被撞的伤害，撞人的一方就得到了撞人的收获。踩死青蛙的人，与被踩死的青蛙之间，是无法发生争吵的。你要是像在东京那样在路上悠闲踱步的话，瞬息之间就会丢了性命。有个在上海和北京生活了很久的人曾对我说："从来没有见过中国人喝醉了酒在街上行走的。"他向我解释说，中国这个国家实在是太大，自古以来政治权力无法行使到细小的方面。国家不能对个人的生命财产的安全实施有效的保障。因此大家没有办法，就养成了每个人自己来确保生命财产安全的习惯。这一在长久的岁月中逐渐养成的习惯塑造了后来中国人的性格，醉酒之后不在街上行走就是其中一例，不管醉得如何，只要跨出屋门一步，就决不显示出丝毫的醉态，这是中国人的特点。听了这番话我留意了一下，发现尽管菜馆和酒馆里食客熙熙攘攘，而在街上却是从未见过一个喝醉的中国人。可以在小酒馆里赖账且气势汹汹口出狂言说"任凭你怎么样老子都无所谓"的日本人是幸福的。

有一天我与住在同一旅馆的几个人一起站在大马路上的电车站上，对面走过来一个中国人，笑眯眯地塞给我们每人一支香烟。随便拿下来之后，那人已经在给我们点烟了。这显然是太过热情了，心想这大概是做香烟广告吧，不料立即从背后来了个家伙，把一盒香烟塞过来，口里说"一包一毛钱"。我们说"不用不用"，可对方不答应，口里说道："那你干嘛抽这个烟？"神情立即严峻起来。中国是一个人们很喜欢看热闹的国家，立即有很多人聚了过来围住了我们。彼此之间语言也不怎么通，也就是一毛钱的事，争执也难看，于是我们每个人都买了一包，不巧我手头没有小钱，只带了一块银元，就想到附近的钱庄去换小洋，此时那卖烟的人对我说了句好像是这样意思的话：“可以找钱给你，过来！”把我拿着的银元夺了过去。一块银元换成小洋的话，一般是两毛钱的银角子五个和一毛钱的银角子一个，此外还有六七个铜板，我正想按照这样的兑换率去找钱的时候，那个卖烟的就只给我两个两毛的银角子，另外再塞给我几包烟，我正想抱怨几句，不料他又往我胸口塞了几包，就这样溜之大吉了。从一开始到结束总共就两三分钟时间。其手法实在是迅捷，傻乎乎的我还只是惊愕地张着口的瞬间，他们已经不见踪影了。从前的日本有句话说江户是个不可大意的地方，一不小心马的眼睛就让人给夺走了，在上海岂止是马的眼睛，稍不留神连人的眼珠也会被夺去了。

在所有文明的设施都完备、光华美丽，而且可以尽情寻欢作乐的上海这座都会里，一旦当你踏进它的内侧，就立即会被一层阴森的大幕所包裹。那里猖獗着所有的犯罪行为，充满了所有的罪恶。偷盗、杀人、欺诈、赌博、绑架、走私、秘密帮会、卖淫、恐吓、美人计、吸食鸦片以及各种大大小小的犯罪，不分昼夜，不分区域，一年四季都在上演。且这些坏蛋谁也不怕，昂首阔步地走在路上。

胆小的我，刚到上海后就害怕得不得了。白天还马马虎虎，天黑以后就一步也不敢外出了。这里深夜也是行人不绝。这些人看上去好像都在谋划做坏事。在马路一头的幽暗的屋檐下，模样怪怪的中国人就如同蝙蝠一般紧贴着墙壁站在那里。他好像是在等待着我从他面前走过去，说不定会迅速地从我背后扑过来掐住我的喉咙，或者用匕首捅刺我的腹部。还有水手模样的西洋人，神情忧郁的一群苦力……我孩童时接受的有关中国人的怪异传说的恐惧在我心头复活了。那时有小戏班到乡村来巡回演出，剧中的中国人给我留下了可怕的印象，那个中国人来购买人的胆，用来做六神丸的原料。不仅是来买，还会把可爱的小孩拐骗去。若有小孩玩到天黑还不回家，大人就恐吓说："要被中国人逮去了啊！"说起中国人的话，那时的人们就觉得很可怕的，好像会做什么怪异的秘密的坏事。很多年来在我心头差不多已被忘却的对于中国人的难以言说的恐惧，如今一到上海，就一下子在心头复活了。不过，我的这些妄想，说不定也是有道理的。其证据就是，美国那边制作的电影，里面出现的中国人必定是坏蛋，而且总是在策划令人不寒而栗的罪恶，与我们孩童时接受的印象是一致的。这样看起来，中国人这一种族，给全世界任何地方的人都有这样的印象，这样想来，说不定也是其真实的性格。阴险、残忍、强欲无道是中国人的性格，想到此，令人颇为恐惧。

但是，过了没几天，我就渐渐感觉不到恐惧了。待在上海这座可称为罪恶巢穴的都市里，不安的感觉也就慢慢没有了。但这并不意味着我的恐惧与不安完全是与小孩的妄想差不多的感觉。倒不如说是相反，随着时光的推移，我已经知道了太多的这个城市所隐藏的令人战栗的秘密。令人不可思议的是，我就像在闻着这包藏着罪恶和秘密的剧毒的麻醉药，在不知不觉中被这种魅力吸引了过去。我在恐惧和不安的感觉渐渐消失的同时，反而产生了一种对此赞美和憧憬的心绪，产生了一种自己也投入这群坏蛋当中去、尝试一下运用巧妙的手段来干坏事的心情。要营造这种如电影故事般的奇怪的幻想，再没有比上海这个舞台更合适的地方了，只需要选取上海某个地方的一个部分。

明亮的上海只是表面的现象。透过一重大幕走进里边，就感受到了黑暗和秘密。这就是上海的本来面目。

夜上海

上海这个地方，没有夜晚与白昼的分别。因此，不管夜有多深，人们依然在街上蠢蠢行走。汽车疾驰而过。黄包车在奔驰。其中空的黄包车，车夫一边拉着一边则用鱼鹰般犀利的眼睛在四处打量。冷僻的住宅区或是一流的商业区，到了夜里大门就会关闭，但是到作为上海繁华中心的四马路[1]、三马路[2]一带看看的话，深夜两三点的时候，街上也是人流如织。中国人难道没有时间观念吗？既没有黑夜与白昼的区别，也没有今天与明天的分界线。达官富豪接待客人是从半夜十二点一点开始的。报社的主笔是在夜里十一点去上班的。宴会必定会持续到凌晨，即所谓的长夜之宴。上海全市就是个不夜城。剧场关门早的在一点，一般是两点。像浅

[1] 今福州路。

[2] 今汉口路。

草那样的娱乐场[1]，游人的高潮要从十二点开始。舞厅则是整夜在跳舞。菜馆也罢咖啡馆也罢旅馆也罢酒馆也罢，或是青楼妓馆等，都是通宵营业的。不，准确地说夜晚才是主要的营业时间。所以，中国的游荡儿出去玩的时候，到了最后是否要天亮了太阳是否要升起了，他们完全无所谓。既不必担心坐不上最后一班电车，菜馆里也不会有人对你说炉子要熄火了，在等座的时候，也不用担心有人对你拒绝并说时间到了。可以尽情地玩、尽情地吃、尽情地睡，不必选择地点和时间。上海实在是个游荡儿的世界。

在这样一个不夜城上海，有很多女人在这里过夜生活，也就是当然的事了。也可以说是因为夜里的女子多，这里才变成了不夜城。上海就是一个卖春女如此之多的城市。有个人对我说："在街上行走的，男的你就当作是盗贼，女的你就当作是娼妇吧。"这句话虽有些夸大，但离事实也不太远。在上海全市，不管你到哪里，卖春女都成群结队。街头也罢，公园也罢，咖啡馆也罢，剧场也罢，电影院也罢。且卖春女的种类也五花八门。从种族上来说，据说也有二十几个国家。当然其中大抵可分为上中下三档，以各自不同的形式和特质在出卖着自己。这里有卖春女的研究家，全世界的材料汇聚于此。宏大华丽的卡尔登剧院的跳舞场面让我都看得有些眼花缭乱了，此时有个人在耳边低声对我说道：

[1] 浅草是日本东京以浅草寺为中心的闹市区。

“今晚来到这边的女子有一半是卖春女哟。”我听了后吓了一跳，仿佛从花园里爬出蛇来一样。有这么多的卖春女生活在这里，如此看来中国的卖春女在数量上绝对是占多数。使上海的夜晚变得如此浓妆艳抹的是被称为“长三”“幺二”和被叫作“鸡”的暗娼群。“长三”是纯粹的艺妓，可以叫到酒席边来让她吟唱，绝不卖淫，与此不同的是“幺二”，除了卖唱也会卖淫。其次是“鸡”，这也分成一般的“鸡”和“野鸡”两种。一般的“鸡”是所谓的高等内侍，只到一定的地方去招徕顾客，若是“野鸡”的话，则不管是茶馆、娱乐场、街上，不管哪里都会去拉客。因为是“野鸡”，只要哪里有饵食就会去哪里。她们被称为暗娼，不领取许可证，因此肆无忌惮地公然做着买卖。

四马路上有一家名曰青莲阁的有名的茶馆。茶馆在上海各处都有。茶馆原本是一个喝茶聊天或是正经谈商务的地方，可到了夜晚，就变成了卖春女赚钱的所在了。青莲阁沿街有几十间门面宽，总共是两层楼的建筑，楼下分割成了好几家普通的店铺。有两处正面对着街上，带有颇宽的楼梯。有一天晚上我跟朋友两个人上了二楼。上下楼梯的人跟街上一样多，交臂而过。刚走上楼梯，我跟朋友两人就立即被卖春女逮住了。整个楼面极大，有不少柱子，总有好几千人。有的坐在桌边喝着茶，有的靠着栏杆俯瞰着街上的风景，有的只是在里面看看。其中有无数的卖春女在人群中左右穿梭。有缠着客人的，有互相打闹的，有一起坐在桌边喝茶聊天的。香烟的烟雾弥漫在楼内，连电灯的光也变得朦胧起来。屋内的拥挤、喧嚣，使我茫然不知所措，定下神来察见到了逮住了自己的卖春女，抬头望望她们的脸，朋友的那一个有点上了年纪，圆脸，一对眸子滴溜溜的，我的那个是只有十四五岁的小姑娘，瘦瘦弱弱的，看上去像一个赛璐珞[1]的人偶似的。两个都不算漂亮。朋友想用上海话叫她们走开，可就是不肯走。

“我们很喜欢日本人，到我们家里去玩吧！”

像章鱼一样地缠住你。每一个卖春女后面必有一个娘姨。娘姨都是长得胖胖的，穿着浅绿色的布衣，像一个劳动大姐。那些娘姨也缠着不放，唆使卖春女不要轻易放弃。我们在桌边落座后，立即有跑堂过来端上茶。茶碗有六个。执拗的卖春女始终不肯离开，凑近脖子来亲吻。恶心事太多。周边的人都瞧着我们在笑。到后来没办法，就决定去她们的家。放了两角银洋想走开时，跑堂一脸凶狠地叫道：“一个人一角，拿出六角来！”没办法，付了六角离开了。从后面的楼梯下去，穿过一间昏暗的没有地板的房间，终于来到了外面。后面的弄堂窄窄的，只有两米来宽，纵横交错，青楼一家挨着一家。卖春女都到马路上去拉客。她们带我们走进了其中的一家。是二楼的一间小房间。有一张挂着帷幔的床。靠墙放着一排凳子。床、桌子、茶具，还有其他一些廉

---

[1] 赛璐珞，即硝化纤维塑料，用来制造玩具、文具等。

价的用品，每间都是这样的女郎屋。贴着一对用红纸书写的对联："屏花带雨春迁丽，水栏风起晚更空。"娘姨给我们倒茶，拿出了西瓜子，说："东洋宁，这个好来西。"[1]说是很喜欢日本人。对方也许是喜欢，我们却有些不知所措。我的那个赛璐珞玩偶，大概是还没有习惯这样的买卖，很多时候只是无言地夹住我的胳膊，而朋友的那个卖春女，表情千变万化，不断用言语来诱惑，最后还会用怪怪的调子唱日本歌，也不知是谁教的。东瞧西看大约过了二十分钟，我们放了一块大洋终于来到了外面。

沿着跑马场[2]有一条叫西藏路的马路上，有一家西式旅馆名曰"一品香"。中国人开的旅馆以这一家与大东旅馆为最大最有名。这一家当然也有普通的住客，但大部分都是把卖春女叫进来的客人。这是一幢三层楼的中西合璧的建筑，设施也相当不错。这里除了两三元的房钱，再拿出十元十五元的花酒钱，旅馆的男侍马上就明白，立即会给你带个女的过来。进出这边的女子，或者是并不卖身的，或者是比较高级的"鸡"，穿的服饰等也非常像样。你见了之后，要是觉得不中意，给她一个银元的小费让她回去就可，对方不会有怨言。你可以看好几次。夜半两点三点，你只要提出要求，会有好几个人被叫过来。男侍脸上也绝不会有愠色。他们不

---

[1] 原文为片假名，可能是上海方言。

[2] 跑马场，当时上海有两个跑马场，此处应在今天人民广场和人民公园的区域。

可能有愠色，因为有近一半的花酒钱会落入自己的口袋。

在那里下榻的某日早上，我被热闹的中国音乐吵醒了。我问道，发生了什么事？他们答说楼下的大厅里开始了一场婚礼。

又有一天早上，雾很重。打开窗户向外一看，见到在大雾笼罩下的跑马场内正在练习跑马。雾渐渐散去之后，马的雄姿和骑手的英姿也清晰起来了。

有天晚上有个姓朱的朋友到我这里来[1]，对我说："今天带你去一个好玩的地方。"于是带我坐上了汽车。汽车驶入了法租界，行驶在一条叫霞飞路[2]的笔直的大街上。

"你到底带我去哪里呀？"

"一个极其秘密的住家。因为秘密，所以有特别的味道。得了，你去见一下吧。"朱君用相当好的日语回答说。汽车停在了一所精巧的小房子前，朱君走在前面进了屋内。最外面的一个房间内，有两三个男人坐在桌前在说着什么话。从里面出来一个上了年纪的妇女。朱君跟她说了几句话后，我们就随同她一起上了后面的楼梯。二楼有两个房间，我们进了前面一间房。屋内有一个四十岁左右的姆妈，

[1] 姓朱的朋友，根据村松长篇小说《上海》的描述，应该是朱福昌，亦名朱启绶，原籍浙江定海，是实业家朱葆三的侄孙。

[2] 即今天的淮海路。1901 年辟筑，初名西江路，1915 年改以法国元帅霞飞（Joffre）的名字命名为霞飞路。汪伪政府在收回租界后于 1943 年改为泰山路，中华人民共和国成立后的 1950 年，为纪念淮海战役胜利而改为今名。

她有一个十八九岁的女儿，还有一个七八岁的女孩。我俩并排坐在了放在屋角的一张大床上。桌子上摆满了各种菜肴。隔壁一个房间好像来了很多客人，传来了叽叽喳喳的说话声和噼里啪啦的赌钱的打麻将声。老妇人、姆妈、女儿看上去面相都挺善的。女儿脸长得比较标致，体形也很漂亮，还有一种良家女子一般的青涩清纯气。但穿的是有些粗糙的棉布衣服。我问她叫什么名字，她虽然回答了，但发音听不清楚。于是她从我的口袋中拿出铅笔写了“桂英”两个字。她说自己上过学。

桌子上的菜肴一盘盘被端到隔壁的房间去了。桂英和她的母亲也在这两个房间之间来来回回，显得忙碌的样子。隔壁的房间开始喝酒后麻将就暂时停止了，说起话来。好几次听他们说到“二十一条”这个词。我觉得有些奇怪，就问朱君，朱君答说他们在讨论“二十一条”和大连旅顺归还的问题。来到了一个卖淫窝，赌着钱，却在谈论国事，这到底是中国啊。

朱君指着桂英问我：“怎么样？不错吧？”我真心地表示了同意。我还以为朱君会说“那就让她来服侍你吧”，但他没有说。朱君接着说道，桂英家今天来了很多客人，没有时间来招呼你，过几天再来吧。今晚带你去一个“幺二”的二流艺妓的地方去玩吧，与只卖艺的“长三”不同，但也相当有意思，日本人几乎不去那里，一定会很有意思的。这里稍微叙说一下朱君。他是浙江人，听说在家乡经营农园，平时在上海生活。像是有钱人家的公子，气质不凡，见过许多世面，是一个有点女性美的男子。二十岁前后去了日本，在大阪生活了两三年，因此日语很棒。这位朱君是我到达上海的第一天在日本人俱乐部里经人介绍认识的，他好像也没有特别的工作，每天就是坐着汽车到处玩玩。他喜欢一个叫绿牡丹的演员，曾带着他到我这里来过，是一个典型的浪荡公子。

看了一下表，已经过一点了。不过朱君没有平时的时间观念，满不在乎。我们到了外面，走向对面拐角停着的汽车，摇醒了正在做梦的司机，接着去了棋盘街[1]。那儿是窄窄的小巷，我们便在路口下了车，走上了铺着石板的道路。走到很里面的时候，两边排列着很多妓馆。写着妓女姓名的标牌在门口列成了一长排。街上一片幽暗，哪幢房子看上去都是古色苍然，气氛阴沉，令人难以想到这是一条花街。然而还是有三三两两的人在街上走着，像是观光。我们试着走进了其中的一家。

底楼中央有一间很大的房间。中间看上去像是祭坛，大红的蜡烛烛光闪耀。其下面像是一个账台，一个模样蛮恐怖的男人一直盯着我们看。拉胡琴的、卖水果的正等着客人进来。这里宛如深山中的荒寺那样古旧，仿佛有幽灵游荡般的

[1] 今河南中路（广东路至延安东路段），初期以烟馆、旅馆、茶馆、妓院居多，20世纪初商务印书馆、中华书局、文明书局等出版社报社开始汇聚于此，成了报馆出版街的代名词。

阴郁。大房间的周围似乎也有几间屋子，不时可瞥见老鸨或年轻女子的脸。这越发使人感到一阵悚然。出来一个掌柜模样的男人，把我们领到进门旁边的房间。然后他仰头对着二楼大声喊叫着什么。瞬间周边响起了一阵嘈杂的喧腾声，很多女的朝着我们的房间涌过来。大概有十五六个到二十来个吧。这些女子争先恐后地挤到狭窄的门口，用尖利的声音招呼我们。

“赶紧决定一个吧。”朱君拍拍我的肩膀说。

我甚为讶异，正不知如何是好时，女人们的声音就更加喧阗吵人了。来得晚的人就将脚尖踮起来以使自己的脸露出来。大概有十五或二十张前面垂着刘海的圆圆的脸在我眼中转过。朱君再次催促我。我终于牵住了离我最近的一个小姑娘的手把她拉到一边。女人们“哇”地叫了一声，像退潮般地从门口散去。

“哎呀，吓死我了！”我一边擦着汗一边说。

“不可磨磨蹭蹭的，要立即作出决定。”朱君笑着说。

“但是，一下子涌进来那么多人，如果不是慧眼，真的很难快速决定的呢。”

我选的那个姑娘是个十六岁左右的女孩。只有眼睛长得像成人那么大了，鼻子和嘴都像玩具一样小巧巧的，一双手像孩童一样弱小。她坐在了言语不通的客人的身旁，像一只山上捕来的小鸟似的，冷瑟瑟地缩起了双肩。我们喝了一杯老鸨沏上的茶色像血一般的浓茶，放了一元银洋的小费离开了这里。此后去的娼家也重复了同样的程序。不过这次选了姑娘之后，跟着一起去了她在二楼的房间。登上了又窄又陡的楼梯，来到了二楼的走廊。房屋的结构与上一家差不多，但从二楼望下去情景很奇怪。房子的中间成四角形，空荡荡的，楼下是一间铺着地板的大房间。二楼有四角形的内廊，其外侧排列着好几间娼妓的房间。正上的房顶犹如温室一般，是玻璃天顶，可望见星星闪烁的天空。但并没有什么风雅的感觉。这是因为在玻璃天顶之下横七竖八地拉了许多绳子，密密麻麻地晾晒着许多衣物，夜空也只能看见一小部分而已。

那所房子也已经很旧了。柱子、栏杆和门窗等都积满了油污和尘埃，犹如锈铁一般黑乎乎的，好像进入了一艘海难之后被冲到孤岛边好几年的旧船的船底一样，一片寂寥。我没想到这世上竟然还会有如此肮脏、如此阴惨的地方。从门口可以看见涂了白粉的女人的脸。好像叫来了流浪艺人，从一间关着门的房间里透出了胡琴的声音。

走进娼妓的房间后，倒也没觉得怎么阴惨。在颇为宽广的长方形房间的一边，有一张挂着帷帐的大床，在其对面也有一张普通的床。屋内有红木的桌子、椅子、梳妆台，还有其他的一些用品。每个房间大概有两个娘姨、一个还处在娼妓见习阶段的小姑娘。娘姨穿着宽宽大大的脏脏的衣服，头上并没有抹过油，都是些长得颇为难看的老妇人。她们捧着饭碗拿着筷子一边吃饭一边走到客人身边说着什么。其腔调动作的粗鄙真是难以形容。这时卖水果的挎着箱子过来兜售。虽说了“不要”，但要是不买的话他可不会离去。

同样的妓楼我们走了好几家。在一家妓楼发现了一个相当漂亮的女子。那姑娘个子高挑，肤色如雪，头发乌黑，且长着一双水汪汪的大眼睛，口如樱桃。

问了她的名字，答说：“高文仙。”

“你老家在哪里？”

“苏州，您知道苏州么？”

我还没有出上海一步，自然不知道苏州。请朱君把这意思告诉了她。“苏州是一个安静的地方。”高文仙说道，神情像是在考虑什么。

此前有一个男子走进房间来，在对面的桌子上写着什么。我问这是在写什么，答说是代人写信的。我走到他的背面去看了一下。见到了这样几个字：“今宵高文仙有不虑之虞。”

高文仙神色凝重，事实上确有担心的事。

绿牡丹*

朱君来到我这边说："今晚去看绿牡丹的演出怎么样？"对于中国戏剧，我来这里不久就跟同旅馆的人一起到四马路的第一舞台去看过一次。舞台相当大，很像样。且舞台布景、声色电光、大道具等都相当先进。但是有点悲催的是，最关键的剧情却一点也不懂。有些动作到底是在干什么也不了解。剧名叫《一粒万金丹》。一开始听上去吵得不得了的伴奏音乐，当你慢慢习惯时，也可以感觉到从喧闹的音色中涌现出来的某种气氛。演员和着胡琴声高声演唱的曲调，你也可感到从中表现出来的无尽的欢乐和悲哀。一个叫何雁秋的扮演旦角的演员，长相和身段都很美丽。不过我只

* 绿牡丹即黄玉麟（1907—1968），原名黄琼，贵州安平人，生于江西南昌，民国时期上海的京剧演员，曾有"南方四大名旦之最"之称，与梅兰芳有"梅绿之争"。在村松梢风协助下，于1925年赴日本巡演，"绿牡丹"称号来自其师父戚艳冰。

看得懂这些。绿牡丹，我只听说过他的名字。他是上海目前最有人气的旦角演员，被称为南方的梅兰芳。恰好在此时，有传闻说他将要去日本，通过报上的新闻，我算知道了这些事。

晚上十点左右出了门。地点在开封路上的春华舞台。那家剧院外观相当有模样，里面的舞台和观众席也很大。上海市内的剧院构造基本上都欧化了。我们在二楼紧靠舞台上的座位上落了座。观众约有八成。

正好绿牡丹登上了舞台。他扮成一个村姑，与另一个名曰刘玉琴的旦角一起出演。扮相动作几乎与日本的歌舞伎没什么两样。只是手上拿的不是扇子而是花束，一招一式，步子动作也与日本的舞蹈几乎没有差异。伴奏的乐器主要也是笛子和胡琴，完全不吵。

绿牡丹的身段真的是跟女子没有任何两样。日本演女子的演员，总有些线条僵硬和畸形的感觉，而他身上完全看不出来。长相也实在是漂亮。我特别被他的一双眸子吸引住了。流目顾盼，凝视物象时的表情无比的艳丽。

“绿牡丹几岁啦？”我望着朱君问道。

“十七岁。”朱君嗑着瓜子回答道。

“十七？”我吓了一跳。以一个十七或十八岁少年的身体和心灵竟然能把艳色表现到如此的地步，实在令人称奇。我想，中国人大概是具有这种不寻常的气质吧。

绿社编写的《绿牡丹》封面，书名由著名书法家吴昌硕题字

癸亥初夏

綠牡丹

吳昌碩

日本“帝剧版”《中国剧解说》中的绿牡丹便装照及吴昌硕题字（中国人民大学文学院江棘提供）

观众在看戏的时候，不断地抽着烟，吃着东西或喝着茶。二楼的前排都让花柳界的女人们占满了，这一点无论是中国还是日本都一样。但是剧场里整个的气氛与日本的戏剧比起来要显得朴素和平民得多。在这里，看不到那种令人炫目的浓艳和华美。

朱君带来一个中国人介绍给我。

“陆先生，小说家。”

那人还很年轻，戴着一副黑色眼镜，微笑着与我说了几句话之后，往上走了几排坐下来，眼睛完全没有在看戏，只是一个劲儿地在写着什么。

“我们到后台去看看吧。”朱君说。

于是跟着他一起去了。小说家名叫陆澹庵[1]，我们从他身边走过时与他打了个招呼，再一看，原来他正在校对一本书，书名叫《绿牡丹诗集》，是一本汇集了全国的文人赞美绿牡丹诗作的集子。我们先要走到室外去，然后再绕过去进入后台。那儿颇为嘈杂，就像一般剧院的后台一样。里面放着岩石、树木等大道具。与日本不一样的是，这里的后台没有二楼，地面上也没有地板。空间被分隔成好几间，每个房

[1] 原文中漏掉“庵”字。陆澹庵（1894—1980），原名陆衍文，后改名陆澹安，江苏吴县人，弹词作家、小说家。曾任国文教师、编辑等职务。1924年参与创办中华电影学校和中华电影公司。1927年亲自编导了《风尘三侠》，还将平江不肖生的《江湖奇侠传》改编成多集电影《火烧红莲寺》。陆澹庵是绿牡丹的戏迷，与绿牡丹有很深的交情，多次为绿牡丹撰写剧本、报道、文集。

间的中央都有一张大桌子，桌子边有很多梳妆镜，演员们正在画着脸。演生角的人聚在一个房间，演旦角的人聚在一个房间。绿牡丹的房间大概有十几平方米，不过那里也有四个人围坐在桌子边化着妆。绿牡丹朝着进门的方向在化着妆，与刘玉琴面对面。眉毛画得浓浓的，头上插着两重羽毛的他，见到朱君时，发出了粗粗的男声，欢快地与他说起话来，与舞台上独唱和念白的声音完全不同。随后朱君把我介绍给了他。他笑盈盈地微微向我鞠了一躬，没有说话，只有这微笑的神情与舞台上毫无二致。他正在为下一出上演的《侠女十三妹》中的角色化着妆，这是一部叙述革命事件的戏剧，他扮演一个将军的女儿十三妹。我在一旁看了一会儿。他在如凝脂般细滑的皮肤上涂上了一层又一层的脂粉，其认真的程度，是日本的演员不能比的。脸描画好之后，再戴上鬘，即使从侧旁看也艳丽无比，完全不像一个男子。

"我没有见过比你更漂亮的演员了，在日本有一个叫中村福助的演员，另外还有一个叫尾上荣三郎的演员，都是著名的旦角演员。你把他们两人的俊美都捏合在一起了，而且你的演技也很棒。"

我夸奖了他。绿牡丹受到了如此的溢美之词，脸上显出了不好意思的神情，就好像他演的十三妹受到了恋人夸奖似的害羞地笑了起来。

翌日，朱君带着绿牡丹和他的父亲到我入住的旅馆来

日本杂志《国际写真情报》1925 年 7 月号刊登的绿牡丹照片。旁附的说明文字称他是中国著名演员，即将到日本东京演出，图中是他在剧目《珠帘寨》中的扮相

日本“宝塚版”《中国剧解说》中的绿牡丹演出照，上下图分别为:《风尘三侠》(饰红拂)、《游龙戏凤》(饰李凤姐)(中国人民大学文学院江棘提供)

玩。绿牡丹的父亲叫黄吉人，不是演员，不过颇有学问，在革命发生的前后为国事奋力奔走，出生入死[1]。这样介绍之后再看一下他的模样，瘦瘦的，留着稀疏的胡子，温柔的脸庞上却有着一种志士的精悍。绿牡丹的本名叫黄琼，字玉麟[2]。九岁的时候成了戚艳冰[3]的弟子,初次踏入梨园。历史上演旦角的大都是被称为相公的同性恋男子，只有绿牡丹是正儿八经的家庭中成长起来的少年。良家子弟去演戏，在看重旧习惯的这个国家，并没人会说这是件大好事。但是，他确实具有演戏的天分。我想，在不出几年的工夫内就成了一个中国南方名闻遐迩的名优，也绝不是一件偶然的事。

“你要去日本的事，报纸上也有报道了，这件事进行得怎么样啦？”

“那件事好像有些不顺利。听说中介人去帝国剧场谈了，但是今年秋天之前剧场都排满了。而且剧团一行有一百五十人，一路开销很大，现实上很难成行吧。”绿牡丹的父亲回答说。

---

[1] 黄吉人，原名黄炎，曾在江西任候补知县、步兵混成协第十五标统带，1911年响应武昌起义，后任江西省都督府参谋次长，1913年在江西参与“二次革命”，后弃官逃亡至上海从商。

[2] 绿牡丹的字应是瑞生，玉麟是后来改的艺名，这里应是村松梢风弄错了。参见北京市艺术研究所、上海艺术研究所编著:《中国京剧史（中卷）》，中国戏剧出版社1990年版。——编者注

[3] 戚艳冰，沪上名伶，艺名绿牡丹，于1919年病故，后艺名转授给黄玉麟。

“这倒是有些遗憾呢。不过，今年要是去不了的话，以后一定设法到日本去一次吧。因为日本的演剧比较先进，到那边去看看，对你很有裨益的。”

我这么一说，绿牡丹显出了对日本的戏剧向往的眼神。

“我是不赚钱也很想去，但是剧团里的人光算计着钱。”

那天不久还要演戏，父子俩一起回去了。

此后我也常常去别的舞台看戏。亦舞台的欧阳予倩是中国菊坛一流的新人，毕业于早稻田大学[1]。有个朋友想把他介绍给我，两个人一起到我的住处来过，不巧我没有在，失去了谋面畅谈的机会。北京的名优尚小楼来的时候，也去看过两回。对中国戏剧也渐渐有点懂了。虽因关键的唱白听不懂，故事的剧情也搞不明白，颇有些遗憾，但是因为中国的戏曲差不多是一种歌剧，即使剧情不很明白，剧中所具有的气氛和韵味也比较容易理解。更何况每个演员演技的高低，则一看就明白了。演技拙劣的即使剧情明白，看着也没意思，演技高明的，哪怕剧情不懂，也很好看。就戏剧本身而言，中国的戏剧是极其单纯幼稚的，但是演员中具有出色演技的不在少数。不管将其置于怎样的形式约束下生长，个人能施展能力的地方还是能发挥出来。在我所看过的中国演员中，名人也相当多。不过那些人都是

[1] 欧阳予倩（1889—1962），戏剧艺术家。1902 年留学日本，后曾加入春柳社、南国社等，1929 年创办广东戏剧研究所。1949 年以后担任中央戏剧学院院长、中国文联副主席，创作剧本多种。

上了年纪的。像绿牡丹这样乳臭尚未干的少年，且已发挥出了如此天分的人，在别处还真没见过。对他的将来，我很看好。[1]

[1] 这里还有一段后话。后来经朱福昌提议，村松梢风从中斡旋，屡经辗转，安排了绿牡丹于1925年7月赴日本演出，梢风还为此预付了演出经费。但朱福昌擅自占用了这笔经费，导致绿牡丹无法前往。梢风只好赶赴上海，重新落实资金，使得绿牡丹赴日演出最终成行。绿牡丹在日本东京、神户、大阪等地演出，反响热烈，日本各大报纸争相报道，誉其为中国戏剧界之“杰出人才”，还专门出版了《绿牡丹号》杂志。同时，梢风也多方寻找朱福昌下落，最终在宁波找到了朱，因不忍朱的落魄情形，不再追究。朱后来遁入宁波郊外的天童寺做了和尚。具体可参阅徐静波《近代日本文化人与上海1923—1946》，上海人民出版社2017年版。

田汉先生

因为获得了佐藤春夫君的介绍函，我想去访问中国新的青年文士田汉君，于是去了静安寺路上的中华书局编辑部。这是一条电车不通的住宅街，道路很宽，两边尽是很大的宅邸，纯然西式景象。中华书局的编辑部和印刷部都在一处。红砖建造的工厂和编辑部的建筑也都很大。中华书局的店铺在四马路的街角上。这里出版、印刷和书籍文具均有兼营。首先令人联想到博文堂的格局。

在门房递上了名片和介绍函，就被引进了一间会客室。会客室里已有了两批客人，正在用我听不懂的中国话一个劲儿地交谈。一会儿田汉进来了。

“欢迎欢迎。什么时候到的？”田君用一口漂亮的日本话说道。

“五六天前来的。本来一到就想来看你的，因不熟悉情况，所以就……”

“现住在哪里？”

“一家叫丰阳馆的日本旅馆，在西华德路上。”

“哦，是吗？你要是早告诉我的话，我就到码头上去接你了。而且我家有几个空房间，你住到我这里来也可以嘛。”

我们俩仿佛一见如故。田君约有二十六七岁，是一个瘦瘦的高个子青年。长长的头发不是用梳子，而常常是用手指往上挠抓，因此都乱蓬蓬地缠绕在一起。苍白的神经质的脸上，一双大眼睛总是忧郁地、似乎有点惊恐地不住眨动着。其身上下穿着浅绿色的棉衣裤。

“我每天下午四点以后就没事了，今天就直接回去吧。我家就在附近。你稍等一下。”

田君说着留下我走开了，不过马上就回来了。

“让你久等了。”

我们出了编辑部，一边走一边聊着佐藤春夫君的事儿。田君在日本留学了六年，去年秋天刚从日本回来。一开始进了东京高等师范学校，读了一半改变了目的，兴趣转向了文学，学校就不上了。

田君的家就在附近的民厚北里[1]。折入一条弄堂一直往

[1] 田汉夫妇自1922年从日本回国后居住在此。民厚里，前起福煦路（今延安中路），后到静安寺路（今南京西路），东至哈同路（今铜仁路），西至赫德路（今常德路）。被安南路（今安义路）一分为二，南面的七条弄堂称民厚南里，北面的五条弄堂称民厚北里。这条里弄曾经入住过不少名人，如毛泽东、郭沫若、田汉、张闻天、施蛰存、徐悲鸿、严复、廖仲恺、何香凝、左舜生、戴望舒等。

里走，在尽头处有一扇大门，一丈左右高的木门半掩着。约有门两倍高的围墙将邻家隔了开来，其处有一棵似是朴树的古木枝叶繁茂。房子看上去很大，楼下一侧的房间可看见上了年纪的老妇人等的身影。田汉噔噔地快步走上了狭窄的楼梯，将我带到了二楼他自己的书房。房间里放着一张简朴的床，有个二十岁左右的年轻人睡在那里，我们进房间时，那人醒了，走了出去。瞧了一下书架，见上面放满了英文的小说和日文的文学书等，书桌上放着一部文稿的校样。

我向他说了自己到上海的目的等。田君跟我谈了他目前所从事的工作和将来的计划等。他读的比较多的小说是托尔斯泰、陀思妥耶夫斯基的作品，说自己将来想当一名剧作家。听说田君二十六岁。

“对我来说，东京是第二故乡了，挺怀念的。而且两年前我在东京结婚了。我的妻子易漱瑜是我的表妹[1]，从小就订了娃娃亲。她也很想念东京的。我的老家是湖南，不过现在很乱，即使回去也无法生活。我的母亲和岳母现在都和我们一起在这里生活。此外还有我的弟弟和今年元月妻子生下的小孩，家里就这些人。”

“你的父亲呢？”

“父亲早在我小时候就去世了。我的岳父，在漱瑜到东京来与我结婚后不久，在家乡被人暗杀了。因为我岳父是

[1] 湖南长沙人，1924 年病逝。

政治家[1]。因为发生了这样的事，我们结婚虽是件开心的事，但不得不过着悲痛的日子。”

田君说话时有一个癖性，眼睛会向上翻，一边想着一边说。

田君从楼下抱来了婴儿给我看。“这是我孩子。”他的神情显得极为喜欢，说话时忍不住用脸去贴近小孩的脸颊，或把他放在膝上轻轻摇晃着他。

话题转到了中国的文坛。

“现在中国的文坛死气一片。传统的文学几乎都徒具形骸，毫无生命力。现在势力最盛的是在上海出版的通俗文学的杂志和书刊，都是些低级庸俗的东西。我们的一批朋友聚集起来创办了一份《创造》杂志，其中有中国最新锐的小说家郁文（达夫），诗人、剧作家郭沫若，批评家成灏等[2]。什么时候我把他们介绍给你。我自己呢，以前主要是在做翻译，今后想主要从事创作。”

“你刚才说要写剧本，是写现在上演的那种旧剧呢，还是不一样的戏剧？”

田君赶紧摆了摆手，有些口吃地说道：

---

[1] 田汉的岳父即易象（1881—1920），湖南长沙人，随孙中山参加革命，1920 年随程潜赴粤东策动滇桂军，11 月遭军阀赵恒惕杀害。

[2] 此处的《创造》应指 1922 年创办的《创造》季刊，是由创造社创办的文学杂志。该社于 1921 年成立，由郭沫若、成仿吾、郁达夫等组织，是中国新文学史上著名的文学团体，成仿吾即成灏。

“完全不一样。中国的旧剧对我们这些从事新文学运动的人来说，完全无关。我们完全不以现在剧场中的观众为对象，只有另外开辟一条新的道路。如今在学校等地有时也在上演新的戏剧。我创作的剧本也上演了两次。但是眼下没有合适的女演员，这还是不行。”

“就我所看到的，上海的女学生非常洋气，很活泼，我想，应该会有很多人适合做女演员。”

“这是有的。但是中国还很落后，即使有想做演员的女生，家里也不会允许。”

“怎么说呢，良好的家庭允许自家的孩子去做女演员，恐怕这样的时代永远不会来吧。从这一点来说，任何国家都是一样的。”

两个人说着说着，时间已到了五点左右，我决定回去了。这时田君对我说，我陪你一起回去吧，也可记得你住在哪里。于是两人走下了楼梯。

“给你介绍一下我的太太吧。”田汉说着走进了旁边的一间房间。

“漱瑜，漱瑜，你过来一下。”他用日语把太太叫到了房间外面。

易漱瑜笑盈盈地走了出来。肤色白白的，圆圆的脸，剪着短发。听说她的年龄是二十二，因为穿着中式服装，又剪着短发，看上去特别年轻。

“欢迎你啊。”田太太用发音比她丈夫更为标准的日语对我打招呼。

“上海和东京哪个好呀？”我问她。

“东京要好得多。上海虽是自己的国家，可我觉得一点也不好。”田太太轻声地回答说。

田君和我一起走到了有电车的地方，正好电车没有来，我们就决定走一段路。田君步子很大，走得很快。在路上见到扛着竹子的苦力戴着耳环，我不觉感到有些异样。

“男人戴耳环好像蛮奇妙的。”

“那个呀，有一种认为倒霉的迷信。运气不好的人如果把自己的身体的某个部分弄伤了的话，那个人的命运就会转变了。我在小时候经常这样做。”

“哎，这个好像很奇妙呀。不过，那个苦力一辈子都在搬运竹子，就最好地证明了这种迷信是没什么意思的了。”

这时电车来了，我们就上了车。在车上又说起了话。

“您去过新世界[1]和大世界[2]吗？”田君问我。

“没有，哪儿都还没去。是什么样的地方？”

“用日本来比喻的话，就是浅草一带的大众娱乐场了。不过，跟浅草那边还是不一样。规模很大，到了那里，中国所有的演艺都可看到。”

“有些什么演艺？”

---

[1] 新世界，1915 年建成，在今南京路、西藏路口，今已不存。

[2] 大世界，1917 年建成，在今西藏南路、延安东路路口，今天仍存在。

“各种各样都有。其中特别想让您看看的是大鼓。现在上海这个很流行。我觉得作为一种民众艺术，也有相当的价值。其中有如今在新世界演出的姑娘晚香玉[1]，在大鼓艺人中演技是最出色的，极有人气，星期六的时候，在报社杂志社供职的一拨年轻的知识人会结伴到那里去看。”

然后田君亲切地告诉了我大鼓是一门什么样的艺术。不过不去亲身经历、亲眼去看一下的话，我还是无法确证实际的情形到底是怎样的。然而从田君说话的神情中我多少能想象一些大鼓艺术的有趣，突然间我就很想去看一下了。于是我就请田君一起先回到我的旅馆，然后一同吃了晚饭再出门去新世界看戏。

[1] 晚香玉，民国时期上海知名大鼓艺人，如《戏杂志》第七期（1923年3月）称赞其“技艺亦有独到处”。

新世界、大世界

八点左右后，与田汉君两人去了新世界。新世界在大马路的尽头，在电车轨道的两侧各有一幢建筑，相对而建。

买了两角银洋的门票到了里面。乍一看，像从前浅草的露娜乐园（Luna Park）和大阪的乐天地那样的地方，不过规模要大好几倍。我们首先来到了圆形的大剧场。正面挂有一块匾，写着自由厅。那部分比较高，周围较低的地方放着许多桌子，像是咖啡座。田君稍微瞧了一下演艺场，说道：

“现在演的正好很无聊，我们到别处去看看吧。”

说着把我拉到了庭园的方向。说是庭园，其实如同一个花园般。有一个可以骑马的狭小的马场，还有大蛇展示等。

“二楼也有各种各样的演艺，刚才的那个是最有意思的，我们再回去看看吧。”

我们又回到了刚才的圆形剧场。里面已经坐满了客人。开始时我们站在旁边的地方看。

“正好大鼓开演了。表演者是一个叫蓉凤的艺人。”田君说。

台上有三个男的坐在桌子前弹着三弦。一个女艺人站在其右边演唱着什么。演唱者在演唱的间隙，用一根细细的木槌敲击着架在一个细小架子上的直径六七寸、厚度约两寸的小小的大鼓，左手拿着一个类似的小小的节奏板的东西，与大鼓相配合，发出咔嚓咔嚓的鸣响。三弦琴腔的皮膜用的是大蛇的蛇皮。其琴杆要比日本的义太夫三味线[1]还要粗一倍。音色只是空空的响声而已。琴杆是直直地竖着拿的，弹奏出极其单调的铮铮声。女艺人的演唱，一半是唱一半是说。曲调突然高亢起来，在调子和唱词之间说唱的部分，有一些浪花曲[2]的味道，不过发声的方法全然不同，而且也没有那么野性。这个名叫蓉凤的女演员，肤色黑黑的，鼻子塌塌的，相貌上一无可取。

我们等别人离开后，赶紧找机会坐到了最前面的一排。环视场内，都是中国人。既有留着胡须的老人，也有流莺打扮的年轻女子。工薪阶层、体力劳动者、商人太太模样的、卖果子的，各种阶层各种行业的人都汇聚在此。跑堂的送来了茶水，拿来了热毛巾。在中国，无论是菜馆还是戏院、娱

[1] 日本江户年间流行的一种三弦，琴杆比较粗，音色比较浑厚低沉强烈，是一种叫净琉璃的日本传统曲艺中的伴奏乐器，义太夫是净琉璃的一种流派。

[2] 江户末期在大阪形成的一种说唱曲，在三味线的伴奏下一个人独演，内容多为军事、市井故事等。

乐场等，不管你到哪里，都有人一次一次地送来热毛巾。大概是中国人平时都吃油腻食物的缘故吧，所以要不断地用毛巾擦脸擦手。如果是干净的毛巾用起来自然是比较舒服的，但一般都没有好好消过毒，往往成了传染病的媒介。在这里情形尤其糟糕。脏脏的毛巾送过来，对他说“不要不要”，照样还递到你的面前。这里和菜馆里不一样，一旦你用了，就要付给若干小费。

表演每隔二十分钟左右换个品目。变戏法、曲艺、盲人弹奏三弦、模拟动物的鸣叫声等演过一遍后，我们期盼的晚香玉和她的妹妹晚香莲登台了。跟刚才一样，弹奏三弦的在桌子那一边落座后，稍后出场的两姐妹站在了桌子的各一边。姐姐香玉击打大鼓。这次拿的不是节奏板，而是两件像金属梳子般的东西，把手举到了耳根边，咔嚓咔嚓地鸣响起来。看了戏曲说明书，好像大鼓也有各种流派，晚香玉名字下面写着“梨花大鼓”。

“她演的是王昭君的故事。”田汉君解释说。

晚香玉的声音非常细、柔，有一种艳亮。不过遗憾的是，音量有些不够。但无论是举止态度还是声调，其气品的高雅，都是刚才出场的蓉凤所无法望其项背的。她大概有二十岁吧。个子长得小小的，把前面的头发盘上去再垂在肩上，用一根红丝带扎起来。倒也说不上是一个美女，然而作为一个艺人来说，相貌显得颇为和蔼，有点过于温和了。尤其是口角边不时地会嘬起来，令人爱怜。

“这个人受人欢迎主要是演艺好呢，还是长得漂亮？”我悄悄地问田君。

“哦，演艺，和长相，还有她身上不太像艺人的那种气质吧，还有她是个孝女，总之各种因素加在一起，受到了人们的好评。”

其后也有于佩云、小黑姑等好几个人表演大鼓，我还是觉得晚香玉最佳。到了十一点左右，余下的表演就不看了，走到了外面。与田君告别后我回到了旅馆。

此后我与田汉君还常常见面。最初经田君的介绍，我认识了《创造》同人郁达夫、郭沫若和成灏等诸位，与他们也陆续成了要好的朋友，此事见诸后文。最初是从田汉君那里听说了大鼓的妙趣，此后为了听大鼓，我又曾数度到新世界去，慢慢听熟之后，其内含的妙趣也就渐渐能领会了。不过那儿不仅见不到洋人，连日本人的踪影也难以寻觅。夹杂在中国人的人群中，品味只有该国的人才能欣赏的特别的艺术，我觉得自己已经完全融入了他们的生活中。想到这一点，我感到了一种他人难以体会的愉悦和满足。

与新世界差不多的，还有一个叫大世界的娱乐场。大世界的规模比新世界更大，有十几个演出场所，上演戏剧、滑稽戏、电影、女艺人演唱、说书、大鼓等所有的中国戏曲形式。里面还有菜馆、打弹球的、滑冰场等，以及其他所有的娱乐设施。无论是新世界还是大世界，其规模之大实在令人惊讶。走廊弯弯曲曲，楼梯上上下下，一会儿穿过地下通道，一会儿来到屋顶上，从花园下来后又坐上旋转椅子，场内的道路如蛛网般复杂，极尽迂回曲折之能事。只去一两次的话，无法搞清场内的地形位置，完全是一个迷宫。这要是在日本的话，就尽可能会设计得简单明白，而在中国则是尽可能营造得让你迷惑让你眩晕。这种中国人对于奇幻怪异的嗜好，在这里发挥得淋漓尽致了。

这里的另一个副产品是成群的卖春女。她们将这里看作唯一的挣钱场所。那些站在演艺场人群后面或是两边的女人，并没有在看台上的表演，而是在物色捕捉的对象。她们来到冷寂的屋顶上，装出像是等人的样子，装模作样地在花园散步。她们大抵都做出各种身份的打扮。有艺人的样子、太太的样子、女学生的样子，各种模样都有。遇见男的，就流目送盼。如果男的有反应的话，就再送一次秋波，随即向外面走去。于是男的就紧随其后。女的走了十来米后就回眸后顾。见男的跟在后面，就再往前走。在转角处会停下来，再回眸后顾。就这样在这迷宫中弯弯曲曲地走着，一直把男人勾引在身后。最后到了无人之处，就设法让男人来搭话。女方绝不会主动搭话。到这里来的女子，在涌向茶馆等地的“鸡”看来，是要比自己高等得多的卖春女了。其中也不乏美女。

夜里过了十点以后，装出清纯模样的女子们就坐上了黄包车，威风凛凛地跨进门户的浪荡公子们也都在这一时刻涌到了这里。夜上海在此时拉开了帷幕。

参观学校

拜启者

参观学校事宜，定于二十六日晨九时至十时之间，由周君颂西到尊处接洽。请在宅稍待。此颂

大安

张继[1]

二十四日

散步回来后，见桌上有一封不常见的信函，打开一看，是如上的内容。昨天跟随上海报社相关的几个人去了中国国

[1] 张继（1882—1947），国民党元老，1899年赴日留学，1903年归国，后来又数度前往日本，曾任留日学生会总干事，1913年曾任第一届国会的参议院议长，在梢风等去访问时的1923年，张继任国民党广州特设办事处的干事长，在翌年1月举行的国民党第一次代表大会上当选为国民党中央监察委员和中央宣传部长。

民党的本部[1]，会见了张继氏和居正[2]氏。那时我对张继先生说，想参观一下中国的学校，张继先生大为赞同，说："这是件很好的事情，请一定看一下，我近来跟教育界的关系有些疏远了，但总有办法的，这两天我就安排一下，届时告知你吧。"于是我就拜托了他回来了。从这封信函来看，显然他一直把此事放在心里，并很快为我作出了安排。

翌日在约好的时间内，我接受了中国国民党交际部副部长周颂西[3]氏的来访。周颂西氏在旅馆的会客室里与我见了面，他以一种优雅不俗的态度与我握了手，然后用非常流利的英语对我说："我是张继先生的朋友，对于您参观学校的事，因为张君比较忙，无法陪同您，因此就由我来代替他接待您。"接着又说道："马车已经准备好了，若您现在方便的话，我们立即就出发吧。"因为周君的英语极为流利，我一时无言以对。听大抵还可以听懂，但却无法用英语口语与他对话。

---

[1] 当时位于上海法租界环龙路（今南昌路）45 号。

[2] 居正（1876—1951），中国同盟会最初的主要成员，曾留学日本，1912 年曾任中华民国临时政府的内务次长，1914 年任中华革命党的党务部长，1922 年任护法军政府的内务总长，在国民党的一大上当选为中央执行委员。

[3] 周颂西，生卒年不详，浙江湖州南浔人，时在上海的国民党本部设总务、党务、财务、宣传、交际五个部，周颂西被孙中山任命为交际部副部长，1924 年 5 月曾有一张照片与毛泽东、瞿秋白、汪精卫、张继等合摄于上海莫里哀路孙中山寓所。周家为江南望族，周颂西之弟周佩箴（1884—1952）当时任国民党本部财务部副部长，后任上海中央银行行长。

“我英语几乎不会说，倘若您会日语的话，就请说日语吧。”我说道。

“很遗憾，我日语一句也不会。不过您的英语不也说得挺好的嘛，这已经很好了。”

我的英语怎么可能很好呢！到底是中国的政治家，礼貌得体。不过，如此一来也没办法了，我也无法退缩了，实在不行的话，就用笔谈来解决吧。于是与他一起出了旅馆。对面的十字路口上停着马车。

“您想参观何种类型的学校呢？”周君问。

“尽可能看一些学生比较小的学校。此外，比起男子学校来，我对女校的兴趣更大些。”我答道。

“我知道了。那么走吧。”

说着周君让我先上了马车，然后用中国话叫驾驭者开始驾车。

周君是一位跟我年岁差不多的绅士。动作欢快，穿着合体的新款西服，戴着一副深度近视眼镜。他用手漂亮地捋了一下浅黑色的、有些鬈曲的柔软的头发。马气宇轩昂地奔驰在春风骀荡、尘埃不起的混凝土路面上，发出了得得的马蹄声。街上跟往常一样满是行人，很热闹。

“您是第一次来上海吗？”

“是。”

“来上海的目的是什么？”

“只是想看一下不同的国家。可能的话，想充分研究一下上海的上层和下层、光明和黑暗的两面，然后想以此为舞台写一部长篇小说。”

“这倒是一个很有意思的计划。说起来，上海这个地方您还喜欢吗？”

“我非常喜欢。我对西方和东方的其他国家都不了解，这次来到上海一看，觉得像上海这样有意思的地方，恐怕寻遍全世界都不可得。”我说的是真心话。

“哪里这么有意思呢？”周君显出了难以理解的神情。

我不知如何回答好。我之所以觉得上海好玩，绝不是因为上海人的生活有多么文明，或者景色如何美丽，气候如何宜人。倒不如说在这些方面上海是最不尽如人意的了。不错，无论到哪里，到处都有成排的宏大雄伟的欧式建筑，有漂亮的公园。道路不管是小巷还是弄堂，都有水泥铺设，不像日本的许多道路，需要担心会踩到没膝的泥泞。而且上海具备所有文明的设施。但是，这又怎样呢？这不过是在人们的生活上披上了一件物质文明的华丽的外套而已。而最关键的构成生活基调的精神文明，上海却没有。说没有，也是很正常的。因为这里虽说是在中国国内，政治上的主权却并不属于中国政府，除了老城厢之外，都是外国的租借地。于是乎世界各国的人都来到此地，按照自己的喜好来任意地经营自己的生活。世界上所有的种族都聚集到这里，于是创造了上海这座都市。当地人不仅丧失了政治上的主权，而且这里既无中国传统的文明，也无中国传统的精神。尽管在人数上处于绝对的优势，中国的国民在这里却过着既非中国也非西洋的变形生活。在这样芜杂混沌的空气中，不可能产生优秀的文明和良好的生活。男人沉湎于利欲，女人耽溺于奢华。在这样的地方，人们开始了无穷无尽的淫荡和放纵的生活。谁都会诅咒这样的地方吧。

但是站在其间的我，却发出了类似欢喜的叫声。目迷于华美，糜烂于淫荡，在放纵中失去了灵魂的所有恶魔般的生活里，我越陷越深。于是，一种或者说是欢喜、或者说是惊异、或者说是悲哀，总之是难以名状的感动打动了我。那到底是什么呢？现在的我，自己也说不清。只是，吸引我的、令我向往的是，人的自由的生活。这里，在失去了传统的同时，所有的束缚都被解除了。你想做什么就可做什么。只有任性随意的感情在这里鲜活地露骨地蠕动着。

现在我无法将自己真实的心境如实地对周君告白。我怎么能对他说："我对你们国家的上海感兴趣，是因为它没有秩序没有统一，混沌一片真相难寻。它是一个罪恶的巢窟，体现了一个无节操无道德的社会。"

"我们到了这里完全被解放了吧。这对我来说是最珍贵的了。"我对周君只是这样答道。

正这样说着话，马车来到了高低不平的中国老街的某个巷口，停了下来。我一瞧，入口处挂着一块用油漆书写的牌子“坚秀中西女塾”[1]。周君先从马车上跳了下来，快步走在前面，进入了小巷。走到里面，觉得颇为闲静，两侧都是墙垣颇高的住宅。大概走了四五十米，在左面有一根涂着油漆的柱子和同样色彩的校门。我们在朝门走去的时候，从门内出来一个坐在人力车上的老妇人。周君脱下了礼帽上前与她说话。于是那老妇人下了人力车，态度和蔼地说着什么，走回到了门内，带领我们参观。老妇人约有七十岁的年纪，满头白发，背也有点弯了，但人却很精神。

“这位老妇人是哪一位呀？”

“是这里的校长。这所学校是一所基督教的教会学校，经费也由教会出的。”周君答说。

迎面有一幢两层楼的砖瓦结构的校舍，其他是木结构的平房，有些简陋。那幢砖瓦结构的房子，也不过是幢面宽只有十几米的小房子。也没有像样的操场，只有一小块空地，种着一些花草。老妇人校长将我们带到了幼稚园，然后带来了一位代为导引的老师，说道：“不好意思，因为我必须要外出。”说着跟我们握了握手，移动着小小的脚，有些步履蹒跚地走了出去。幼稚园的教室内，一半用作玩乐，一半排着桌椅，有四十来个小孩在叽叽喳喳欢快地玩耍着，有

[1] 中西女塾是由美国监理会传教士林乐知（Y.J.Allen）于1892年创办的一所教会女校，最初的校址在今汉口路沐恩堂的一侧，或为后文提到的一品香附近的女校。1917年经多方筹款购得占地89亩的经家花园（今江苏路155号）作为新校园。新中国成立后被接管，1952年与圣玛利亚女子中学合并，改名上海市第三女子中学。

的在做折纸，有的在搭积木。有的小孩密密的头发差不多要盖住眼睛了，戴着金的耳环，还有更小的孩子，将头发分成三拨，用红色的丝带扎紧，仿佛毛笔穗一样，也有顽皮的孩子。大家都穿着可爱的中国服装。有两个女老师在照料他们。一个长得挺难看的，另一个则是年轻漂亮。小孩都显得可爱俊俏，让人感到集聚在这里的都是些漂亮的孩子。

“这里的教学是从幼稚园一直到初中。”周君说。

然后我们在替代校长的一个年约四十的女老师的带领下，参观了几间教室和膳堂（就是食堂）。除了本馆的教室比较像样外，别的旧校舍内的教室都比较狭小幽暗，建造得很粗陋。在花坛的对面有一幢像是仓库一般的小房子，那也是教室。学生的人数非常少，最多的教室里有十五六人，少的只有三个人在上课。从小学三年级开始教授英语。六年级的学生已经能用漂亮的英语与老师对话了，还能颂读很难的课文。老师男女各半，女老师每个人都显得活泼有生气，而且令人难以置信的漂亮。学生也长得很漂亮，与日本的女生相比，都显得很洋气，聪敏伶俐。在空旷的食堂的一角，有个十六七岁的学生独自演奏着管风琴。

学生的脸上充满了愉快的神情，洋溢着亲切自由的空气。我情不自禁地想：“多幸福的孩子呀！”和煦的阳光照射在屋顶上，照在花坛上，有几只蝴蝶在飞舞。

我的心情变得无比欣悦，告别了这所学校。走到通电车的大街上，马车等在那里。马车又行驶在了热闹的马路上。

接下来去看神州女校。神州女校也在一条小巷内，狭窄的小巷两边，开着一些杂货铺、馒头店、铁匠铺等小店。但是学校规模要比中西女塾大很多。

“这所学校是蒋作宾[1]氏的夫人[2]经营的。您或许知道，蒋先生是革命的功勋，在中国也是个有名的人物。”周君告诉我。

一位二十七八岁的男子来到了会客室带我们参观。我递上名片后，对方也递上了名片。是一位名曰“谢六逸”[3]的老师。

“我会说一点日语，”谢六逸突然用起了日语，使我大吃一惊，“也常常阅读日本的杂志，也读到过您撰写的很多大著。”

谢六逸的日语相当好。我觉得自己好像回到了日本人的角色。谢先生一边领着我们参观教室，一边很周详地为我讲解了学校的机构组织和教学方针等。这所学校的水准基本

---

[1] 蒋作宾（1884—1942），曾任中华民国临时政府的陆军部次长和湖北省总监，后出任过国民政府委员和驻德国、日本大使。

[2] 周颂西指的应该是近代妇女活动家、教育家张默君，她参与创办了神州女校。而蒋作宾当时的夫人是张默君的妹妹张淑嘉，此处可能是周氏语误。——编者注

[3] 谢六逸（1898—1945），贵阳人，1918年即赴日本留学，在早稻田大学政治经济科毕业，获学士学位，1921年即加入文学研究会，与沈雁冰、郑振铎等人甚为稔熟，1922年4月上旬返回上海时，曾在商务印书馆编译所供职，同年年底离职，转入神州女校任教务长，在文学评论和日本文学的翻译研究上卓有贡献。

上是从小学到中学，在此之上还设有专门部，并且还有美术科。有十七八个美术科的学生在画石膏像。

“您有去过日本吗？”我问谢先生。

“没有，一次也没去过。”[1]

“不过您的日语相当好啊。不想去日本看看吗？”

“是，很想去看看。贵国教育很发达，去贵国一定能学到很多东西。与此相反，中国的教育总的来说还不成熟。您看了也觉很没意思吧？”

“不，我的想法倒是跟你相反。不错，日本的学校规模很大，校舍也很气派，而且因为实施义务教育，学生的人数也很多。但是在这些地方所施行的教育都太注重形式，没有根据个性来因材施教。我倒是觉得在这样自由的学校由你们来施教的这些学生是幸福的。而且我基本上也不是个教育家，对学校的制度等没有什么兴趣。我之所以想要看看中国的学校，主要是想借此来了解一下中国中流以上家庭的小孩生活。特别是想要了解女孩子的状态的话，最好的方式就是到学校来看看了。所以今天主要是看看女子学校。”

“我明白了。您见到了学生后最强烈的感受是什么？”谢先生问我。

“说老实话，我最为惊讶的是，学生中漂亮的孩子很

[1] 谢六逸实际上去过日本。这里遵照原文翻译，至于谢六逸为何如此回答，或是村松梢风记录有误，尚无从查证。

多。一般来说，容貌都很端正，我没有觉得有一个孩子是不聪明的。”

我这么一说，谢先生笑了起来。

“也不至于这样吧。不过中国这个国家，在上流阶级与中流阶级之间也没有很大的差别，然而在中流阶级与下层阶级之间的距离就非常大了。这不仅是生活状态的差异，而且在容貌、脑子是否聪明等方面也有相当大的差异。你们在街上所见到的妇女，大部分都是下层阶级的人。如果见了这些人，就以为中国的妇女都是这个模样，这就错了。学校中的中流以上的女子是这个样子，这是很普通的。”谢先生话语的语气有些得意。

我与谢先生告别，说好以后再见面。看了一下表，正好过了晌午。我们坐上了马车，准备去大东旅馆[1]吃午饭。

“来到上海觉得最舒服的是道路状况的良好。一开始就有这样的感觉，是因为日本、尤其是东京的道路很糟糕。”对汽车和马车行驶时没有尘埃扬起的如砥石般光滑的路面，我这样赞扬道。

“您再怎么赞扬，这些道路也连一条都不属于我国，因此我们没有接受这样赞美的权利。”周君用有些不快的讽喻的语调说道。

我意识到自己说了不该说的话。我能理解他的心情。这

[1] 附设于上海永安公司，在今南京东路627号。

也是在上海的大多数中国人的心情。上海不是中国人的上海，是外国人的上海。说到这里的中华民国的势力，连一片羽毛也不及。我在上海见过了三个大的公园。极司菲尔公园、法国公园[1]和新公园[2]。但是，不管哪个公园，都规定中国人不可入内，门口有警察站岗。为什么呢？因为这是外国人在外国租界上建造的公园，让你进去还是不让你进去都由他们说了算，听说有这样的规矩。如果让中国人进去的话，流荡在街头的大量中国苦力肯定会进去将其作为睡觉的场所，听说定这样的规矩也是为了防止出现这样的现象。如果苦力大量涌入的话，公园的美丽也就消失殆尽了。这当然挺尴尬的，不过总有什么好的管理方法吧，不能因此就将所有的中国人拒之门外，这样的做法太过粗暴。世界上所有的人种，不管是流浪者还是卖春女，都可自由地进入外滩公园，然而作为这片土地的真正主人的中国人，不管你是绅士也罢淑女也罢儿童也罢，却不能踏入一步。每当我去上海的公园游玩，总会看到有许多中国小孩围在栅栏外面往里边张望，就觉得很可怜，游兴也顿时消失了。要定规矩总可以找出许

[1] 即今天的复兴公园。原为顾家宅花园，1900 年义和团运动时，作为法军的驻地。1909 年建成公园开放，一般称为法国公园，抗战以后改为复兴公园。

[2] 即今天的鲁迅公园。1896 年时工部局将这片土地买下后用作万国商团的射击练习场。1905 年改建成“新靶子场公园”，居住于虹口一带的日本人称其为“新公园”，1922 年改称虹口公园，1988 年改为鲁迅公园。

多理由来。可是，要求废除这种非人道的制度是天经地义的。我觉得，近年来中国国内频频掀起的要求收回所有权利的运动，也是理所当然的。

大东旅馆是与一品香齐名的中西合璧的现代旅馆。跟一品香相比，感觉更亮堂。但因此也显得斑驳杂乱，让人有些心神不宁。周君与我来到了一个包房内的餐桌边，一边吃一边聊。

周君是个政治家，谈的都是政治的话题。他还年轻，想法好像比较激进。他愤愤不平地说，日本政府总是支持中国北方的军阀，借钱给他们，向他们提供武器。因此中国的在野政党总是失败。他们这些在野政党不是输给北方的那些家伙，而是被日本政府击败的。因此他们频频抨击日本的官僚和军阀。“日本也放出些狠话。我们不希望有这样的政府。在中国，如今我们取得政权的日子就要来到了。我们要建造一个理想的政府给大家看。”说到这里，周君的情绪也越来越激动了。我虽然是他们邀请来的，但这样说日本的坏话，心里也不免有些火。这样看来，周君是一个忠君爱国的死脑筋。虽然我也不喜欢官僚和军阀，但最讨厌别人贬低日本。

“您虽然这样批评日本，但在日本的官僚和军阀势力增长的同时，他们不断地侵略外国，增进了国家的财富。同样是官僚和军阀，中国的那些军阀们每与外国吵一次架，一定就会输，会吃亏，为填补亏空，他们就榨取国民的钱财，自己倒是中饱了私囊，这方面跟日本很不一样。日本人也是很懂利害关系的，我并不觉得他们都很坏。”

我说了这番话，大大赞扬了日本官僚和军阀的好处。思虑周全的周君笑着回答说：

“有一天我们取得政权的话，这一点倒是要向日本的官僚和军阀学习的。”

我们下午去参观了南洋女子师范学校[1]和郊外的交通部大学[2]。交通部大学建筑很壮观，设施也很完善。其宏伟的建筑与郊外的景色很协调。

参观了整整一天的学校，我们在马车上摇晃着疲惫的身体，沿着两边都是法国梧桐的平坦的马路，在夕阳中回到了上海。

[1] 南洋女子师范学校，1912 年创办于上海，湖州商人凌铭之创办并任首任校长，1927 年易名南洋女子中学，1956 年转为公办，1966 年易名向东中学。

[2] 应该就是现在位于徐家汇的上海交通大学，初为南洋公学，民国以后曾名曰交通部上海工业专门学堂，村松梢风访问的 1923 年时，其正式名称为“交通部南洋大学”。

移居俄国人的公寓、友人来

来到上海后，半个多月的时光在梦幻中过去了，对当地的情况也有了相当的了解。这样的话，老待在日本旅馆里也没意思。于是想尝试一下不一样的生活，而且想借一个西洋人的房子，自己随性任意地过日子。于是在 4 月 10 日前后的某一天，出去借房子，结果在老靶子路九十五号[1]的地方，找到了一个房东是俄国人的、相当高级的出租屋，于是就在第二天迅速搬到了那里。

不过，就在同时，我亲历了一起偶然的事件。说起来，

[1] 在今上海武进路。村松梢风在 1927 年出版的纪实体长篇小说《上海》中对此描写道："那条街的人行道上种植了许多法国梧桐，枝叶茂盛，树枝已经长得很高，比一般房屋的屋顶还要高，而在茂密的绿荫下，有点煞风景地行驶着有点脏兮兮的电车。街的北侧，排列着红砖建造的三层楼的有些旧的房子，沿人行道一边有低矮的砖墙，有铁门，从墙内伸出了蔷薇花呀绿色的藤蔓等植物，与有些古旧的房屋很相配，给人一种古风的感觉。"（东京骚人社书店，第 231 页）梢风当年所居住的公寓房子，至今仍然留存，虽然外貌已有些改变。

是我出去寻找出租屋的第一天结识了一个名曰Y子[1]的日本女子，她也住在老靶子路上的外国人的公寓里，在做交谊舞的老师。与她相识不过三天之内，彼此就发生了特殊的关系。这件事在旁人看来也许会有各种非议，但至少在当事者自己，是非常认真的。她也不管与第三者之间此前发生的各种纠葛，总之从那天开始，她就与以前的生活做了一个了断，搬到了我这边，与我同居了。

身为孤独旅人的我，身边的环境一下子发生了变化。在人生的行路上，真的是有各种各样的命运在等待着你。我进入了一个做梦也没想到的新的生活。Y子是一个还只有二十六岁的女子，然而她已经历了几乎所有的人生体验。这主要是由于她的美貌、热情与才气将她导引到了如此复杂的路径中来。因此，她的美貌再加上凄惨的魅力，性格就复杂起来了。温暖平坦的人生离她越来越远了。我不知道这对于她来说到底是不幸还是幸福。有人认为，经历与阅历对于人生而言是最宝贵的。这也确实是一种正确的看法。我把她丰富的阅历当作自己的一种知识，并决定以她为模特儿，来创作一部长篇小说。当然，她也赞同我的计划。于是我们开始工作，有好几个晚上，她叙说，我倾听。

在我与Y子这样的生活开始了四五天后，我的要好朋友

[1]　据梢风后来撰写的《上海》，这名日本女子叫赤城阳子。

田中贡太郎[1]从日本来到上海。这天罕见地下着小雨。我去汇山码头迎接乘坐长崎丸来的贡太郎。船比预定时间晚了些，下午一点左右抵达码头。我在甲板上一等船舱的人群中发现了眼光投向陆地的贡太郎，他脸圆圆的，个子不高，在西服外穿了一件卡其色的春季风衣，褐色的礼帽戴得低低的，差不多遮住了眼睛。我向他挥挥手帕，过了老半天他也发现了我，满脸的胡子中咧开了笑容，摘下帽子向我这边挥舞着。

到了船边问了情况，贡太郎说他应该会住在同乡的某某人家里，而且那个同乡的家跟我一样，也在老靶子路上，一百三十号，近在咫尺，真是巧了。两人都笑了起来。不管怎么说，先到我那里落一下脚，再打电话向对方确认一下。于是我们在雨中坐上了黄包车回到了我住处。

进了房间后，贡太郎就用一种惯常的快速而匆忙的语调向我叙说了离开东京前的事和路上遇到的事，等等。他说，在大阪待了三天，其间一直在喝着酒，有点把身体弄坏了。说了一阵后，贡太郎把房间打量了一遍。在门背后的衣帽钩上挂着插着羽毛的黑色绸缎帽子、法兰西风格的红色呢绒帽。在床架的柱子上挂着粉红色的衬衫、绿色的裙子。Y子今天上午说要去一下理发店，大概是去了那里。贡太郎笑嘻嘻地说：

[1] 田中贡太郎（1880—1941），日本作家，著作涉及传记、游记、怪谈等，著有《中国怪谈全集》，翻译《聊斋志异》等部分内容。

“呵，你倒是没闲着啊。”

此前我还没机会跟他说 Y 子的事，看来也瞒不住了，就把事情简单跟他说了一下。

“哦，是这样啊。我还以为你又跟外国女人在一起了呢。嗨，这是件好事。好好干吧。”贡太郎仿佛是在怂恿我。

“你的西装好像很不错哎。”

我频频扫视着今天才见到的贡太郎穿着西服的模样。我从东京出发前，贡太郎也决定一个月以后到中国来。有一天在中央公论社跟他相遇，一起商议了此事。那时我说：

“你要是到中国去的话，得置办些西装啊。听说中国这个国家傻傻的，要是穿着和服的话，连日本人也要被人当作傻瓜的。”

“嗯，这话我也听说过。反正穿了西服我也成不了基督教的主教。得，入乡随俗嘛。我就置办一些西装吧。”贡太郎回答说。

田中贡太郎，就像世人所了解的那样，出生于土佐[1]，具有典型的土佐人豪爽的脾性。还有，大家比较熟知的，是他好饮。而且喝起来痛快淋漓，过了子夜也停息不了，日常生活也是这个模样，是一个把武士和仙人的气质混杂在一起的人。因为生不逢时，有时处于卖了文稿去买食物的状态。他原本很讨厌西服，有生以来还从来没有穿过西服。他觉得穿

[1] 江户时代的一个藩，大抵相当于今天的高知县，位于四国的南部。

西服很蠢，连衬衫也没穿过。他说穿了衬衫，身体就会发臭。

“你有没有交情不错的西服制作店？”

“当然没有啦。”

“那么，就在这附近有一家我关系不错的，你去那里定做一套怎么样？需要的话，我也可陪你一起去。”

“哦，是吗？那好呀，就赶紧去那里吧。像我这种都没穿过的人，自己怎么来选定呀。”

于是我们就离开了那时还在本乡三丁目的中央公论社，过了电车道，来到了对面四丁目上的一家西服店。到了店里，叫店里给看了各种面料的样品，贡太郎总是说：“嗯，这件可以吗？”一切都让我拿主意。终于到了量尺寸的时候。贡太郎脱去了和服的裤裙，脱去了和服的上衣，只留下一条丁字形的兜裆布，像寺院门口的哼哈二将一样面朝大街挺立着。

“身材好结实呀。”西服店老板站到了他身前望着说。

“不要做得太紧哦，不要舍不得布料，做得宽松一些。”

“好好，明白了。”

于是终于做好的，就是现在他穿在身上的这一套西服。西服店确实没有舍不得面料，做得很宽大。而贡太郎长得肉鼓鼓的，看上去很有派头。

“是吗？穿西服也不错啦，不过嗓子很疼，我这喉咙呀……”说着贡太郎把手指伸到领子里，拉开领子给我看喉咙。

“在火车上睡觉时惨啦，要睡着时，只觉得喉咙口一下子顶住了。中国现在还有枷锁的刑具吧。我想戴着枷锁一定很难受吧。”

就在此时，有一家在上海发行的日文报纸曰上海某某日报的记者来采访我。应该不会有其他事，他一定是想把我与Y子的事情登到报纸上去才来找我的。于是我就把贡太郎介绍给了记者，想把矛头转移到他身上。记者问了贡太郎来上海的目的，谈起了怪谈文学的话题。

“吾辈也读了许多中国的怪谈故事了。不过不到当地来看一下的话，没有实际的感觉……”贡太郎开始了他擅长的高谈阔论。不过记者还是没有忘记来问我的那件事。我这个人，拿起笔来什么都敢写，就是不好意思说自己的事。贡太郎见到我困窘的样子，就在一旁打趣，怂恿记者说：

“你呀，就对他穷追猛打吧。不必客气喔！不要顾及他是我的朋友。就发挥你辛辣的笔狠狠讨伐一下，可不能手下留情呀！”

当天晚上，我的一位朋友M君[1]请客，招待贡太郎、Y子和我在一家名曰“何迺家”的日本料理店吃晚饭。在一间大房间里，来了十来个艺妓，喧喧嚷嚷的。可是，贡太郎跟

[1] M君，此处的M君与后文的M君为同一人，根据有关文献，M君应该是村田孜郎（？—1945），出生于日本佐贺县，早年毕业于上海东亚同文书院，曾任大阪每日新闻上海支局长，东京日日新闻东亚课长，读卖新闻东亚部长，1945年死于上海。对中国戏剧颇为精通，是内山完造“文艺漫谈会”的主要成员，芥川龙之介访沪时，村田是主要的接待者，梢风在沪期间，两人过从甚密。著有《中国剧和梅兰芳》《宋美龄》等。M即村田Murata的首字母。

往常不一样，酒也没怎么喝，有些郁郁寡欢的样子。于是就草草结束了，四个人坐了一辆汽车到四马路去观光了。还在下雨。装点着四马路之夜的无数灯火，映照在被雨淋湿的路面上，犹如霓虹一般。M 君继续将汽车开到了法国租界的某户秘密人家，想让贡太郎开开眼。我第一次去那里，是朱君的朋友、一位姓杨的医生带我们去的。此后我也去过一两次。那里让人有一种安心感，不吵，房屋也很漂亮。那里住着两姐妹和她们的母亲。姐姐十八岁，叫王银宝，妹妹十六岁，叫王润宝。大概不是亲姐妹吧。姐姐长着一张圆脸，肤色有些黑黑的，一双眼睛水汪汪，长相和气质都很温和，不过好像总在想着什么心事似的，神情有些寂寥。妹妹润宝和姐姐正好都相反，瓜子脸，肤色洁白，眼睛像小鸟一般伶俐可爱，性格虽然温柔却显得很活泼，总是欢快地玩耍着。这也是有道理的，姐姐必须要接待客人，而妹妹还是一个清纯的小姑娘。母亲看上去四十岁左右，脸上虽有些淡淡的皱纹，但皮肤还算白，也很有风韵，留着年轻女子一样的刘海，乍一看像是三十岁左右。她的两耳戴着上等的翡翠耳坠，双腕都戴着金手镯。眼神和声音还很婀娜。这里好像主要是从别处叫女子过来。

贡太郎好奇地环视着屋内的情景。也是第一次到这种地方来的 Y 子也很好奇地频频打量着两姐妹。人来熟的润宝对我们的来访立即就习惯了，一个劲儿地与 Y 子搭话。可是 Y 子不会中国话，润宝不知如何是好，一会儿用一双细细的手臂挽住对方的脖子，一会儿亲亲对方的脸颊。

“嗨，那是什么呀？”贡太郎指着屋角挂着帐子的地方问道。

“那是床呀。”我回答说。

贡太郎走到红木大床边，用手掀开了帷帐往里一瞧：

“果然是。有一个词叫垂帐红闺，就是这玩意儿吧。”

说着，贡太郎将疲惫的身子唰地一下躺在了床上。

翌日一整天没见到贡太郎。第三天一早他来到了我这里。

“昨天当地的做俳句的喝酒朋友带我去看了南京路。哎呀，那家店叫什么来着？在那里喝了绍兴酒。中国的酒真是好喝，忍不住。结果喝得酩酊大醉，连怎么回来也不知道了。真痛快！那家酒馆有一种下酒菜，像是一种蛤蜊干，这家伙真是好吃得不得了。嗨，今天去那家喝酒吧。”

中午时分，我们三人出去逛街了。贡太郎在我这里时，喝了樱桃白兰地，已经醉醺醺了。“你瞧，田中先生的衣领已经奇怪地翻了出来，你对他说说呀！”在街上行走的Y子在我耳边小声说。

我一看，果然他的衣领已经解开了衣扣，两边的领尖上下都有一寸左右翻到了外边。他一直在叫嗓子疼嗓子疼，今天已经穿了一件软领子的。翻出的领子上，像是缠着一块手绢似的裹着一条领带。要再细细描写的话，在这上面还有一团蜷缩起来的本来看上去很威严的颚下须。

“嗨，你的衣领翻出来啦，怎么回事啊？”

“啊，这玩意儿不好伺候。领带系得紧一些吧，喉咙像被掐着似的，把它松开吧，就这样翻出来了。”

“把衣扣扣好不就好了嘛。”

“不知是扣子太小了还是扣眼太大了，老弄不好。首先是领带这玩意儿不行，嗨，谁来帮帮我行吗？”

走过一家中国人开的烟杂店，贡太郎买了店头摆着的十文钱五支的香烟。

“我说，这种香烟可不能抽。”我对他说。

“没事儿，昨天我买来抽过了，挺好抽的，没事儿。怎么样，抽一支？”

文坛的前辈田中贡太郎，抽着十文钱五支的香烟，向上吐着焦褐色的烟雾，迈着大步走在洋楼林立、人流如织的上海大街上。

贡太郎在上海待了四五天左右，由朋友带着去外地旅行了，扬州、苏州、杭州。我收到了他从各地寄来的信。信上说，他坐了民船沿长江顺流而下，有一次他还说：“十六岁的青楼女，话也说不通，一宿过后就彼此分手了。”

江南的天地。风光明媚。要酒喝有老酒[1]。学了白乐天、陶渊明的故事，贡太郎的诗囊越发丰厚了。期待着他写出这次的旅行记，文章发表后，又要对他刮目相看了。

---

[1] “老酒”是江南人原先对绍兴酒的一般称呼。那时代的日本人也将绍兴酒称为老酒。

《创造》同人

一日收到田汉君的书函，说是某日在家中举行晚餐会，请过来。我十分欣喜，答曰会去参加。我想田君也是一个颇为随意的人，于是就在约好的时间带上 Y 子一起去了。到达后立即被带到了二楼，一看已有五六个客人先我而到了。

“哎呀，我们在等你呀。今晚也来了我的几个朋友，想把他们介绍给你。”主人田君首先站起来说道。

于是在田君的介绍下，我与各位一一寒暄问候。他们是郭沫若君[1]、成灏君、林祖涵君[2]、黄日葵君[3]。不过，

[1] 这应是梢风与郭沫若的第一次见面。也就是说，郭是通过田汉认识梢风的。郭在时隔二十多年的 1947 年写成的《跨着东海》的回忆文中，谈及梢风时说“在北伐前，由内山老板的介绍，在上海曾经有过一段的交游”。[《跨着东海》初发表于 1947 年 9 月上海春明书店《今文学丛刊》第一本《古旧书讯》，这里据《郭沫若全集》文学编第十三卷（人民文学出版社 1992 年版），第 319 页］这一叙述应该是不确切的。内山书店是在 1924 年从住家独立出来后才逐渐成为中日文化界人士交流交往的场所，1923 年的 4 月，内山书店应该尚未成为这样一种（转下页）

这次我必须向大家介绍站在我背后的 Y 子了。实际上，我原本以为今天只是与田君一个人见面，没想到居然有这么多人，不知该如何说是好，颇为尴尬。如果只是田君一个人的话，怎么说他都不会在意，跟他说实话也是很有意思的事，然而当着这么多初次相见的人的面，情况就完全不同了。

“这位是我的太太，就在前几天从东京来到这里。”我说道。

在摆开餐桌之前，又增加了两三个年轻客人，大抵都是中华书局的编辑。

“今晚的菜是我母亲与我弟弟自己做的，所以是纯粹的湖南省的乡土菜。请大家品尝一下吧。”田君说道。

桌子是一个直径两米左右的圆桌。菜一个接一个不断地被端上来。简直难以想象这不是专业厨师做出来的，都相当精致而美味。普通的家庭主妇能做出这样的菜，在日

（接上页）媒介。梢风自上海回国后，立即撰写了如上记述，当不会有误。确实，梢风后来又多次西渡上海，与郭沫若也有些交往，据梢风的回忆，一直持续到郭南下广东（1926 年 3 月）之前，这一段时期的交往，也许会有内山完造的一同参与。因郭在回忆文中有这样一段文字，因此日后的所有郭沫若的年谱和传记都沿用此说，将梢风与郭沫若的认识说成是经由内山老板介绍的，这应该加以更正。

[2] 即林伯渠（1886—1960），湖南人，1904 年赴日本留学，1905 年在东京参加同盟会。1921 年加入中国共产党。中华人民共和国成立后任中央政府秘书长、第一届全国人大常委会副委员长。

[3] 黄日葵（1898—1930），广西人，1916 年赴日留学，最早的中共党员之一。曾积极参加五四运动和中共早期革命活动。

创造社同人在广州的合影，左起：王独清、郭沫若、郁达夫、成仿吾。摄于 1926 年 5 月（《创造月刊》第 1 卷第 4 期，1926 年）

本等地是从未见过的。大概有二十道菜。对着用大盘或大碗盛得满满的菜肴，所有的客人都一起伸出了汤匙去舀来吃。酒有绍兴酒和五加皮酒等好几种。一个人挨个给大家倒了酒之后，就一起举起了酒杯一口喝干。中国大概一直都是这样饮酒的，戏台上上演酒宴的场景，人们也是这样喝酒的。没有日本那样的互相举杯敬酒自然是件好事，但像我这样酒量小的人，早早就醉了。五加皮酒呈红色，甘甜而强烈，因为口感好，我就在他人的劝敬下喝了好几杯。

郭沫若君是从福冈的医科大学毕业的，今年 2 月刚刚回国，是中国最出名的新诗人，同时也是一位剧作家。成灏毕业于东京帝国大学，是一位造船专业的工学士，同时也是一位中国首屈一指的文艺批评家。两位都是与田君一起创办《创造》的同人。在《创造》的同人中，还有一位以小说著称的郁达夫氏，但今天抽不开时间，没能来。《创造》是一份今年 3 月创刊的杂志，是当今中国几乎唯一的新艺术杂志，由四马路上的泰东图书局[1]发行。这些同人们作为新兴艺术的先驱者，依据这份杂志作出了卓有成效的努力。令人觉得奇异的是，郭君也好成君也好郁君也好，他们在学校里的专业都是各不一样的，现在却都从事着文学艺术的事业，将此视为自己的生命。

[1] 泰东图书局，1914 年创建于上海，门市部在四马路的昼锦里青莲阁茶楼底层，欧阳振声任总经理，“五四”后设立编辑部，在马霍路（今黄陂北路），后迁往哈同路（今铜仁路）的民厚里。

“在去日本留学前，我们对新文学诸事都不懂，所以大家都进了各种不相关的学科，可是，从高等学校[1]时代开始，开始亲近文学，进入大学后对文学的兴趣就越加浓厚，虽勉勉强强毕了业，但对所学的课程无多大的兴趣，现在什么是我们的本职，自己也搞不清了。”

郭君用一种和蔼而又带些韧劲的语调笑着说。郭君肤色白皙，高度近视眼镜内的一双有点外凸的眼睛中，荡漾着一种艺术家式的纯真和阴郁的苦恼。成君是一个个子较矮身体圆圆的人，肤色黝黑，嘴唇间暴出了一口白白的牙齿。他是一个很安静的人，大抵默不作声，只是听别人在讲话。不过偶尔也会在别人的话语间抛出一两句话来，犹如胡椒一般辣辣的。他仿佛天性就是一位批评家。

差不多三个小时，喝着吃着说着，一张嘴一直没有停过。我不仅肚子快要涨破了，且已经醉得晕晕乎乎了。不想回去得太晚，正想告辞时，郭君对我说：“我家也就在附近，去坐一会儿吧。”我们两个人，在郭君和成君的引导下，出了田君家。成君像是住在郭君家里[2]。

[1]　现在日本的高等学校，大致相当于中国的高中，但这里不宜将其译为高中，明治末年大正初期的日本，全国仅有八所高等学校，程度比较高，其设立的目的就是为进入帝国大学做准备，其程度大约等于高中高年级和大学预科。这八所高等学校后来都演变成了大学。

[2]　郭沫若 1923 年携妻子返沪，住在民厚南里，成仿吾移住亭子间，把前楼让给郭氏，这里是泰东图书局老板赵南公置办的房子。参见《创造十年》，载《郭沫若全集》文学编第十二卷（人民文学出版社 1992 年版），第 138、166 页。——编者注

我醉意朦胧地摇晃着身子走着。走出了混凝土地面的犹如隧道般的民厚北里，有个小小的市场。穿过这条街，就到了民厚南里的入口。这是一条相当整齐的弄堂，中间是一条笔直的道路，左右两边则是对称的横向小弄堂。在东头第五个横向弄堂拐进去，就是郭君的家了。最前面的一个像是玄关一样的房间里，放着桌子、椅子和塞满了洋书的书橱。

“我给你们介绍我的妻子。”郭君让我们等在外面房间，走到里边去了。

过了一会儿郭君回来了，后面跟着抱着小孩的太太，一看，是一位穿着和服的女子，无疑是一个日本妇女[1]。我们都感到非常意外，呆呆地望着郭太太的脸。

郭太太体形很好，长着一张娇媚的脸，脸上笑盈盈地与初次见面的我们打招呼，聊了各种话题。听说除了抱着的婴儿之外还有两个孩子。郭君说，那两个孩子已经睡了，无法带过来。

“中国这还是第一次过来，对这边的生活还完全不习惯，真不知如何是好。”

郭太太说。据说郭太太是仙台人。我来到了自己所尊敬的外国人的家里，结果他的太太是自己的同胞，这事情总觉像是奇迹一般。总而言之，我沉浸在一种感慨而激动的心绪中。觉得很兴奋。

[1] 即佐藤富子，中文名郭安娜。

回来的时候，郭君和成君，还有抱着孩子的郭太太，一直送我们到了有马车点的地方。马车点备着非常漂亮的涂成黑色的箱式马车。我和Y子与各位告别后坐上了马车。

只听到跑在平坦大道上的马蹄声。我在马车上酩酊大醉，睡着了。

此后过了两三天，郭君、成君和田君三人到我这边来访问。下午三点左右开始，Y子和我两人在他们的陪伴下出了门。从老靶子路出来，沿着北四川路一直走到大马路。Y子与最随意的田君肩并肩地一边说话一边走在前面。我与郭君走在最后面，互相聊着对于工作的心情等。成君一个人在中间，跟往常一样，默默地走着。

到了大马路后郭君说道：

“今天我计划带你们去我家乡的四川菜馆。”

老是让别人请客，内心很过意不去，但想到他们也是一片诚心，就高兴地听从了他的话。正在走的时候，不知谁说了一句：

“哎呀，成灏不见了。”

“刚才还在的呢。”

“怎么回事呀？”

走到前面去看看，又折到后面去瞧瞧，还是没找到。

“莫不是那个黑黑的成灏被人拐走啦？”大家都笑了起来。

不过缺少了成灏一人就没意思了，大家设法再找一下，一路寻到了四马路，走进出版《创造》的泰东图书局，询问“成灏有来过吗？”答说没有。我顺便在店里购买了郭君的诗集《女神》。然后又在四马路上边走边寻，与迎面走来的成君正面相遇。“你去哪里啦？”“嗯，与你们走失后，就去美丽菜馆看看，结果你们还没来，心想大概你们会去泰东图书局吧，就走过来了。”成灏似乎并未感到有什么奇怪，说话时脸上也无笑容。

大家又集聚在了一起，于是直接去了三马路上的四川菜馆“美丽”。菜馆在街角上，看上去很时新。日本的中国菜馆都是广东菜，到了上海一看，有北京、广东、四川、湖南等各地的菜馆。各家菜馆都以自己专门的店招来吸引客人。其中现在最流行的就是四川菜了。这家“美丽”尤其高级，在食客中评价很高。不过我是这天才第一次知晓了有这家菜馆。

看来是事先说好的，这时郁达夫来了。于是一下子增添了很多热闹。他实在是一位令人愉快的才子。今日大家都穿了西服，但郁君的模样尤为清新脱俗。他的日语极其流利，语调流畅圆润。他在东京帝国大学[1]攻读经济学，获法学士学位，却把法学士的名号丢在一边，写起了小说。

菜肴跟上次一样多得不得了，上了各种各样的酒。郁君

[1] 即如今的东京大学。东京大学初建于1877年，1886年改名为帝国大学，1897年又改称东京帝国大学，1947年改称东京大学至今。郁达夫留学的时代，其正式名称为东京帝国大学。

与郭君开始比赛喝酒。Y 子也兴致勃勃地喝着绍兴酒，不停地聒噪着。总而言之，大家都喝得醉醺醺的，很开心。

说是要唱歌，大家齐声说 Y 子先唱。

“那我唱个印度国歌吧。”于是她唱了起来。

“再唱一个！”大家起哄道。

于是她这次唱起了家乡信州[1]的民谣。有搬运诹访明神的神柱时吟唱的调子，有长野伊那地区[2]的民谣，有长野木曾地区[3]的小调等。

“现在我唱一曲湘剧空城计。”

肤色白皙的田君醉了以后脸色通红，于是认真地唱起了诸葛亮在城楼上弹琴的故事。他唱得很精彩。且是那种用了丹田之气发出来的哀痛的声调，最容易让人联想起中国古代的故事。

唱完之后，郭君似乎也不甘示弱，也用戏曲调子唱起了古代的什么故事，可唱了一半唱不下去了。

大家都兴高采烈，忘乎所以。

郁君和郭君好像猜起了拳，输的一方喝一杯酒，结果郭君不断地输不断地喝，最后喝得酩酊大醉。

---

[1] 日本的旧地名，大致相当于今天的长野县。下文提到的诹访明神所在的诹访大社为日本最著名的神社之一，每七年举行一次“御柱祭”，Y 子唱的歌谣大概与此有关。

[2] 日本地名。

[3] 日本地名。

此后我与郁君就没有再见过面，与其他几位倒是又见了好几次。有时我谈起了郁君：

“郁达夫真是一位才子呀！那样的才子，世间不会老让他从事文学的吧。”

“真是一位才子，我们之间都把达夫称作为江南才子。”郭沫若笑着接口说。

郭君是一位真正的诗人。他出生于四川，现在携妻带子来到了人生地不熟的上海，他对上海喧杂污浊的空气非常厌恶，他真切地对我说，再稍过一段时间想到乡下去生活。

“我想时不时地改变一下生活，思考一下不同的事情。”他说道。

他作的诗，不是从前的汉诗，而完全是一种新的诗。我取一首他收在《女神》中的《上海印象》介绍给读者，大家可以想象一下他的诗风。这并不是说这首诗是他作品中的佳作，只是从“上海”这个角度来选的。

上海印象

我从梦中惊醒了！

　　Disillusion[1]底[2]悲哀哟！

[1] Disillusion，幻灭。

[2] 《郭沫若全集》文学编第一卷（人民文学出版社 1982 年版）收录的此诗中为“的”字，此处遵照村松梢风原文。——编者注

游闲的尸，
　　淫嚣的肉，
长的男袍，
　　短的女袖，
满目都是骷髅，
　　满街都是灵柩
乱闯，
　　乱走。

我的眼儿泪流，
　　我的心儿作呕。
我从梦中惊醒了！
　　Disillusion 底悲哀哟！

跑　马

去年年底决定到上海去看一下的时候，去见了曾在上海待过的一两个熟人，问起他们上海的事，他们都不约而同地说起了上海的跑马。

“去上海的话，一定要去看一下跑马。现在非常时兴。”那人告诉我。

跑马场的规则，只听别人说是搞不懂的，只是有一点，如果中了最大奖的话，十元的马票可以中二十五万元，这话实在让我吃惊不小。我心想：“各方面都看了之后，当然这样的地方也应该去看一下。”心里思忖着，我也去买一张马票，运气好的话，也想赢得那二十五万元的奖金。

到了今年的新年时节，母亲去成田山做新年的初次朝拜。在送母亲出门的时候，我蓦地想起了跑马的事，就对母亲说：“妈妈请帮我抽一支签来。”母亲很喜欢做这种迷信的事，就欣然答应，果然帮我抽了一支签来。母亲一脸庄重地拿出来给我看："我可是慎重地做了一番焚木祈祷之后给你抽来的一支特别签啊。"一看，果然是一支很棒的神签。上面写着"八十六大吉"，底下写着四行吉祥话。其中有一句是"车行进财宝"。

"真的是一支大吉大利的神签。妈妈，这句车行进财宝的话，意思就是说，早点去的话，就有宝物装在车上的意思。就是说我以后钱多得不得了啦。真是谢谢你了。"

我把这支签给家里的人都看了，一边欢呼着这可是一支上上大吉的神签呀。我小心翼翼地把它折叠起来放进了钱包。当时直感告诉我："跑马能中奖。"实在是因为除了中奖之外，我不可能会发财。于是有将近三个月内，我像是对待恋人的情书那样把神签小心地带在身边，不时地拿出来欣悦地看看。一想起这张廉价的纸片能给我带来二十五万元的巨大财产，就有些飘飘然，心想我这个人说不定也会有好运来。我心里盘算着如何使用这二十五万元。首先把一半拿出来当作家里永久的生活费，余下的十二万五千就拿着它去漫游世界了。先去纽约，会会佐佐木指月[1]，拿出一万元给贫穷的指月，让他开心开心。然后去欧洲或者墨西哥一带玩玩，随便游荡……

在出发前的一天，我见了芥川龙之介君，跟他说起了跑

---

[1] 佐佐木指月（1882—1945），亦名曹溪庵，日本临济禅师，1930年在纽约创立美国佛教协会。

马的事，他也热情地祝福我获得好运，不过他给在上海的一个朋友的介绍函中却说，如果中奖的话，我也要分他的朋友五万。反正是别人的钱，芥川君说这样的话无所谓，但换了当事人的话，真不想莫名其妙地给一个不相识的人分五万元钱。那天蒙芥川君热情饯行，祝我出门顺利，我内心自然甚为欣喜，可就是这句多余的话，让我困惑不已。

到了上海后，一个住在同一家旅馆内的已成了熟人的跑马通详细告知了我相关的情况。据他说，二十五万的一笔奖金，是每年 5 月份的大规模跑马活动中的冠军奖，必须得等到 5 月份才行，平常的话，每个星期六，有在两个跑马场交替进行的跑马活动。这样的活动中也有俗语称之为 sweep（全胜）的好运马票，买五元若中奖的话，可得三千元。三千元的话跟我的期待相差无几了，不过暂且先中了三千元，至少可以赚到待到 5 月份的费用了。

3 月 28 日我第一次去了江湾跑马场[1]。与经芥川君介绍后来成了朋友的 S 君，以及经 S 君的介绍认识的朱君三人一起去的。S 君说，自己在上海虽然已居住了整整两年，去看跑马今天还是第一次。

“去参加跑马的话，好像有些不正经。”具有绅士风度的 S 君说道。

---

[1]　江湾跑马场，1911 年由日籍华人叶贻铨主持修建，后改建为江湾体育场。

我心想，即使有些不正经，能赚到二十五万也值了。

江湾在北部郊区，距上海市区约有四公里路。宽阔的道路两边是麦田的田园风景。这是跑马公司建造的道路。汽车在快速地行驶着。田野中不时可见几处坟冢。有些涂得黑黑的棺材就露在外面。大约过了二十分钟，到了跑马场。我们在门口购买了一元钱的门票进去了。

迎面有一幢很大的建筑。屋顶下集聚了许多人，三五成群，推推搡搡。那里正开始出售马票。前面的广场上，支起了两块黑板，上面依次写着号码、马的名字、骑手等。有人精神很好地盯着黑板在那里反复比较着。

朱君很有阵势地径直走向对面边头的 sweep 奖券出售点，拿出十元纸币买了两张 sweep。我跟 S 君也不懂，学着他的样也各买了一张。他好像很懂行。大约宽度有一百多米的建筑物内挤满了人，连行走都困难。不一会儿，响起了摇铃声，所有的售票处就停止了奖券销售。人群熙熙攘攘地涌向露天的跑马场。沿着台阶往上走，来到了最下面的看台。看台的空间差不多能容纳两三万人。从我们的看台这边可一览无余地望见整个跑马场。眼前是一片无边无际的平原，天空犹如蓝色的镜子一般透明，在跑马场的那一头，可望见村落、麦田和森林。

跑马开始了。起跑处很远，赛马看上去就像玩具那么小。骑手就像一颗小豆。随着速度的加快，马和人就渐渐地大起来了。最后来到了我们看台面前，人群高声喧哗起来，最后进入了决胜的比赛线。结果怎么样，一头雾水。

“朱先生，我们的奖券有没有中啊？”

“去看一下吧。”

下了看台，朱先生快步走在前面。在奖券销售处的旁边，已经支起了黑板。朱君拿着自己以及我和S君的奖券走到黑板前对比，说了声：“都没中。”

后来又继续买了两三次sweep奖券，都没中。不过终于有点弄明白了sweep这种奖券的性质。这种奖券从一开始计算号码，如果是一千张的话，就算到一千，按先后顺序出售，卖完后销售员就把从一号到一千号的小小的圆球放到一个铜锅一样的东西内，然后不断转动，把小球混合起来，最后打开底下的螺旋，出来一个，再哗啦哗啦地转动后，再出来一个。若有十匹马参赛的话就出来十个，有十五匹马赛跑的话就出来十五个。然后按照先后出来的顺序把小球的号码与赛马的号码一并记录，将十个小球的号码依次与十匹马挂起钩来。这在比赛开始之前就预先揭示了。比赛开始后，取第一名第二名第三名。完了之后首先是买了与十个小球号码相同马票的人，如果自己的号码对应的赛马进入了前三名，就可获得奖金。也就是说，一开始如果自己购买的奖券与被摇落下来的小球号码不一致的话，就已经完蛋了。即使有幸与小球的号码一样，但若不是在前三名的话，也只有十元钱的奖金而已。中奖的比率有多高呢？如果卖掉一千张奖券的话，就有五千元的收入。

其中的两成归跑马公司所有。余下的四千元内，约有七成归第一名，再余下的按照七三的比率归第二名和第三名。在一千人中只有三个人会获得好运。

我摸了一下口袋中的从成田山新胜寺抽到的神签。确实还在。怎么会有这样的结果？心里有些胆怯起来。

“刚才的那种 sweep 太玄乎。这次尝试一下有把握的。”朱君说，这次他买了 place（一种复胜式马票）和 win（赢）两种。我和 S 君也跟着他买了。

Place 也罢 win 也罢，有几匹马参赛，就有几个售票点，标明了号码和马的名字。Place 前三名有奖，但奖额较少，而 win 只有第一名有奖，但奖额很大。

人气高的赛马的售票点人头攒动，而没有人气的赛马的售票点，售票员闲得打哈欠。跟着朱君买了两三回，都没有中奖。

“看来不能跟着朱君了。”S 君终于神情沮丧地说。

我有我的想法。“都是因为全都跟着朱君，才如此倒运。我身上有成田山的神签。也许成田山神签的意思是叫我自己来决定。”于是这次就胡乱地买了一张 win。最后果然中了，获得了五十元的奖金。在现金兑现处拿到了五张十元的纸币回来了。

“怎么样？”我神气活现地说。

“很棒呀！”S 君羡慕地说。“到底是谁教你的呀？”

“怎么是谁教我的呢？都是凭自己的感觉来决定的。不能跟着别人，只要凭自己的感觉就好了。”我隐瞒了有成田山神签做后盾的事，只是吹嘘自己的直觉是多么的准确。

“行，下次我也凭自己的感觉来决定。”

下一场的比赛，有一匹名曰“箱根”的赛马出场了。因为有个日本名字，也出于一种爱国精神，我就为这匹马买了 win 和 place 两种马票，又获得了第一名。

“怎么样？啊？”

“真是奇怪了！”又一次落空的 S 君惊叹道。

不过，大家都看出了“箱根”是匹好马，票子卖出去很多，奖金额比上次少了。

比赛从下午一点开始，总共进行了十一次，到六点左右结束了。最后我赢了五十元左右回去了。朱君和 S 君把带去的钱全都输光了。

我们坐着朱君的汽车返程。汽车和马车的车流绵延不断，车速很慢。

“真是傻透了，跑马场这种地方不该来的。”

S 君满脸不悦地说。

朱君还是笑嘻嘻的。

路上，我们目击了不寻常的景象。一辆马车被后面的一辆汽车追尾，翻倒在路边的水沟里。坐车人和赶车人都被夹在中间。那匹马只有脖子伸在水面上。乘客是西洋人，像是一家人一起出来的。一位三十岁左右的妇女试图从水里爬出来，一只手拉住马车的横杆。一个四十岁左右的男子抱着一个八岁左右的女孩，被人从水里拉了出来，像个落汤鸡一样。女孩紧紧地挽住父亲的胳膊，头发就像扯碎的水藻一样，脸上被血染红了……

多么悲惨呀！他们夫妇还有孩子全家人过了愉快的半天，正在回家的途中。谁能想象，竟然有这样残酷的命运在路上伏击着他们？

朱君俊俏的脸庞上蹙起了眉，发出了激烈的“啧啧”声。一种难以忍受的、令人诅咒的情绪袭上了目击者的心头。如鲜血一般殷红的夕阳加重了这一悲剧的色彩……

跑马每周六在大马路和江湾两地交替进行。第二次输了。第三次稍微赢了一点。第四次输得很惨。那张成田山的神签好像不灵了。

发誓说“以后再也不去跑马场了”的S君，后来每次也都未曾缺席。他是一个从不知晓赢钱是怎么回事的人。每次都是输得精光回去。归途中总是说：“以后再也不来了。”

虽然输了钱，却也因此成了跑马通。且记住了骏马的名字和著名骑手的姓名。如果买了著名骑手驾驭的良骥，大抵都会赢。但谁都会买这样的组合。马票卖出去多的话，奖金就少了。差不多是花了五元买的马票，奖金却只有六七元。更有甚者，我还碰到过这样倒霉的事，买了一张win，结果奖金是五元一角，只赚了一角钱。而且，不管你选购了怎样的良骥，三次中总有一次会失蹄。赚往往只是赚了一点小钱，输却输得很惨，输赢相计还是输。有时候也会爆出冷门，一匹卖不出去的赛马意外地进入了名次，奖金就很多了。即便是 place，也会有一百元两百元的奖金。碰到 win 爆大冷门的时候，会有一千五百元的大奖。后来我就开始期待爆冷门。但是冷门什么时候会发生，是没法估算的，结果是买了好多次，一次都没中，最后还是输得很惨。

田中贡太郎因为认识我这个坏道上的朋友，也开始买马票了。Y 子不喜欢跑马，她被我拉去过江湾一次，后来再也不想去了。

“怎么会有这么令人讨厌的地方！到处都是些只想自己赢钱的人，在这种地方，人也会变得贪婪起来。”她说道。

“这种贪婪心也没什么不好。来到这里的人心里都很明白，期待爆冷门，或是购买 sweep，结果都是期待大多数人输而自己赢。而像我们这种平时怀抱善良之心的人，如果不去跑马场的话，也就没有机会去体会陷入不道德贪婪心理时的想法了。”

“那样的话，你偶尔也去赢几回呀！只是心理上贪婪，实际上也没尝到过赢钱的滋味，那有啥意思呀！”

我瞒着她悄悄地溜了出去。常常是饱尝了赢钱人的心理和输钱人的实感之后回来了。

5 月 7 日至 9 日在大马路的跑马场举行了“春季大赛马”。差不多在开始的一个星期之前，在电车的驾驶台前就挂起了赛马的海报。其中的三天，上海所有的银行公司都歇业了。大商店也关了门，中国人、西洋人、日本人，全都涌向了跑马场。春秋两季的大竞赛，是上海一年中最大的活动。

第一天我去了。从外地旅行回来的田中贡太郎也去了。S君当然去了，门票比平时贵一倍，两元。进去一看，全是人。

大马路和江湾的跑马场，赛道的周长都是一点二五英里。在地价一坪几百元的市中心留下了这么大的地块来做跑马场，也没人说句不满的话。

奖金二十五万的冠军赛在9日的第九场举行，这场比赛的sweep奖券在几个月之前就开始销售了。只要开具汇票，在哪里都可以买。马票卖遍了世界上所有的角落。我也在十天之前买了一张，以试一下自己一辈子的运气。今天来了一看，发现在三天之前，所有的十万张马票全都卖完了，现在销售B赛的奖券。这项比赛总共销售两万张，一等奖是八万元。

这一天我也输得十分惨。因为带去的钱比往日多，自然输得也比以前惨。贡太郎也输了。他从第一次到最后，连续买了六张奖券。

“我是凭灵感来行事的，灵感！今天早上，确实出现了六次预感。”贡太郎以预言者的口吻说道。可是他的灵感也没有灵验。

第二天也去了，输了回来。最后还有一天了，决定命运的一天，这是决定天下胜负的关原大战[1]！可是Y子生气了。“输得这么惨，我真不知道有什么好玩的。你就好自为之吧，现在连回日本的旅费也没有了。就说我吧，夏天就要到了，你也总得帮我买点夏天的行头吧。”其阵势，就好像跟老公赌一场输赢似的。我自己虽然是醒悟得比较晚了，但心里也明白，今天要是再去，肯定也是输的。于是我就听从了Y子的忠言，就权当输钱，把这笔钱用作旅费，两人出门去杭州玩了。在杭州西湖畔的新新旅馆住了两个晚上。在游览名胜古迹的时候，心里也不断地在想着九日的冠军赛，仿佛自己中了大奖似的。期待回到上海后看看报纸上的消息，心想我要是中了的话……

第三天晚上回到了上海。二十五万元最后还是与我无缘，我现在还在为杂志写稿，就最好地证明了这一事实。

[1] 1600年，以石田三成为首的西军和以德川家康为首的东军在关原进行了一场争夺天下的大战，结果一天之内便决定了胜负，东军大胜，由此确定了德川家康在日本的霸主地位，开启了日后的江户幕府时代。

西湖之旅

一

车厢里并不怎么拥挤，我和Y子占据了原本应该四人座的席位，隔着中间的一张狭长的桌子，我们可以很宽松地互相对坐。

火车在广袤的田野间不停地奔驰着。麦子都已经收割了。收割后的田地里，盛开着一大片紫云英。静寂的村庄掩映在亮灿灿的绿色之中。河边长满了水草，杨柳低垂，黑色的水牛闲闲地躺在那里。

很久没有接触到田园风光了，眼前的这片景色惹动了Y子的心弦。她穿着两三天前刚买的新款的丝绸衣服，脖子上挂着玛瑙的饰件，戴着一顶麦秆编织的草帽。黑底上染着蓝色粗格子的上衣，深绿色的裙子，有三重帽檐、一边悬垂着宽宽的染成三角形的丝带的帽子，如此装饰的她的模样，犹如初夏的精华绽放出来似的，显得美丽而鲜艳。

车厢内的旅客，除了我们俩，都是中国人。有带着艺妓一同出来的七八个人一群的，也有像是地方上地主模样的一大家族的。就坐在我们身边的是一个乡村的青年，穿着显眼的条纹西服，各种颜色相间的横条纹的袜子，衬衣领子差不多有五寸那么高，系着一条大红的领带。此外在他的外衣胸口上，还挂着三四个不知是徽章还是勋章模样的东西。

正午从上海出发，已经经过了好几个车站。也许是这一带地势比较低的缘故吧，到处都是水乡。开掘出来的运河，极目远眺，笔直地流淌在宽广的田野间。挂着白帆的民船，沿河而建的城镇，在城镇的远方，是芳草萋萋的蜿蜒逶迤的一长溜城墙。

5 月明亮的天空渐次失去了光辉，不久黛蓝色的暮霭笼罩了下来，此时列车抵达了杭州。乘客全部在这里下车。我提着轻便的手提箱，Y 子则把一件绿色的春季风衣挂在手臂上，走在最后，穿过天桥，向出口处走去。在出口处的外面，在单侧的栅栏的里侧，有许多拉客的旅馆伙计，手里尽情挥舞着宣传册子一般的东西，一边大声呼叫着自家旅馆的店名。对面的广场上，上百的人力车夫犹如蚁群一般展开着争夺客人的大战。在震耳欲聋的一片喧嚣声的远方，有一座站前旅馆模样的建筑，其电灯正闪烁出耀眼的光芒。

税务官专门来到这里检查旅客的行李。我的手提箱也被打开受到了检查，但里面的物品，都只是些换穿的衣服、睡衣、化妆用的物品、书之类的东西而已，很快地通过了。我们已经从别人的口中知晓“新新旅馆”是旅馆中最为高级的，于是就用手招呼口中叫着“新新旅馆、新新旅馆”的拉客伙计，那人立即越过了栅栏，提上我们的行李，迅速地带着我们走向两辆涂成黑色的看上去很气派、已经在等着我们的人力车，而不是那种普通的脏兮兮的人力车。车上挂着“新新旅馆”的专用车灯。我们坐上后，车就迅速地跑了起来。

密集的人流行走在灯火通明的繁华的街上。人力车排成了一长溜的车阵穿梭在马路上。每个人力车夫都显现出了强烈的竞争心，哪怕追上自己前面的一辆车也行，拼命地往前奔跑。不时可以看到茶馆。每家店铺都是人头攒动。在这条街上看到好几家卖木鱼的店铺。人力车经过了一家戏院。街面渐渐开阔起来。而车的速度也越来越快了。

“坐稳了，不要被甩下来！”Y 子从车上回过头来对我说。

沿着一条大街走到尽头时，我们的眼前出现了一个很大的湖。宽广的湖面，与暮色浓重的天空一样，呈现出灰暗的颜色。拍到湖岸的微波发出呢喃的私语。

“这是西湖吗？”

“是啊！”我答道。我第一次强烈感觉到自己来到了一个有历史渊源的地方。

人力车依然在沿湖前行。一起跑过来的人力车，不知不觉间消失了。在湖畔的另一边，不时可见旅馆、寺院和崩塌的填埋地。四周一片寂静，只有我们的车在一直奔跑。沿着湖畔行走了大约两公里左右，终于来到了新新旅馆。这是一家完全洋式的相当气派的旅馆。

我们被带到了三楼的房间。这是一间长方形的漂亮的房间，带有阳台，面向西湖。赶紧在浴室里洗了个澡，一下子觉得清爽许多。Y 子换上了一件鲜红的法兰绒衣服。然后我们下楼来到了餐厅，这时一位侍者上来询问："在外面用餐如何？"于是我们走到了大门前的一个像是露台的地方，在那里吃了饭。

有一家人，像是英国人模样的，围着餐桌看着我们在小声私语。然后来了一个年轻的葡萄牙女子，在最对面的桌子边坐了下来，显得有些孤独和寂寥，吃饭时一直很在意旁边的狗。穿着黄色运动服的那个女子，脸色和手臂的颜色都是黄黄的，虽然谈不上标致，五官却是相当的端正，身体也极为匀称丰满。

"那个女子是日本人么？"我问侍者。

"不是，她是葡萄牙人。"不知为何，侍者用有些冷淡的口吻回答说。

门前的一边就是西湖。岸边系着两三艘画舫。画舫内有人在拉着胡琴。饭后我和 Y 子在周边散了一会步，但是 Y 子穿的离开上海前刚买的白色运动鞋，不知怎么竟然是那么小，在铺着碎石的路面上走时，说是脚疼得不行，立即就回到了房间。走进大门，一侧是商店，卖着明信片和土产之类的。我们在看明信片时，店里的伙计就用英语和中文来与我们搭话。Y 子觉得很有趣，就跟他们闲聊。伙计们用日语调侃我们说："日本，你，你。"

一个伙计对我们说："三天前的星期六，有三个日本人到这里来住宿。"

"是怎么样的人啊？"我问道。

"是从上海来的，都是男的。"

说着伙计走到账台前拿出登记簿，打开给我们看。

"Y 子，Y 子，你来看一下！"

"哎哟！"她满不在意地走过来一看，好像吓了一跳。

"要是撞见他们，那可要出大事了。"

"是呀。"

我与 Y 子相视一笑。这三个人的姓名都是我们所知道的。其中的一个人，在 Y 子孤单一个人在上海教授舞蹈时曾给予她不少照顾。

"所以呀，不可以做坏事。"

我这么说着，一边想象着，Y 子在这样的场合会是怎样的心情呢？

二

早上九点开始坐上了藤椅轿子，出门去游览。所谓藤椅轿子，就是在藤椅上按上四根金色的柱子，上面配上了布制的遮蔽风雨的顶帐，两边有白色的布帘垂下来，藤椅上安上了两根长棒，用于抬举。两顶藤椅轿子，配上了五个人，四个人抬轿，而另一个人则准备随时替换，也一边跟着走。藤椅很柔韧，坐着很舒服。

西湖在左侧，右边则是逶迤秀丽的山峦。湖畔的石子路两边，坐落着许多寺院、别墅之类的建筑。不一会儿，来到了一个叫杏花村的村庄。村里的房屋不少，沿着湖边，则排列着饭馆之类的商家。饭馆门前飘扬着或红色或绿色的旗幡。

我们在这里参拜了岳王庙。

然后进入了山路。山上杂木疏落，一面的山坡上长满了蕨菜。在山国长大的Y子，想起了以前山乡的事情，在藤椅轿子上跟我说起了昔日在山上采摘蕨菜的往事。沿着同样的道路走了一段以后，来到了一座名曰清涟寺的寺院。门前竖立着一块古老的石碑，上面书写着“玉泉古迹五色巨鱼”。寺内有一个长方形的泉池。水很深，水色犹如玻璃一般清澈透明。有无数巨大的鲤鱼在池内游泳，大抵长达三尺或四尺。泉池的四周都是古雅的建筑。也有人坐在那里喝茶。池泉上挂着一块木制的匾额，上面镌刻着“鱼乐园”。

“总觉得有点令人怕怕的。”Y子望着鲤鱼慢悠悠地游动的样子，回过头来对我说。

于是又踏上了山路，有时走在了野间的小路上。路的两

上下图分别为苏堤春晓和葛岭保俶塔（伍联德等编:《中国大观》，良友图书印刷有限公司，1930 年）

边，都是一望无际的森森的竹林。每隔四十来米就有乞丐坐在路边。坐在前面藤椅轿子上的Y子已经准备了许多铜板，每一处给一个。

云林寺这座寺院规模宏大。寺院的所在地也显得幽远深邃。佛寺内进来了太多的抬轿人，损伤了幽静的气氛。路边在卖着木鱼、玩具、竹篮等。有的人拿着蛇。手里拿着蛇的男人蹲在地上，从一旁的竹笼子里抓出一条五六尺长的蛇，让它慢慢地爬向来寺院参拜的人。他说要是有香客买了蛇，就把它放生。但实际上放了以后就会立即把它抓回来，蛇已失去了它野生的力量。总而言之，有些令人毛骨悚然。也有人拿着乌龟在卖。

我们登上了云林寺后面的山麓，这里有一座韬光寺。到了山上，与一群女学生和一波西洋女子汇聚在了山上。从那里俯视的风景就宛如在欣赏一幅南画一般。在一派山色中，掩映着亭台楼阁，在竹林的尽头，氤氲着一片云烟。

下了山，在门前的一处凉爽的房屋二楼吃了午饭。也给了苦力们一些钱让他们吃午饭。饭后又看了一两处寺院之后，这次向山里面沿着偏僻幽静的山道走了四公里左右，终于来到了西湖边。这一带的景色就仿佛图画一般。一处名曰“素园”的别庄的庭园，是由湖水、杨柳和竹丛构成的。我们在茶馆喝了茶，看了一些名人墓，沿着湖边转了很久，最后来到了一座名曰净慈寺的大刹。

Y子看了这么多地方，已经疲惫了，露出了不快的神情。她这个人，累的时候和睡眠不足的时候，情绪最不好。

“你一个人进去看吧。”她说道，虽然下了轿子，却不想再动弹了。

寺院内有一口古老的井。一旁有一块石碑，刻写着“运木古井”。一位老僧点上了一支蜡烛，系在一根很长的细绳上放到井里面，叫我往里看。木板做的烛台浮在井水上时，井水晃动，蜡烛的灯火照在了水面上。老僧的神情似乎在说：“怎么样？看见了吧？”然后莞尔一笑把绳子拉了上来。我想，他的意思也许是，这里映照出了我自己的命运吧？

Y 子站在原来的地方。

“Y 子，接下来去那个塔。”我走向湖边，用手指着不太高的山丘上建造的那座塔。

“我脚痛，不想去。”

“不要说那样的话，去看看吧。那座塔叫雷峰塔，是西湖很有名的塔哦。见了那座塔的话，就好像去过罗马一样的。”

蔚蓝的天空映衬着近似赤褐色的砖瓦构建的古塔，色彩相当和谐，真的激起了我这样的想法。Y 子也不情愿地跟着去了。塔的高度大约有四十米，直径大约有十四米吧。周边堆积了一些石块和砖块，踩过这些从一个入口进到了里面，登了上去。塔的侧面有八个风洞。那里有学美术的两个男子和两个女子，正在画着外面风景的写生。

下午的太阳照耀在湖面上。遥远的市区那边，西湖的四周也是逶迤的山峦。对面的山上，也伫立着一座细长的塔。

“多么漂亮的景色呀！”Y子兴奋地大声叫唤着。

无论是塔里面的景象，还是周边的景物，都把人引向一个如梦如幻的世界中去。从远古时代流传下来的诗、传奇故事、历史，所有这一切，只有来到这里才第一次感到了它具有的生命力。遥远的往昔时代的人们的生活，生动地浮现在了眼前。

我们又坐上了藤椅轿子。来到了名曰钱王祠的地方，我们下来参拜。那里有王羲之书法的石碑。我们穿过了一个湖湾的村落。湖畔是一排树干粗壮的杨柳树，绿荫浓密。杨柳树的后面，好像有几家酒楼。水边妇女们在用捣衣棒击打着棉布衣物。

三

洗了澡，Y子换上了屋内穿的衣服，我则换上了衬衣等。离天黑还有一段时光。

“我们去前面的岛上看看怎么样？”我问道。

距离湖边三四百米的水面上，横亘着一个挺大的岛。岛上有山，树木葱茏，还可看见朱红色的楼阁。一溜长堤将岛和陆地连接在了一起。这一条长堤名曰白堤。堤上架着两三座拱形桥。拱形桥下穿行着小船。

“好呀，去看看吧。”

我们坐了人力车去那座岛。半路上看了苏小小的墓。这是一座很像样的坟墓。

“苏小小是什么人？” Y 子问我。

“苏小小是钱塘的名妓，钱塘就是我们昨天和今天都经过的地方。死后就葬在了这里，成了西湖的一处名胜。在日本的话，差不多就类似高尾[1]这样的人吧。”

岛上有许多诸如寺院、祠堂、酒楼、茶馆、别庄之类的建筑，还有公园。门前有卖拓片的，我买了五六张。公园借了一部分的山冈，里边有古老的祠堂和几家茶馆，一批参加修学旅行的女学生来到了这里，这些年轻的姑娘好奇地打量着 Y 子的装扮，围着她兴奋地大声说着什么。我们脱出了人群后，她们也一直追得很远。

白堤边有一家茶馆，我们到里面休息了一会儿。在湖面上还有三四个小岛浮现在眼前。远远的对岸，雷峰塔巍然耸立。茶馆前，靠近湖边的地方，有一棵老树伸展开枝杈，在地上投下了浓浓的绿荫。我们在树荫下，靠着紫檀的桌子，或品茗，或吃着话梅，闲闲地坐着。

就在前面的石垣边，系着一叶小舟。船老大不停地招呼我们去坐船。我回答说：“我们过一会儿再坐吧。”于是船老大烟也不抽了，耐心地等待着我们。

---

[1] 高尾是日本江户时代江户新吉原三浦屋的艺妓，据说延续了七代（也有说十一代），其中第二代的万治高尾尤为出名，她与仙台藩的第三代藩主伊达纲宗的关系被编成了故事流传。

薄暮时分，我们坐了小船，回到了旅馆。

晚饭我们要了中国饭菜。就在前文提到的大门前露台的餐桌，我们刚开始不久，昨天晚上的那个葡萄牙女子与一条很大的狗从外面走了进来。今晚她也是带着狗一起吃饭。

“那个女的到底是个怎样的人呢？”我颇感兴趣地说道。

“总之不像是个正经的女人。”Y 子用尖锐的眼光看了一眼对面，用讥讽的口吻回答道。

侍者说过，这个葡萄牙女子已经住了很久了。从早到晚，她或是逗着狗玩，或是来到大门边的吸烟室阅读小说。对于这样的一个人，我倒是很想再深入地了解她一下。

湖面上，漆黑的夜幕悄然降临了。从岸边的小船上，今晚也传来了胡琴的声音。没有比哀婉凄楚而令人心醉的胡琴的音色，更能传达出中国这一国家的欢乐与悲哀。我牵起了 Y 子的手，走上了湖边幽暗的小路。

路边有在木桩上架上厚厚的木板的长凳。其背后有连灯光也看不见的寺院的大门。我们坐在了长凳上。湖的对岸可见街市的灯火闪耀着美丽的亮光。夜空犹如秋天一般清澈，无数的星星在闪烁。脚下，微波轻轻地拍着湖岸，发出了咿呀的水波声。

“你知道北斗星在哪里吗？”

“不知道。”

“就让我来告诉你吧。你看，那就是北斗星哦。”

Y 子说着仰起头来朝向天空，用手指着。

北斗星在背后的山上放射出强烈的光芒。我深切地感受到，这一片土地，恐怕我这一生中不会再第二次踏入。

“Y 子，现在的情形也请你好好地记住。因为我们眼下的生活，在彼此的一生中不会再有第二次。若干年以后再回过头来回想一下今晚的事，那个时候你和我已经是怎样的状态，谁也无法预测，但是不管怎么样，今晚的这一记忆是不会消失的吧。”我说道。

“一定不会有第二次吧。”

两个人都凝望着幽暗的湖水，陷入了沉思。将旅途中邂逅的我们这两个人连接在一起共同生活，如果这背后有自然的意志在冥冥之中发生着作用的话，这应是一个难以解开的神秘的谜。与千年万年亘古不变的天空的星星，以及这眼前的湖水相比，人间的世事虽然是短暂而渺小的，但这里面也一定会蕴藏着某种深刻的意味吧？

Y 子突然咬住我的脖子亲了一口。之后她猛烈地啜泣起来。感情的大潮在她的胸口剧烈地起伏动荡。我任由她释放着情感。最后两个人的脸颊都被泪水打湿了。

眼前有手持火把的村民走过。从湖面上吹来的晚风带着些许寒意。

“该回去了，着凉了可不好啊。”

我这么说着催促 Y 子起来。从幽暗的地方来到这边，觉得旅馆大门一带的灯火亮得令人眩晕。被一场泪水痛快洗过的她的脸颊，比平时显得更加光明灿烂。

进了房间后，她突然发出了发疯般的叫声。

“糟了，我的耳饰弄丢了！”

“耳饰弄丢了？”

我一瞧，只见只有她的左耳上垂挂着黑色的龟甲的耳饰。

“一定是落在哪里了。真是不好意思，但只剩下一个，很尴尬的……”

“那倒真是挺狼狈的。我去看一下吧。”我只能没办法地说道。

“不好意思啊，我也去吧？”

“不必了，一个人足够了。”

我把Y子留在了房间里，自己出去了。沿着湖畔幽暗的道路走了三四百米，一直走到了刚才坐过的长凳那边。在那里我把五六根火柴合在一起点燃，仔细查看了地面，长凳下人们吐出来的甘蔗渣，就像牛棚里的稻草一般散落一地。划亮的火柴瞬时就在风中消灭了。我划亮了火柴大约寻找了两遍左右，终于发现了甘蔗渣上面的龟甲耳饰。

我把耳饰紧紧抓在手里回到了旅馆，心想：“能够找到太好了。”她是一个非常任性的女子，倘若没能找到的话，即使只是明天一天，她也不能容忍没有耳饰，我真不知道会被她作到怎样的程度。

走到旅馆前面时，Y子的身影正出现在三楼的阳台上，等待着我的归来。

归国之日

今天我必须要向各种事物告别。首先要向这间房屋告别。那是一个多么令人怀恋的房间呀！我人生中最快乐的一段时光，就是在这个红色墙壁的房间里度过的。这些椅子，这张沙发，这张桌子，这就是我们两个人每日彻夜深谈、值得纪念的地方。这几面镜子，映照了我们的各种姿态。令人怀恋的房间呀！

喜欢喝酒淫乱的这所房子的房东，比我们晚来的这所房子的房东太太、一个自甘堕落的半老女人，借了大门一侧房间的可怜的伯爵夫人，还有她可爱的儿子，还有一对年轻的夫妇，帮我们做了许多事情的男佣和女佣……所有的这些人，我都得向你们告别了。

我常常从这扇窗户，隔着弄堂眺望对面的人家。在二楼阳台里面的房间，到了下午茶的时候，全家人相聚在一起融洽和睦地喝着茶的一家英国人，我今后再也见不到你们了。在其隔壁同样二楼的房间里，一位长得还算秀丽的法国女子，出门前总要站在镜子前整理帽子、调换颈饰地梳妆打扮，如今我也要向你告别了。

与所有的一切告别了。

行李在白天就已送到船上去了。然后与关系密切的两三个人寒暄告别，现在回到了这间房间。

“在上海的生活也终于要结束了。这样的生活不可能再有第二次了。如果再有第二次，也是物是人非了。我真不喜欢事物有终结。”我对 Y 子说。

“谁都不喜欢吧。不过一个事物终结了，另一个新的事物就会开始吧。因此很难说是终结还是开始。”Y 子回答说。她觉得还有时间，就把戴着的鲜红的帽子脱下来放到床上。

“也可以这样说。不过，这次的生活总是结束了。回到日本后，我们的生活也罢，心态也罢，就会完全不一样了。”

“为什么？不也可以用在上海时的心态来生活吗？至少这是我们自己的问题。”

“我也是这样想的呀。不过，这恐怕很难吧。迟早必定会有一种难以想象的命运降临在你我的身上。这将会以怎样的内容怎样的形态出现，不到那个时候，是难以知晓的。”

“我真不愿意啊。如果有这样忐忑不安的心绪，还不如不回日本呢。我们搬到法租界去住的话，感觉会更好吧？经济上我们再节约一点，日子应该可以过吧？”

“能这样当然好。不过必须得回去，也是一种变化。有什么关系呢？不管有什么命运降临，都无所谓，迎头而上就是了。反正我们已经是合体同心了，老是过一样的单调生活，身体都会腐臭了。不管是好还是坏，不同的人生，都去体验一下吧。”

“你说这话的心情我也能明白。不过这样的心情我回不了，我只打算从这舞台上倏地一下转到东京去而已。”

“舞台是会转的，但如果演员老是说同样台词的话，就不成为戏剧了。”

正这样说着话，续租这间房间的一个已成了熟人的日本人和他的朋友，说是要送我们去码头。同时，与 Y 子交往密切的 J 氏也拿着一个花篮来为我们送行。

一会儿一辆马车来了。除了 J 氏之外，大家都坐上了马车。到了码头，S 君和田中贡太郎也来了。贡太郎不久就要去广东。在一间小小的两人船舱内，大家挤在一起嗑着南瓜子闲聊，一直到了一点多。

翌日早上我睁开眼睛时，船已出了扬子江，航行在海上了。透过船舱的窗口，我望着浑黄的海面。霎时间，我回想起了两个月的上海生活。如果用一句话来形容我当时心情的话，那就是结束了异域探险后回家的探险家的心情，是这样的一种心情。

辑 二

本辑文章译自《支那漫谈》，东京骚人社书局1928年5月。

乞丐与剩饭

某条街上的一边，黑压压地站着许多人。越过这众多的人头，可以听见在争论着什么。旁观的人脸上都笑了。黄包车匆匆走过，汽车匆匆驶过，有时候，还有电车开过。这里是上海一条名叫北四川路的街上的一段。这里的支路小路和弄堂，住着许多的日本人，但沿街大都是中国人开的商店，好像没有什么高级的商店。

我回过头去问同行的 K 君："怎么回事呀？"

"不知道哎，怎么回事？"

幸好我们俩个头都比较高，从看热闹的人的背后望过去，觉得里面像是有人在吵架。我们两人正好也没什么事，就在街上随意溜达。如果是吵架，那我也看看热闹吧。虽有君子临危不近的说法，但我知道，中国人吵架绝没有什么危险。双方口鼻相对，如同角鹰一般地怒目相视，彼此咬牙切齿，伸出了两个拳头，摆出了一副一决雌雄的斗姿，但是中国人绝不会猛扑过去。吵着吵着，口鼻之间的距离就会慢慢地拉远，差不多同时，双手紧握的拳头也慢慢地松开了。但反过来，口水仗却会越来越激烈。痛骂，恶言毒语，大声呼叫，其结果便是，两个人的口鼻距离又拉近了。五分钟，十分钟，一小时，两小时。如果没有人劝架的话，结果就是吵到一半突然想起有事情的人以退出而告输……大概是这样。总而言之，中国人吵架，就如同中国人打仗一样，大家都不着急。与此相应的，也很少发生什么闪失。即便如此，最后竟然也会分出胜负，实在令人不解。连吵架的本人也不会受什么伤，在一旁观架的人就更不会受到意外伤害了。中国人就是那样的信奉和平。

拨开人群渐渐挤到前面去，终于看到了吵架的真正模样。吵架的一方，像是哪里的茶房，穿着有纽扣的浅绿色棉布短褂，是一个二十来岁的年轻人，他的脚边放着一条扁担和两个木桶一样的容器。吵架的另一方是乞丐，且有两个人。吵架的地方背后是陈旧的砖墙，就在一旁是一个砖砌的大门。大门上端铁制的拱形架上，写着“上海某某公司总办事处”。那个年轻人与两个乞丐像是为了什么事在争吵。但是我基本上听不懂他们在说什么，一头雾水。但是，年轻人也罢，乞丐也罢，总之都站在那里互相吼叫。或者说，在反复不断地申诉自己的理由。两边似乎都很在意周围看热闹的人，在申诉自己的理由时，都会表现出一种神情，似乎是在努力赢得周边人的赞同。然而周边看热闹的人只是笑笑而已，似乎是在说：关我什么事！

过了一会儿，年轻人停止了吵架，挑起担子准备走开了。但是一个乞丐突然一把抓住他扁担前端的绳索，似乎是在说：怎么可以放了那个家伙。那年轻人也一把夺回了绳索，一边扬起了另一个手的拳头。于是那个乞丐就很窝囊地松开了抓住绳索的手往后退了一步。就在年轻人想要起步走的时候，另一个乞丐抓住了他后面的绳索。但是，当年轻人愤怒地转过身来，对着后面的乞丐做出想要殴打的样子，乞丐就倏然往后退去了，而这时另外一个乞丐又抓住了绳索。他赶走了前面的家伙，后面的家伙又上来了。赶走了后面的家伙，前面的家伙又上来了。一个人对两个人，年轻人怎么也对付不过来。到后来他又无奈地放下了扁担，跟两个人理论起来。

到底是为了什么，我弄不明白。

“到底为何吵架呀？”我问K君说，K君噗嗤笑了起来：

“嗨，也谈不上什么吵架。这两个乞丐，硬要这个饭馆的跑堂把这些剩饭送给他们。跑堂不答应，于是僵持到现在。”

哎呀，原来是为了剩饭吵架啊。我一下子觉得没劲了。但还是觉得很好玩，一直在一旁看到现在。虽然知道了他们僵持的原因，不过心里想，还真有这样厚颜无耻的乞丐，而一旁看热闹的人怎么就会这样不发声音呢？就在此时，一个人站了出来。这个人好像也是过路人。看了一会儿，走到前面开了口。年纪在五十岁左右，戴着旧式的帽子，穿着一袭有点旧的长衫。戴着眼镜，虽然没有留胡子，但看上去不像商人，而像一个在衙门里待了蛮久的小官吏，有点自以为是的样子。这个有点上了年纪的男人拨开人群走上去，用同样的目光看了看年轻人和乞丐，用悠然而快速的语调问了他们什么话。年轻人先回答了，接着乞丐也做了回答。两边都拼命地申说着自己的理由，想要求得这位仲裁者的理解。特别是乞丐这一方，做着各种手势动作，有时又作出哀诉一般的神情和语调，絮絮叨叨如缕不绝，几乎没有想要打住的意思。在说到争论的紧要部分时，乞丐一词一句做了有力的表达，然后盯着仲裁者的脸再追加一句："先生，是这样的吧？"可是这个进行调停的上了点年纪的人，却只是"嗯、嗯"地应道，并不倾向于任何一方，只是听着他们诉说。

"好玩！"跟我站在一起一旁观看的 K 君不觉很有感慨地自言自语起来。

"什么好玩呀，你给我解释一下嘛。"

在我的催促下，K 君就一脸正经地把年轻人和乞丐双方的意见当场翻译给我听了。K 君是东亚同文书院[1]的，在上海待了十几年了，上海话说得跟中国人一样。但是我现在已

[1] 1898 年 6 月成立的东亚同文会于 1899 年在南京创设了南京同文书院，翌年移至上海，改称东亚同文书院，习称同文书院，旨在为日本培养谙晓中国的人才，同时也吸收少量中国学生。初属专门学校，1939 年后成为正式大学。此校在一定程度上成为日本在中国推行扩张政策的工具。

经记不得K君当时翻译的具体话语了。我就只能把我自己得到的印象转达给大家了。

首先年轻人说的是这样的意思。他是再过去两三百米的一家饭馆的跑堂。而且是昨天刚刚来到这家饭馆的，吃住在店内。他今天遵奉老板的命令，把十几个人份的饭菜送到这里的一家上海某某公司的事务所来，这是每天要送的。他要等在这边，等人们吃完了，现在是把杯盘碗筷和剩饭再挑回饭馆里去。可是，当他出了门之后，那里就有两个乞丐，要他把剩饭分给他们。他当然拒绝了。道理很简单，剩饭不是他自己的东西。不管他是如何的富有慈悲心，但是不能把别人的东西用来施舍。他有责任原封不动地送到老板那里去。要是在路上自己随意处置了，让老板知道了的话，他一定会被老板解雇的。所以他一直在对乞丐说，不能送给他们。可是这些乞丐却是胆大妄为，坚决要求都送给他们，最后就像众人看到的那样，拉住他的挑担不让走。总之，乞丐也许有资格乞讨别人的东西，但是没有权利硬要人家不能给的东西吧。这些家伙的所作所为，就等于是白昼拦路抢劫的强盗行为了。

接着，乞丐方面会说出些什么样的道理呢？他们说，先生，这个毛孩子实在是一个不懂道理且毫无慈悲心的贪婪的家伙。他们从早上开始就什么东西也没有吃过，肚子饿得实在受不了。他们总是在这样的日子里在这扇门前等着，等那个饭馆的跑堂出来把剩饭给他们，这已经是惯例了。不仅是给他们两个吃，所有的乞丐都会分给他们吃。那些公司里的人吃饱了以后，这些剩饭就赏给他们，这是很早就定下来的他们的特权。这样做，食物就不会浪费，对国家也有好处。可是这家伙却不同意给他们。他一直在说，剩饭不是他自己的，不能送给他们。既然不是自己的东西，就更没有权利拒绝了。这饭桶里的剩饭到底是谁的东西呢？这个跑堂说是老板的东西，这是不对的。因为他的老板已经收取了这家公司的饭钱，多少人就多少份，比如十个人就是十个人的份，然后把饭送到了这家公司，拿来的饭菜全让客人给吃了，他也不会抱怨的。也就是说，饭桶内的每一粒饭，客人都已经付过钱了，并不是属于饭馆的。那么，这些剩饭是否就是属于吃饭的客人的呢？也不是。他们付了肚子吃得饱饱的饭菜钱，肚子吃饱了就足够了。对吃饱之后的东西就没有所有权了。当然剩饭就不是那些人的东西了。那么是谁的东西呢？那个跑堂只是把剩饭和餐具等挑回去而已，他自己也说了，剩饭根本不属于他。既不是老板的，也不是客人的，更不是这个跑堂的。也就是说，这些剩饭不属于任何人，是飘浮在天空中的老天爷的东西。老天爷是养育世人，尤其是他们这些可怜的乞丐的主宰。所以他们有权利，毫不顾忌任何人，来领受这些老天赐予他们的东西。因此，这个跑堂实在是一个不懂道理的人，不仅如此，还要编出许多道理，把老天的东西据为己有。真是岂有此理！

“果然是这样。”我内心真是服了。都说中国自古以来就是一个能言善辩的国家，连乞丐说话都是这么一套一套的。剩饭的所有权，这还真是一个难解的问题。当然，饭馆的老板已经收了饭桶里饭菜的钱，他应该已不具有剩饭的所有权了。如果他要说有的话，那就是不当利益了。客人已经吃饱了肚子，对多余下来的东西他也没有权利了。那么这又是谁的东西呢？是不是如同乞丐所说的那样，是老天爷的东西呢？那时我曾想，回到日本后找一个法律专家问一下，把它理理清楚吧。可是至今尚未去请教过法律专家，法律上会得出什么结论，我也没有头绪。在中国期间我问了一些人，据他们说，在中国，关于这样的剩饭所有权的问题，发生各种纷争并不罕见。乞丐和剩饭，乍看上去是有很密切的关系，在他们那里，也许早就准备好了一套对他们有利的解释。因此，这些北四川路上的乞丐的言论，让我颇为感动，在我看来差不多是伟大的理论家了。然而在他们的伙伴里面，这些恐怕只是已成了套路的陈腐的真理而已。

这个路人对这场僵局将会作出怎样的裁决呢？我非常有兴趣地在一旁观看着。但是那个路人在听了双方的申诉后，立即用极为随便的口气对年轻人命令道：

“你分别给这两个乞丐各两碗饭的饭食。”

路人这样说了以后，年轻人改变了原先强硬的态度，唯唯诺诺地答应说好的，自己打开了饭桶的盖子。两个乞丐大为欢喜，从自己的头上取下了沾满了汗水和尘土的破旧帽子，老老实实地往里面各自舀了两碗饭，然后立即用手抓着大口吃起来了。那个路人立即起步朝对面走去了。看热闹的人也以原先无表情的神情各自走开了。年轻人也挑起担子快速离开了这地方。原来的地方，只有两个乞丐背靠着砖墙鼓动着双颊美滋滋地吃着帽子里的饭食，那里完全成了一片饥饿者获得满足的幸福之地，没有一个过路人再回过头去瞧他们一眼。黄包车匆匆走过，汽车匆匆驶过，电车开过，午后的中国街上，只有热闹与平和。

中国的吵架，往往都是根据群众的裁判来下达最后的判决。群众就是一种陪审团。倘若今天的街上，有人对那路人的裁决从旁表示不满的话，那么这次的争论就会转移到陪审团成员之间了。然而，如果没有任何异议的话，那也就意味着那路人的裁决代表了在场群众的一致的意见。吵架的双方，神情都是正义凛然，各自都坚持自己的主张，哪怕天地崩塌也绝不会后退一步，其实内心都在等待仲裁者的出现。而对于仲裁者，尤其是群众的裁决，都会表示立即服从。这是中国人尊重舆论的国民性的一面。可以说，没有任何一国的国民有像中国人那样尊重舆论、畏惧舆论的了。国内的政治纷争也好，外交问题也好，都常常把舆论作为一个参照系来展开彼此的较量。中国在国际会议上谋求得到列强的仲裁裁决等，就好像同上述的乞丐争吵的情形是一样的，这是他们最擅长的较量的手段，而不知道去凭借自己的力量——当然他们也不具有自己可以凭借的力量。

梦寐之乡

宫崎滔天[1]在他的《三十三年之梦》中曾写到他二十二岁初渡中国时，当船进入扬子江、他得以目睹中国的风光，他不由得百感交集，不能自已，站在船头上顾望低徊，不禁泪湿衣襟。

我读到此处方感真正触及了滔天的内心世界，对他平生出一种信赖感，于是将此书细细读完。

我每次溯入扬子江时也感受到同样的心情。不知何故，此时无限的亲切、喜悦、感激等诸般心情一下子都涌上心头，最后变成一种舒畅的伤感，禁不住热泪盈眶，怆然而

[1] 宫崎滔天（1871—1922），日本近代革命家，初入德富苏峰的义塾学习，立志于自由民权，后经兄长的劝说参加中国革命，与孙中山为至交，曾参加中国的惠州起义（1900年），1902年著成《三十三年之梦》一书，曾竭力协助同盟会的建立，同盟会的机关报《民报》的发行所即设于滔天的寓邸。后又在上海创办《沪上评论》，将其人生的大半精力投入于中国革命事业。

涕下。

我不知道世人是否都有滔天和我这样的感觉，不过我在此处见到了我们这些热爱中国的人的纯澈的心灵。这似乎并不只是广袤无涯的大陆风光使我们生出了盲目的感动。我觉得这是由于中国广阔的土地唤醒了潜意识般地长期深藏于我们心灵深处的远祖传来的遗传之梦。这种内心的感动有时候会很强烈，有时候会比较朦胧，但当我们去中国旅行，双脚踏在中国的土地上时，这种感动便一直持续着，不会消退。像我这样的缺乏汉学修养的人，并不是在学艺知识的层面上为中国所深深地吸引。一旦当我踏上了中国的土地，我心头会立即强烈地涌起一阵从未有过的来到了梦寐向往的原乡之国的情感，说来也真令人有点不可思议。

常年居住在中国，这种感觉自然会变得日渐稀薄。但是我想基于我最初的印象来思考中国的诸般万象。

中国的色彩

在中国的时候，我发现一件奇怪的事情，就是明暗两种色彩的表现似乎与其他国家正相反。比如将冷寂的街区与热闹的街区相比较时，以常识而言，当然是冷清的街区比较阴暗，热闹的街区比较明亮。冷清的街巷行人稀少，店铺疏落粗劣，因此自然不会显得怎么明亮。不过到了繁华的大街上，街上车来人往，商店里灯光灿烂，熙熙攘攘，因此自然显得明亮而充满了活力。这在中国恰好相反，越是到热闹的地方去，反而越有种阴惨惨的感觉袭上心来，殷盛的大都会的繁华街上呈现出一种冷森森阴惨惨的感觉。到乡村的小城市或是在都市的边缘地带，反而显得安闲明快。

人越多越有一种阴冷的气氛，灯火越闪耀周围越显得昏暗。这当然是我们外国人感受到的感觉，或许也有可能是我一个人的看法和感觉，已习惯于这种色彩，在其中生活着的中国人自己并没有感受到这一点。也许他们依然如一般人所感受的那样，觉得热闹明亮的大街要比冷寂的街区充满着活力和朝气。然而以我的眼光来看，已如上所述，得到的印象却是截然相反。

我觉得这里反映出了中国的特质或国土的色调。并且我将其看作是中国这个国家及其民族所具有的一种宿命性的色彩的体现。换言之，这是一种颓废的色彩。达到了成熟的极致之后而渐趋衰颓的精神越是在都市的中心地带就越是显得浓重。

这多少也可以从理论上来加以说明。也就是说，中国人在所有的生活样式上都是加了人为的技巧，这种技巧叠床架屋似的反复施加后的结果，便是单纯之物本身所具有的明快明亮渐渐消失，难以避免地变得越来越阴沉幽暗。

总之，我在中国确实感受到了相反的明暗感觉。这种色彩的感觉也可以印证到中国的大部分事物中去。我感到这是中国的文明及其国土的一个特色。

黄包车 *

有人问我，到中国的城市里去，最早映入眼帘的是什么？我只能回答说，就是 Wangbocuo[1]。Wangbocuo 在日本称为人力车，汉字写成黄包车。在日本发明的人力车，传到中国去之后，就成了黄包车[2]。又称为东洋车。虽然也是人力车，但是跟日本的人力车在感觉上有很大的区别。车的形态不一样，拉车的人也完全不一样。在中国，黄包车夫是属于被称为“苦力”的阶层。苦力是一个多么令人心酸的名称呀！当然苦力并不仅仅限于黄包车夫，而是苦力中的一部分人在拉黄包车。虽说如此，苦力与一般劳动者的意义也

---

* 这篇文章有些描写明显带有那个时代日本人对中国人的歧视，有些表述带有那个时代的烙印，我们可从中看出当时一部分日本人对中国的狭隘认知，请读者阅读时加以鉴别。

[1] 这是黄包车的上海话发音，原文是片假名。

[2] 北方称为“洋车”。

不同，即便是从事体力劳动的人，有的人也并不是苦力。苦力并不是一种简单的职业名称或种族阶层的名称，而是属于一种先天性的劳动者的范畴，与此最相近的感觉应该是奴隶吧。在中国，苦力之下是乞丐。乞丐是最低等的人。这在任何一个国家差不多都是这样。但是，乞丐与苦力几乎是很相似的。如果说其间有差异的话，那也只是一线之差。他们中的无论哪一类，都和一般的人之间存在着天壤之别。其间的差别由于过于悬殊，以至于苦力以下的人几乎不被当作人来看待。当然这并不是说苦力就是犄角旮旯或动物牲口。他们是四肢健全的人类。尽管如此，他们却面临动物一般的待遇。而苦力自己也甘于这样的待遇，并且经营着有模有样的生活，他们只具有这样层次的技能。除了乞丐，没有比苦力受到更为低等待遇的人了。

就是这样的苦力拉着黄包车。然而，虽然同样是人力车夫，与日本的车夫在感觉上却完全不一样。我曾说，只要看一下他们的服装就明白了，但实际上苦力并没有像样的服装。那些被称为苦力的人，无论是夏天还是冬天，都没有穿着像样的衣服。当然也不是赤身裸体。要说有的话，就是披挂在身上的东西。是一种很短的褂子，只垂挂到脊梁骨的地方，从胸部到腹部，都露在外面。此外再穿一条大裤衩。不过无论是短褂也罢裤衩也罢，都是破破烂烂的，已经看不出原来的面貌了，而且还油滋滋的满是污垢和尘土。脸上和手脚也一样。但是他们的身体却并不像他们的衣物那样破败，这是他们的本钱。简而言之，他们的外貌差不多像乞丐一样。而且他们全都长着先天性的丑陋的容貌，象征着野蛮和无知。在拉黄包车的苦力中，找不到日本车夫那样的精神抖擞的年轻活力。日本城市里的车夫，冬天是穿着贡缎的褂子，下面是紧身的裤子，一身黑色装扮，夏天则穿着白麻的短褂，脚蹬胶鞋，快速敏捷地奔跑在街上，看上去还有几分上档次的职业感觉，模样上好像还蛮享受的样子。然而，中国的黄包车夫并没有上档次的感觉。说到底都是有些萎靡不振的、完全没有加以美化的、非常低档的营生。拉车的是这样的模样，车也与拉车的人相对应，是非常粗糙的。模样混沌的黄包车，只是在木头上涂上了油漆而已。这些油漆也一定是斑驳脱落了。车轮比较小，因此车座也比较低，而车柄却是相当的长，大约有六尺左右。踏脚的地方是底下有风穿过来的木板，没有用红色的毛皮等做的扶手，座位下往往会有臭虫在爬动。

这种脏兮兮的黄包车，就由那些脏兮兮的苦力拉着奔走。不过，奔走只限于有客的时候。空车的时候，就像虫子爬行那样在缓慢地蠕动，慢慢地走在热闹的大街或是冷僻的小路。恐怕有数万辆黄包车，早上也好，晚上也好，半夜也好，二十四小时在任何地方，都可看到这些黄包车在上海的街头缓缓地行走。他们就这样地在寻找客人。他们不断地在蠕动。如果在一个地方停留的话，就会遇到交通警察的驱赶，警察会来到他们面前用棍棒殴打他们。所以，黄包车夫一分钟也无法停留，总是手握着车杆在不停地行走。既无法像日本那样在固定的车行里等待客人的雇用，也无法在街边等待客人的招呼。上海的黄包车全都是油漆剥落的。车是属于老板的，苦力们从老板那里借了车出来，从一天所赚的钱中支付车辆的折旧费。他们早上从老板那里拉着车出来，就按着自己当天的心情迈开双腿向某处走去。也没有什么自己的地盘，要往哪里行走任由自己来决定。待到有了客人之后，就遵循客人的吩咐往哪里去，到了目的地把客人放下之后，又开始毫无目的地游荡起来。就好像刚从浅草来到了牛込，这次又要跑到芝去，然后再从那里跑到青山[1]一样，真的是走到哪里是哪里。行无定所，随风飘荡。当然，苦力既没有哲学也没有人生观。然而，他们这样从上海街头的这一边徘徊到另一边的状态，也仿佛是进入了一种浩茫的云水之境，或者说让人不禁联想到了所谓人生就是因着偶然的邂逅而时来运转的命运论者的哲学。

行走在街上，你大声呼叫一声“黄包车”，附近的黄包车就会争先恐后地向你奔过来，最先奔到客人身边的黄包车就停歇在客人的脚边，于是客人就坐这辆车，由于车座很低，就仿佛跨过门槛一般很轻松地就可以坐上车。坐定之后，用手杖指明了方向，于是苦力就心无旁骛地向前奔去，不会跟你论理讲价。来到街角的时候，就会问：“左边还是

[1]　浅草、牛込、芝、青山，都是东京市区的地名。

两图分别为中国和日本的人力车夫

汽车与人力车并驾齐驱的上海街景

右边？”然后朝着你所说的方向迅疾地奔去。其速度之快几乎令人眩晕。日本的人力车夫往往是将双手搁在车杆的前面，昂首挺胸趾高气扬地拉着往前走，而中国的黄包车夫，则是抓着车杆的后部，握成拳状的双手抵在两边的腋下，弯着腰身体向前倾，一个劲儿地胡乱向前跑。上海的道路铺设已发展到了挺高的水准，苦力奋不顾身地使尽力气向前飞奔，速度非常之快，如果是车身像日本那样高的话，这样的速度恐怕瞬间就会倾覆，而黄包车的车座比较低，就平安无事。坐在车上的话，视线就跟街上行人的肩部差不多高，因此坐在车上并不能昂然环顾睥睨行人，但同时也有一个好处，就是快速安全。

到了目的地付钱的时候，客人一般不会问价。一般来说，一公里或两公里的话就给十文钱，坐了四公里以上给二十文钱的话，就已经是很多了。但车夫一定会感到不满意，眼神嗔怒，睁着大嘴露出一口牙齿，以一种仿佛要啮咬你一般的可怕神情，怒目相向。于是你再追加两文或三文钱，然后他满脸不情愿地回去了。如果不多给他钱，反而板着脸大声呵斥他，然后快速地走进自己的家门，事情也会完了。不管你给他多少，苦力总是不会满意。当然，这也是个程度的问题，如果你给他一般行情的两三倍，他一开始就会露出笑脸，向你道谢。总体来说，价钱太便宜了。我刚去上海的时候，也许我生性是一个很容易感动的人，总觉得人们在虐待苦力，发了一通表示义愤的议论。但也只是发一通议论而已，也不至于去发动一场解放苦力的运动，最多也只是表示一点心意，每次坐黄包车，五文钱的话给十文，人们说十文钱就够了的话，我就给二十文。

有一天晚上去看日本的曲艺表演的时候，遇到一个日本男人抱着一个小孩坐黄包车来，在表演场门口下车的时候，用力把五六枚铜板放在苦力的手掌上，苦力张开大嘴“啊”的一声表示惊讶的时候，那人已走进门内了。苦力怒睁双目愤恨地大声责骂着什么。但是不管你怎么责骂怎么呵斥，都已经没用了。已经上了年纪的这名苦力，露出了愤懑与悲惨的神情，离开了。我在一旁目睹了这一情景，对这个日本人的行为甚为气愤。不知道他是从哪里坐到这里来的，因此很难按照行情来判断应该付多少，但是从那个日本人的举止模样来看，他显然是给得太少了。我从自己惯常的人道主义出发，立即感到“这真是个蛮不讲理的日本人”，但又没有确凿的理由可以去教训他，于是就叫住了正要离开的那个苦力，将五六枚铜板放在他的手里，让他攥紧了这几个钱。那个苦力一开始还以为是我要坐他的车，当他意识到这些钱是我送给他的时候，起初露出了不解的表情，接着出现了和悦的神色，接连说道“谢谢、谢谢”。我以极少的钱获得了人道主义的效果，不觉颇为得意，感到很开心。

我刚到上海的时候，是很同情苦力的，但待得久了，想法也慢慢有了改变。中国是一个物价很便宜的国度。这主要是劳动力的价格很便宜。物价便宜的话，所有人的生活也就好过了。而创造这劳动力最低价格的，就是苦力。如果提高苦力的劳动力价格，提升他们生活水准的话，瞬息之间物价就会高涨。物价高涨的话，每个人的生活就会变得艰难。于是在中国，就努力将苦力这一阶级维持在目前的这一状态，也不对他们施行教育，不进行任何的启蒙开导，这一点，不管是在清朝的时候，还是在共和政权的今天，都是一定不变的国策，外国人对此当然鼓掌欢迎。如果提升苦力的生活和思想，那么对其他所有的阶层都会构成威胁，所以大家都把他们永远置于犄角旮旯无足轻重的地位。不管是怎样的人道主义者也罢，社会主义者也罢，进步的政治家也罢，对苦力解放运动都充耳不闻，所有的社会运动，都只会关注所谓人的世界，而把苦力和乞丐排除在了外面。他们说："苦力就维持在这样的状态吧。无知有时也是一种幸福。提升他们的生活，只会对其他人的生活构成威胁而已。对他们本身而言，也只会容易让他们感觉到生活的艰难。"或许这样的想法恐怕是不错的，连我这样的人道主义者，在这边待了还不到一个月，态度也改变了。每天都要坐好几次黄包车，如果每次都要实行人道主义的话，我的钱包也要难以为继了。到了后来，我也落到了这样的地步，有时候在街上被苦力拉住了衣襟之后才总算多给了十文钱，或者是带着女伴在四马路下车之后被对方厉声抱怨说车钱不够，引来了许多人围观，羞得我满脸通红。

我并没有对苦力的生活状态作过任何研究，但我知道，拥有自己住家的苦力极少，有的话，也是简陋的棚屋，里面居住着许多人，就像拥挤的猪圈一样。来到城市的边缘地带，常常可看见这样的小屋。大部分的苦力都是居无定所，过着流浪的生活，不管是在马路边，还是屋檐下，到哪儿都可以躺下睡觉。据说他们的生活费，一天六文钱就够了。当然这只是指饭钱。黄包车的车钱也很便宜。拉车以后赚来的钱，他们立即就会拿去赌钱，在赌台上赢了钱就会去嫖娼，输了钱就又出去拉车了。而去嫖娼的家伙，身上所有的钱也一定在那里被榨取了，出来后又成了穷光蛋。他们的生活就是一连串这样的重复，在苦力阶级的身上，金钱只是流通过而已，完全不会停留，因此，在任何一个时代，苦力永远是苦力。

上海是一个魔都。在整个上海市，有无数的苦力，拉着黄包车踽踽蠕动在街头巷尾。他们或者成了罪恶的媒介，或者自己制造着罪恶。偷盗、扒窃、绑架、杀人……这样的犯罪往往从苦力的巢窟中酝酿而生。但是，苦力并不都是这样的坏人。也有的是受雇于某个家庭的。拥有私人黄包车的人，就把苦力长期养在家里。私家的黄包车，都是漆成比较高级的黑色，看上去很像样。上等的黄包车，一辆要六十大洋左右。车夫的工资，一般是七八元。因此稍微机灵勤恳的人，就会拉私家的包车。日本的公司职员等，在本国的时候都是蛮惨的，早晚都要挤满员的轨道电车，五脏六腑都要挤出来了，每天拼了老命上下班，可到了上海以后，不管是普通的事务员，还是在外面跑业务的外勤员，都是坐了私家黄包车在街上神气活现地驰走。更有甚者，还奢侈地拥有汽车，税金低得等于没有，中国人的一等司机月工资是三十元，课长以上的人几乎都拥有汽车，拿的也是在当地优渥的薪水。

在奔跑速度很快的中国的黄包车夫中，恐怕没有比杭州的黄包车夫跑得更快的了。这真的是如风驰电掣一般。仿佛自己要被吹到后面去似的。在黄包车的踏脚板下面带着一个很大的铃，用脚踩一下踏脚板上的按钮，就会发出“铿锵铿锵”的很好听的声音。这是为了让街上的行人给黄包车让路。像这类很有威势的例子还很不少。南京的黄包车好像在什么地方附有一个小铃，车一行走，就会发出“丁零丁零”的轻微响声，使人觉得与古色古香的南京城很般配。

欢乐之都

有人来约我写上海的欢乐场，说老实话，上海这个地方，其所有的地域就是一个巨大的欢乐场，因此无法特别举出单独的一个。

在上海汇聚了世界各地的人。各人过着各人的生活。每一位都是平等没有差别的。这是一个所谓的“国际都市”。寻遍全世界，还没有一个像上海那样的都市。

革命军呀，便衣队呀，铁丝网呀……就是这样一个充满了喧嚣的上海。随着市区建制的设定[1]，正在变得越来越美丽的上海。一个充满了无数的咖啡馆和跳舞厅的上海。每个星期六都有跑马，怀着一攫万金的梦想的人们在此生活的上海。街上挤满了卖春女的上海。赌博公开的上海。

[1]　1927 年 7 月，南京国民政府将上海设定为“上海特别市”，此前并无“上海市”的建制。1930 年 7 月改称“上海市”。

昼夜不分的上海。小偷、乞丐、杀手、鸦片走私……充满了这些人渣和罪恶的上海……在这个国家里，人们并不认为恣意享乐是一种罪恶。于是，一个满足所有这些要求的社会组织便产生了。

上海有无数的舞厅。一流的舞厅是一种社交场，对服饰以及其他方面都有严格的要求，但三流以下的跳舞场，既不需要礼仪，也不需要作派，只需酩酊之后搂着女人跳舞就好。

曾有一个时期，舞女这一阶层，是由白俄女子称王称霸的，但近来日本舞娘替代了白俄女子而展现出全盛的状态。在日本经济窘迫的摩登女郎，都纷纷在上海登陆。这些女子十个人中有十个人想做舞娘。在日本，在警察的横眼斜视下，只能在电唱机放出的音乐下悄悄地跳一点舞，而来到上海之后，则可以在一流的爵士乐高声响彻的阔大的舞厅内，与面目肤色各不相同的绅士、船员、无赖、盗贼一起尽情地跳舞，并由此一个夜晚可赚到五元或十元的收入。听到了这些消息后，那些在日本无所事事的女人，就迫不及待地想飞到上海来了，这也是挺正常的。那些穿着华丽和服的日本姑娘，在白天就挽着美国水手的胳膊在大街上行走的情景，在上海以外的地方是看不见的。

上海的舞厅，大抵在夜晚十点或十一点左右开始。不到十二点的话，不会有很多客人进来。夜半两点三点是舞场最兴盛的时候，到了四点五点，四肢体力就会渐渐疲惫衰弱了，然而不到微白的晨曦透过窗帘映射进来的时分，客人是不会轻易退场回家睡觉的。

兴盛的时间段内，舞场里挤满了舞客，几乎水泄不通。一流的舞厅的大门外，从汽车上下来的一对对绅士淑女络绎不绝，随即被吞噬进了宛如水晶宫般富丽堂皇的建筑物内。场内，爵士乐的音响在缓缓地流淌。一旁的红色或蓝色的移动光束照射在曲线与色彩的旋流中。回到桌子那边的名媛们，竞炫般地展示着各自镶嵌着珠宝的衣裳和浓妆的美丽，或是轻轻地摇动着鹅毛扇，或是将鸡尾酒杯送到自己鲜红的唇边，让身边的同伴男子用甜言软语哄着自己。

二流以下的舞场，在需要陪舞的客人不是太多的夜晚，就可看到眼圈涂得黑黑的、脸颊抹得红红的、像是做身体买卖的女子，坐在桌子边，自甘堕落地把胳膊撑在桌上，用手托住自己的脸，心里想着上钩的大鱼怎么还不来呀，满脸焦忧，心神不定。这也是很有趣的情景。

三流的舞场里，船员、水兵、间谍、无赖汉等之类的人集聚在一起，喝得酩酊大醉，对舞女们说着粗鲁无礼的话语，或者是同伴之间开始互相争吵斗殴。卖花的老婆婆提着一个只装有很少几束花的竹篮到这里来卖花。美与丑混杂交汇，喧嚣、淫荡、欢乐和悲哀交织在一起。

上海是一个没有昼夜区分的地方。无论夜有多深，都可看到人们在不断地走动，汽车在行驶，黄包车在奔驰。

虽然在近郊的住宅区和一般的商业街区，夜里门户是锁闭的，不过若到上海的繁华中心地带三马路、四马路附近去看看的话，虽然已是夜半的两点三点，却和白昼一样，人们在推推搡搡地行走。总体来说，这个国家的人缺乏时间观念。既没有夜晚与白昼的区别，对于今天和明天的交替也没有清晰的感觉，因为中国的显官和富豪宴请客人往往都从夜里十二点或一点开始。宴会一直持续到翌日，即所谓的长夜之宴。

也就是说，上海是一个不夜城。剧场的散场是在一点半乃至两点，然后花柳界开始热闹起来了。饭馆也好，旅馆也好，娼家也好，大门都是通宵达旦地敞开着的，一直营业。所有的旅馆白昼和夜晚都是处于同样的营业状态。不管是夜半还是黎明，你只要说声要娼妓，不消你等上五分钟就来了。菜肴也好酒水也好，都自由自在地可以获得。可以尽情地玩乐，尽情地吃喝，待到睡意蒙眬了，倒头就寝就是了，无需选择时间和场所。

在不夜城的上海，过夜生活的女性自然很多了。也可以说，正是有了那么多的夜游女，上海才成了一座不夜城。上海竟是一个卖春女如此之多的地方。在上海全市，无论到哪里，都可见成群的卖春女。马路上、公园、咖啡馆、剧场、电影院、茶馆、饭馆、旅馆、娱乐场……秋波与艳声就像春雨一般降落。

上海的花柳街，也跟日本一样，是在大街背后的狭窄的小巷和弄堂里。那里的狭窄的石板路巷子四通八达。人们往往习惯在弄堂边随意排放小便，到处是恶臭扑鼻。在小巷的路口，有卖甘蔗的、卖烧饼的、卖慈姑的、卖烧卖的，算命先生则开出了一个小铺。坐着年轻娼妓的黄包车鸣着铃声穿行在逼仄的小巷里。胡琴和唱戏的声音越过板壁在四处回响，一种说不清的喧闹声使得四周充满了热闹的声响。所有的妓院都开放着门户，在进口处悬挂着书写有这家妓院的娼妓姓名的屋檐灯箱。从外面望进去，一楼的正面有一个祭坛，点着红蜡烛，烛火犹如大蛇的舌头一般燃烧着。两边是书写着诗句的对联。幽暗的电灯光阴郁地照射着的地方，有几个面相不佳的男人围坐在那里吃着饭食或什么食物。

中国的妓院，从外面看上去总有一股说不出的阴惨气，甚至令人感觉不到一点妩媚的香艳，但是当你习惯以后，会感到那里有一种难以言说的情趣和魅力。

要叫娼妓来玩的人，也可以在酒楼饭馆里叫，但不会像在日本那样在料理屋里玩上很久。在中国，会在酒楼饭馆里随便聊上几句，然后跟随女子到她的妓院里去。如果彼此已经熟了，也可不去酒楼饭馆，直接就去娼妓的住家。一般也不会怎么喝酒，会叫上了朋友去那里玩麻将。麻将的输赢抽头是妓院的主要收入。

一流的娼妓，可以养活十二三人的一户大家庭和佣人，过上堂堂体面的日子。我所认识的娼妓里，有一个叫王珠丽的。这个女子是以前在法租界经营着奇怪买卖的商家的女儿，有一天被某位省长看上，立即集万千宠爱于一身，与母亲等一起搬到了别处居住，请那省长为她们购买了一家大妓院的股份，自己也成了一流的娼妓，阔气起来。据说手指上所戴的一个珠宝，就价值一万美元或两万美元。目睹了默默无闻的妓楼里的小姑娘这一夜暴富的发家史，没有一个人不感到惊讶的。但是，由于革命战争[1]的缘故，她背后那个当省长的男主人被杀害了。这以后的王珠丽怎么样了，我就不清楚了。

各国各地的女郎都涌到了上海。大家都是怀抱着对美丽都市生活的憧憬来到这里的。其中有一些难以想象的传奇性的发家故事时常会成为报纸的新闻。然而，即便真的时常会有这样的故事，大部分女子的命运却多是常常徘徊于大世界和新世界这样的游乐场，成了在街上拖拽行人衣袖那一群体的一分子，落到了与她们在离开乡下时所怀抱的美丽梦想大相径庭的生活中。

[1] 这里也许指的是 1924 年 9 月间孙传芳与卢永祥之间的军阀混战或 1927 年 4 月国民革命军攻打上海的战争。

大世界　新世界

——上海的民众娱乐场

一

在上海市中心有两家娱乐场，一曰“大世界”，一曰“新世界”。两者都差不多。大世界面对着成为公共租界和法租界中界线的大道爱多亚路[1]，地处法租界的界域。新世界位于公共租界内的中心大街南京路尽头的两端，由一条地下道将马路两边的建筑连接起来。

大世界和新世界都完全只是以中国人为对象而建造、运营的娱乐场。若以上海全市的娱乐场所而言，那么除此以外还有戏院、电影院、舞厅或跑马场等各式各样的地方，但这些地方都分别是专门的场所，而且像舞厅和跑马场等处主要

[1]　爱多亚路，英文名 Edward Ⅶ Auenue，今延安东路。

是面向外国人的，因此丝毫没有中国的色彩。将什么都包容在一个地方，极其通俗，极富大众气味而且是大规模的，这里反映了全中国的传统，又体现了现代中国的众相世态，有美丽，有丑陋，有矛盾，这样的娱乐场便是大世界和新世界。说得准确一点，这儿便是上海人（中国人）的生活体现，中国这一国家的缩影。

在大世界和新世界，偶尔还可见到日本人，西洋人则几乎没有，来旅游的外国人也极少在此留下足迹。西洋人从心底里看不起中国人，不仅只是看不起，对他们而言，中国完全就是一个谜。即使是那些已在中国居处多年，自诩精通中国国情的西洋人，若要问他中国的戏曲、中国的音乐这类问题，就暴露出了他们对此全都一窍不通。而他们并不以此为耻。英国人和美国人固执地认为这些比非洲野蛮人的艺术更没有价值，他们对此并不感到有什么疑问和矛盾。我屡屡在他们对待中国人的态度上看到了英美人是多么的狂妄，多么的缺乏反省精神。以上都是赘论了。但是日本人很快就能理解中国。日本人能够全面迅速地理解中国的水准超过了中国人对日本的理解程度。究其原因，可归结为日本自古代至近世的所有文化简而言之便是对中国的研究。我们对中国的理解便是这一根源所开出的花朵。在我们的精神深处，积淀着长久以来对中国赞美憧憬的思慕之情，同时在先天性的修养上具有着对中国的理解能力。中国人全都囿于天朝大国的迟钝、无知和优越感中，对本国的精神在东海的岛国上所结出的更为优秀的果实都不屑去体味一下。

大世界和新世界里有所有的中国大众艺术，有所有的中国国民性。若从一眼便能看到古往今来色彩纷呈的中国面貌这一点而言，那没有比这两个“世界”更佳的地方了。

二

大世界内又是个演艺场。这些场所分别在楼下和楼上，楼下有“乾坤大戏场”、“髦儿戏”及影戏场、“甬戏及魔术场”、“文明戏场”、“共和厅”等，楼上有“南场”“北场”“东场”三个戏场。在这些地方上演的有新旧戏剧、电影、儿童戏、评弹评话、对口相声、滑稽戏、戏法武术和各种地方戏，还有女艺人唱的各种俚曲小调，京剧昆腔梆子戏等。还有各种形式种类，不胜枚举，这些剧都在规定的时间在各戏场中上演，白天和晚上的戏各不相同，同样的内容一天之内不会上演两次。因为是在这样的娱乐场，因此戏剧和电影都极为低级庸俗，不值得一看，而其他的演艺类都各有自己的特色，大部分都是只有在此才能一饱眼福的。比如宁波滩簧[1]和苏州评弹等各地乡土艺术的表演，各表现独自的地方色彩。

在楼上的东场和楼下的共和厅出场的女艺人皆为一时之

[1]　滩簧，中国传统曲艺的一个类别，于清代中叶形成于江浙地区。

选，堪称一流，有的以演技取胜，有的则以年轻貌美赢得看客的青睐。

东场的女艺人演出的几乎都是“大鼓”。用日本的演艺来做比附的话该是净琉璃吧。分别有一人担当大鼓，一人担当三弦。三弦由男的弹，大鼓则大多由年轻的女子，在鼓架上置有一直径约八寸左右的大鼓，女的右手持鼓槌一边轻轻击打一边开始说唱。左手另持有一小小的响板“踢嗒踢嗒”地打着拍子。也有的用两片月形的金属片轻轻碰击发出“钦钦”的声音来打拍子。大鼓又分成梨花大鼓、天津大鼓、京韵大鼓等诸形式。据说大鼓艺术起源于盲人沿街击鼓卖唱的街头艺术，历史已相当悠久。有人说中国现存的演艺中历史最久的便是鼓书，所说的故事都是有定规的，起源地在山东省，所以是纯粹的北方艺术了。

就像外国人会对日本的义太夫产生兴趣一样，理解大鼓并不困难。大鼓只是在说唱停顿时才轻击数下，而唱曲则一直都是合着三弦的音乐来唱的。即使不懂唱词但光听曲调就能充分体会其有趣之处。

在我所听过的大鼓艺人中，当推以前在新世界出场的晚香玉，现在仍在新世界演出的小黑姑娘和大世界的秀屏、一声红等。我后来深深喜欢上了大鼓艺术，曾特别将女艺人叫到旅馆来演唱过。晚香玉曾有一个时期非常走红，现在已不唱了。小黑姑娘是唱天津大鼓的，表情动作有特点，很有意思，而秀屏则娟秀如玉，声音细美，当她憋足了尖细的声音唱得满面泛红时，再配上她楚楚婷婷的风姿，真要恼杀了许多青年老爷。

共和厅是大世界内最大的戏场。有很多女艺人在这儿演出。唱的往往是一个人，背后有个不小的乐队。所唱的大抵是京剧或昆曲等戏曲中的一段。或是光唱一段什么，然后开启一场戏之类的，这些我倒确实是不大懂。音乐几乎都极为喧闹，高亢尖利的乐声直袭耳朵。这时有一个激越的唱腔从这喧阗的乐器声中穿越而出，高亢嘹亮。北方大陆民族的感情在这里强烈地流露出来了。

现在仍在共和厅登台演唱的高弟，年纪已经不小，长得也不漂亮，但唱腔富有特点，唱功也颇佳。她是我熟识的王某的妻子。她的妹妹叫高彩云，也在共和厅演出。高彩云年轻又漂亮，唱得虽然不怎么样，却有很多人捧她。她是我朋友朱君的小妾，和姐姐住在一起。因为这一缘故，我与高氏姐妹彼此甚为熟稔，每天到她们家吃饭，经常闲聊至夜阑乃至黎明，她们去演戏时也跟着一起去大世界。她们的这种放浪豪奢的生活，与日本的女艺人完全一样。

在共和厅登台的还有母女三人。母亲叫方宾宝，姐姐叫方三宝，妹妹叫四宝。方四宝是弹琵琶的，年纪约十七岁左右，长得娇美可爱，极为走红。她登上舞台时，满堂掌声如雷，一片喧腾。她所弹的琵琶纯粹是古时的式样，不用拨子，而是以指甲弹奏，乐声悠扬。所唱的曲调也舒缓悠长。她之所以能迷倒全场，全在于她的娇美可爱。她每唱完一曲，全场便响起一片热烈的喝彩声。这时她仿佛受不了这片喝彩声似的露出娇羞的神情，侧向一边甜甜地嫣然一笑。甜美的笑脸中毫无矫揉造作的成分，实在是非常的妩媚迷人。观众只要见到这嫣然一笑就已满足了，我还没见过日本的女子笑得有方四宝那么甜美的。中国的女子平素不大笑，然而有时遇到什么机会突然灿烂一笑也是很动人的。历来曾有美人一笑值千金，一颦一笑足可倾城亡国，这样的事例虽然不限于中国，但少有国家像中国那样自古以来对美人的娇笑评价如此之高，事实上中国女子的笑颜是很娇艳的。方四宝的笑便是如此。我从她的嫣然一笑中，联想到了在五千年来兴亡更迭的中国历史的表面和内在中犹如织锦一般闪烁出熠熠光彩的很多女性。

三

大世界也好新世界也好，其内部的构造都十分错综复杂。在别的国家都是尽可能将复杂的东西弄得简单明了，而中国都与此相反，将事物弄得比其原来的面貌复杂三倍乃至十倍，尽可能使人如入五里雾中，宛如走进了一个迷宫。在这两处游乐场的构造中，典型地表现出了中国人的过于离奇的趣味。走廊弯弯曲曲，楼梯上上下下，一会儿下地道，一会儿上屋顶。场内的通道密如蛛网，迂回曲折，就像八幡神社的迷宫一样，去一两次都搞不清里面的路线方位，里面有茶馆、饭馆、咖啡馆等各种商店，打弹球、滑旱冰、猜诗谜（一种买了香烟参赌的游戏性的赌博）等各种娱乐，这些纷纷将各种游客引入其内。

据说大世界在任何时候都有一万人的游客，这其中有几成（至少是一成）是卖春女。她们将这里作为绝妙的赚钱场所，所以都买了折扣票进场来。门票一般为小洋二十文，买折扣票则为半价。

卖春女在中国称之为“鸡”。在中国不管去哪儿，卖春女无处不在，旅馆也好，街上也好，没有看不到的。在上海的租界中，法租界的管理最松，与其说松，不如说根本不禁止，因此她们多居住于这一地区。有时去某一地方，在三五十米的路段内卖春女云集。到外面去拉客的称为“野鸡”。聚集在大世界或者新世界的自然也是“野鸡”。这些卖春女中也有穿戴得极为华丽、佯装成有钱人的。但她们之间却毫无分别，都在寻觅着客人。在演艺场内、走廊上、运动场上、咖啡馆里，她们都缝隙不漏地撒下了渔网。卖春女堪称这里的风景之一。有不少男客是专为此目的来这里的。这种事术语称为“打鸡”。卖春女的服饰自然没有定规，但以女学生模样为最多。烫着头发，戴着玳瑁架的眼镜，冬天的话穿着时髦的披风，这就是中国的摩登女郎。其他也有穿扮得像戏子、少妇、良家少女等，五花八门。

遇到男的便丢上一个秋波。这是任何国家的女人都施行的伎俩，不过在中国将此勾引异性的手段替换成吊膀子，在一般的路上或任何地方都会遇到，大家也习以为常，并不觉得怪异。光只是吊膀子的话，大家都将此看作是一种社交技巧，已很普通，人们并不视之为罪恶。因此这种时候抛过来的秋波就更为露骨，更为浓艳。买卖谈成以后，男女双方就会毫无留恋地走出场外，坐上在门口停着的几百辆黄包车中的一辆，到女子的住处去了。

赏　钱

今天跟大家聊聊“中国人与赏钱”这个话题。

有人说，总体而言中国人是对于金钱很吝啬的，这是不对的。确实，比起其他的民族来，中国人对于金钱有着非常强烈的欲望和追求，这是事实，但是欲望执著强烈未必就是吝啬。据我的观察，中国人在需要花钱的时候，比起日本人等要大方得多，而且很爽快。对金钱的欲望很强而花钱却很爽快的一个例子是赌博，不过这不是今天要谈论的话题，留待日后再说。

住在中国的日本人或是到中国去旅行的日本人，他们到城市的饭馆、茶馆和妓院等地方去，很受欢迎。这是因为花钱大手大脚，很爽快。但是不是中国人就不受欢迎了呢？不是，也很受欢迎。不如说比日本人更受欢迎，日本人则是表面上受欢迎。在这样的地方一般要给赏钱，这是中国的习惯。日本人则是担心是否要给赏钱。饭馆里跑堂的小费，一般是酒菜钱的一成。而在卖艺卖笑的地方，则不必给喝茶的赏钱，也不给女子赏钱。不过每年会在两个年节的总结账时赏赐给她们很多钱，这是惯例。

中国人为了保持脸面，有时会花费巨大的金钱。上海与宁波之间有相互来往的轮船。这种轮船的船舱分为五个等级。最上等的，来回十元钱。这是相当不错的船舱，有两张床。下午四点启航，翌日早上八点左右到达对方的码头，因此，晚饭是船方提供的。船上的餐厅也很像样，菜肴也很丰富。既有丰盛的饭菜可以吃，又有舒适的床铺可以睡，还把你从上海送到宁波，而只需五元钱，这是很便宜的。但是在中国，如果你不是有地位的绅士的话，最上等的船舱还是不会去坐。为什么不去坐呢？听说是因为赏钱不是一笔小数目。要付多少赏钱呢？一般是十元，至少是五元。带有一顿免费晚餐的五元的船票，赏钱却要五元或者十元，想来真是令人咋舌，而在中国据说却是很通常的，这也是没有办法。我不懂这一规矩，与一位翻译一起乘坐了这一轮船的这一舱位，付小费时每个人一元，两个人给了两元，还摆出了一副很了不起的样子，这神情似乎是在说：“怎么样，日本的绅士很大方的吧？”事后我告诉了中国朋友，那人听了以后就好像自己做了这样的事情一样，羞愧满面。

在中国这个国度，有点地位的男人往往要支付巨额的绅士税。这就是很出名的面子问题。如果有一天可以丢弃面子的话，那他就可以过上开支比较小的生活了。即使是坐火车，如果你坐了一等车，你又是中国人，那你就要向侍者赏赐巨额的赏钱。日本人不懂这一规矩，坐了一等车结果一分赏钱也不给，出了大糗。住旅馆的时候也一样。

中国人力车很多，价格便宜。在上海市区，行走四公里左右，一般是二十文钱。如果讲一下价的话，十二三文钱也可以坐了。因为便宜，无论早晚，想外出一下，就可以随意乘坐，若是价格不便宜，就不坐了。但是，价格并不是统一的。我有一个朋友，是中国的绅士，他坐的车价总是要比我贵一半左右。有时候我嘲笑他说：“你是一个中国人，但对方要的车钱却比外国人还贵呀，有点滑稽了。”但朋友却满脸正经地回答我说：“我是个绅士呀，没有办法。我无法付跟家里的女仆去市场买菜同样的车钱呀。”这下反过来倒是我脸红了。从那以后，我也当自己是一位绅士，坐车就不讲价了。

辑三

本辑文章译自《新支那访问记》，东京骚人社书局1929年7月。

车站一景

列车行驶了七小时，于下午四时抵达了上海。我将包交给了红帽子搬运夫，夹在人流中向检票口方向走去。在我四五米前，有几个男女。一个女子束着头发穿着流行的外衣，脚蹬高跟鞋，像是要倒下去似的靠在同行的男人身上，让男的挽住胳膊，风骚十足地移动着脚步。另一个女的穿着绣花鞋、色彩艳丽的斗篷。一看就知道是风尘女。这已是在上海了，年轻的男女挽着胳膊并不是什么稀奇事，不过这模样实在是有点过分，我觉得十分可笑，便跟在后面走着。出了检票口向候车站走去时，那儿等着很多来接客的人及旅馆来拉客的伙计。从列车上下来的人都若无其事地向那一头走去。就在此时，在我们眼前突然发生了一件奇怪的事。从接客的人群中飞跳出来一个女人。那女的举止粗鲁地大步向我们走来，猛然间，她朝搂着风尘女子的青年男子急速冲过来，一把揪住男的头部大声叫道：

“你这个不正经的！”

那男的差一点摔倒，可总算站住了。风尘女子见此大为惊骇，想要溜走，那女的甩下了男的想要去抓住那风尘女子。那男的赶紧拉住了她。女人尖厉的骂声，男人低沉的吼声——一场不体面的闹剧揭开了帷幕。这时我才刚看清那男人的脸：一位年约二十七八岁的相当漂亮的美男子。从那人群中飞跳出来的女人想必是他的太太无疑。她穿着素淡的灰色斜纹哔叽上衣，脚上是丝绸的袜子和西式皮鞋。她剪着一头素朴的短发，正不断地用纤细的手指将耷拉在额前的头发撩上去。脸上稍微有几点雀斑，但肤色白皙，一看便知是出身上流家庭的、气质不错且是富有理智的人。然而现在的她却是歇斯底里地瞪着双眼，嘴唇也因忿怒而颤抖着。她的丈夫与常有交往的风尘女子及其他女伴一同上苏州一带去远游，现在正坐了这班火车回来。那风尘女子虽十分摩登，却并不漂亮，是上海的青楼中常见的那种女子。在我看来，倒是她的同伴称得上是一位美人。

那男的和女的在人群中互相对骂，相互扭扯。女的叫男的回家，男的硬不回去。“搞野女人”“不要脸的”“神经病”“母猪”等脏话从两个人的口中喷出。男的想撇下妻子向那边走去时，女的再次追过去揪住他。男的用手按住女的瘦削的肩膀猛地将她推开，一会儿又死命地将她按在建筑物的砖柱上掐住她的脖子仿佛就要将她掐死似的，样子十分凶险。看热闹的人在他们周围围成一圈，兴趣盎然地围观着这一场闹剧。不过围观者尽是些车夫、挑夫、搬运工之类的下层市民，从列车上下来的旅客只稍稍一瞥便匆匆地走过去了。

“先生，您的行李。”

帮我拿行李的挑夫看到我新奇地一直在那里观战，毫不移动的样子，实在耐不住了，在一旁催促我，我接过包和其他的行李提在手上，依然站在那里观望着这对青年男女的争吵。

不一会儿两个人推推搡搡地来到了车站前的广场上，那儿停着一辆漂亮的汽车，那女子便是坐着这车来的，车里还坐着一位像是其小姑的年轻姑娘。那姑娘脸皮薄，坐在车中没有出来，这时打开了车门，以哀求般的口吻对男的说：“哥哥今天请回家吧！”家里雇佣的司机帮女主人对年轻的男主人说了几句，立即遭到了一顿不问情由的痛骂。不顾及围观的人群，不惧怕丈夫的暴力，敢于勇敢地与其抗争的也只有他妻子一人。她似乎认识到要将自己所爱的丈夫从魔鬼的手中夺回来是自己的责任，倘若失去了今天的机会，那么丈夫也许便永远回不到自己的身边，因此她不顾一切地奋力争斗。两个青楼女子站在离围观人群有十米的地方。当夫妇俩尖厉的争吵声传到那儿时，两人便转过身来往这边望望，然后相对一视，忍俊不禁地捂着嘴笑了起来。“我并不是迷上了那个男的，只是把那男的当作钱袋子捏在手里。没想到那女的这么当回事！”那女的脸上露出了冷笑。

我对这些人不禁生出几分同情来，却没有挤开人群走出来去劝架调停。在上海，人们对他人的事不管是非皆采取“与我无关”的态度。除了车夫、旅馆的茶房、小贩模样的人之外，不顾胳膊的酸疼提着沉重的旅行包而兴趣甚浓地围观别人夫妻吵架的傻瓜或有闲人也就只有我了。可不知为什么，我竟会被那男青年与他妻子间的纠纷所吸引，双脚挪不出这地方。这像是一出喜剧，却是一出悲剧。我是从他们的生活中直接了解上海的实相。沉溺于浪荡的男青年，吃醋的妻子，摩登的风尘女，主人公的妹妹，司机。还有社会下层的大群围观者——仅这些出场人物便足可构成《上海》这一篇故事。

那两个风尘女等得不耐烦了，便撇下那个男的向那头走去。那男的见此情景立即拨开人群换了一副脸色去追赶她们了。而他的妻子也并不罢休，苍白的脸上现出了坚定的决心，任晚风吹拂着头发，跟在丈夫后面追了过去。我叫了一辆旁边的黄包车坐了上去。围观的人群作鸟兽散地跑开了。

电车在奔驰。西斜的夕阳将余晖投落在污迹斑斑的墙上。载着我的黄包车沿着电车的轨道来到了老靶子路。树叶飘零的苍老的洋槐树排列在路边。街两边是绵延不绝的砖瓦建筑。白俄高声地谈笑着在街上走着。提着竹篮的中国主妇从街上走过。舞女模样的日本女人打扮得像西洋人似的沿着砖墙在行走。这里充满着自由，一切东西都蓬勃而有生气。我觉得他们都是以自己的力量在活动着。

“我来到了上海！”

我强烈地意识到自己来到了上海。

我观上海

1928 年 8 月末前后，上海开展了第一次的户口调查。在这之前上海的人口到底有多少，无法估计。中国的城市人口都没有一个准确的统计。城市中的居民群体非常复杂，哪座城市都无法展开准确的调查。关于上海的人口，几年前有说是几十万的，有说是一百万的。1927 年记载为一百五十万。不管问哪一个人，答案都各自不一，许久以来南京城墙的长度和上海人口的数目对我来说一直是个谜。但这次户口调查的结果，其公布的数字竟是令人瞠目的二百六十三万之多，因此表明，就人口而言上海已远远凌驾于东京、大阪之上，而居世界第六位。对此连上海人自己也惊讶不已。

上海这座城市由华人区、法租界、公共租界三部分组成，其面积合起来也不过是东京市的三分之一，与大阪相比也只及它的一半左右。在其狭窄的区域内居然居住着比东京还多六十万的人口。

到街上去走一走的话，真的到处都是人流。与其说是在行走，不如说是人潮在流动。即使是走遍了世界各地的人，看到了三马路、四马路一带杂沓拥挤的人流，也都莫不为之感到大为惊讶。在挂满了无数闪金耀彩的招牌的街上，行走的人群望上去总是黑压压的一片。茶馆和饭馆任何时候都是吃客满座。中国都市独有的那种气味，斑斓多彩的颜色，喧嚣鼎沸的人声……这么多的人到底是来自何处？真令人觉得不可思议。在这人头攒动的人群中，个人的色彩几乎就难以显现出来了。我觉得像上海这样彻底的民主恐怕是其他国家所没有的。这不是指弱者和穷人可以主张自己权利的平等，而是所有的人都不提出任何主张的民主主义。总体上来说中国是一个民主的国家。在这个国家里，无论是富人还是穷人，强者还是弱者，在人的价值这点上彼此都不带有什么差异。富有的人、握有权力的人即便可以统治弱者和穷人，残酷地对待他们，却并不享有来自他们的尊敬。我曾去过一个夜总会，很多的中国人来到这个地方，其中既有富豪名流，也有全然无名的清寒之人。在他们彼此的谈话措词中，丝毫没有阶级的差异，完全是一种所有人都不表示任何主张的彻底的民主。在中国的古代也还是有阶级的。即使在现在，也还是有军阀，有财阀，有土豪劣绅，他们虽然在社会上拥有势力，但却完全不具有阶级上的意义。说起阶级的含义，是指在这个社会中存在着一个超乎一切之上的庞大的权力，根据距离这个权力的远近，人们的角色地位也便各自不同，但在现代的中国，不存在这样一个庞大的权力。而且与其他共和国不同，长久以来，它也一直没有一个统一的政府。因而阶级的观念也就消亡了。因此，现代中国的无产阶级运动作为马克思主义的经济革命自可以存在，而作为国体革命恐怕却并不具有大的意义，也不会带来大的变化。且单纯的经济革命是否比国体革命来得容易进行，这也难以断言。

来过上海的人往往将其称为魔都，或称其为罪恶的渊薮。也许是这样。具有无产阶级意识的人将其称为世界上最后的都市。他们说，上海灭亡之日，就是世界资本主义的灭亡之日，同时也是帝国主义覆灭之时。这一看法也不错。不过，我却这么认为，即在某种程度上，上海或明或暗地显示了世界人类的最后图景。

上海汇聚了世界上近三十个国家的人。租界的行政管理和警察治安其主权虽归属外国，但其域内大多数居民的资格却并无区别。不能说人数达到一万以上的白俄其实力就比中国人强。法租界的法律既保护域内的法国人，也同样保护域内的中国人、朝鲜人和印度人。这里有自由和平等，却无压制和阶级意识。全世界没有比这更自由的地方了。外国或中国本国的政治犯只要一步踏进租界之内就安全无虞了。

中国的收回租界运动，到了某一时期也许有可能实现，这也是合乎情理的主张。然而从第三者的局外人角度来看，在世界上有一处这样的地方也无妨。不过这地方地处中国国内，在中国会成为一个问题，假如将其看作是全世界共有的城市，它能保障人类绝对自由的生活的话，我将会赞美上海，并热切希望维持上海的现状。

将上海称为魔都，称为罪恶的渊薮的人，未必就是真正了解上海的人。这是用其他国家各自的法律、习惯、道德等基准来衡量上海、观察上海所发出的言辞。上海并没有这样严峻的法律，没有这样固定的生活方式，没有这样刻板的道德。人们差不多都随自己的意愿在生活。警察只对街上的不法行动加以取缔，并不干涉屋内的生活。简而言之，在上海罪恶本身已不成为罪恶了。这是每个个人的生活，个人的行为。进行这种行为的人毫无后悔反省，道德上的反省只存在于道德观整饬的地方，在上海这种本身就没有道德标准的地方却要去寻求是非道德是一种奢望。在上海，大规模的赌场都会向公众开放。至少赌博在这里不是罪恶，只不过是一种以金钱来赌一下幸运和不幸的机构而已。从根本上来讲，赌博这种玩意儿只要赢的人对输的人不感到可怜和痛苦，输者对赢家不怀有怨恨，罪恶这一理由在本质上恐怕便不能成立吧。上海的赌场是在非常庞大的组织之下，在一种极为明朗公开的气氛中进行社交行为的场所。

在上海横行着大规模的强盗团伙。他们制定一些庞大的计划，以周密的手段来绑架有名的富豪，将他们作为人质，要他们开出与其身份相应的汇票数额，待兑取现金后便将其恭恭敬敬地释放。在扣留期间也给予其相当优厚的礼遇。他们的势力远较警察强大，其组织的庞大也远远超过警察，因此警察或是对他们的行为视若无睹，或是成为他们的羽翼。上海发生着无数的罪恶行为。但是这一切的一切在当地都是极为平凡的事。既无人埋怨城市的不安全，也无人要求警察对此加以肃清。

上海只有一项道德，曰“守护自己”。所有的人只要以自己的力量来保护自己就行了。人们并不期望超乎于此的庞大的权力。这是上海人共同的观念。于是在这里便有和平，有平等，有欢乐，有罪恶，一切皆有。这里存在的一切都是很自然的，是自由的。有人说上海是颓废主义的极致，不过人类生活未必都只是朝着道德性的构建方向在进步。不能说资本主义灭亡了罪恶便消失了。我倒是宁可觉得上海暗示了人类最后的图景这一说法是错的。

跑　狗

从日本来到上海，在朋友 M 君的家中落脚后，当晚 M 君对我说：

“有件东西我得赶紧向你介绍。”

“什么呀？”

“狗呀。一种称之为灰色猎犬的竞赛。近来在上海跑狗大为流行。因为其输赢较跑马更为有趣。上海有两处跑狗场，每周各举行两次，正好今晚有跑狗赛，去看看吧。”

不知怎的说起狗我提不大起劲来，但朋友这么劝诱，便请他带我去看一下。朋友对跑马极感兴趣，在上海的日本人中甚至以跑马狂出名。他这么说，大概不会有错。

“晚上吗？”

“从九点开始到十二点左右结束。现在出门正好。”

但那晚 M 君有场宴会必须去露露脸，于是便由我和 M 君的太太两人先去，他随后来。天气从白天开始便是阴沉沉的。我们坐汽车去。驶过了不时布有铁丝网的华人街区，沿着华德路[1]一直行驶便来到了郊外。一路只有疏疏落落的住家，道路宽广而平坦。约行了一公里左右在原野的正中央出现了一座巨大的建筑物，那一片连天空都被照得灯火通明。

“那儿就是了。”M君的太太说。

不一会，我们在那儿下了车，M君的太太快步走在前面去买门票。门票一元一张，周围装饰着彩灯和弧光灯，灯光灿烂如同白昼。入口处有很大的“明园”两字，另外还标着英文。已经有很多人进去了。

M君的太太先带我去看狗。在一个相当宽广的长方形的栅栏内，有五六条狗正训练有素地在地面上活动腿脚，脖子上系有拴索。驯狗人便牵着拴索带它行走。那一头是狗圈，长长的一溜，分隔成一个个小间，小间的门都关着。关在里面的狗不住地“汪汪”叫着，吠声此起彼伏，一片喧腾。听说这是西班牙种的称为灰狗的猎犬，身体、脸、腿和尾巴都长得细细长长的。背上系着的一块像是鞍子一样的布上写有号码。这样子就像小孩穿着坎肩似的很可爱。

打开在门口卖的预测今日输赢的油印小册子一看，上面有各种各样狗的名字Cairo（卡伊罗）、Dancing Dervish（跳舞的德维什）、Gipsy King（吉普塞·金）等，很有趣的名字。但对跑狗一窍不通的我再怎么看也不知道哪条狗

[1] 华德路，西文名Ward Road，今长阳路。

好。到售彩票的地方去一看，和当地的跑马一样。跑狗也分成 A 票和 B 票两种，A 票是只瞄准第一名的，B 票则只要进入前两名就可以，这规则和跑马完全一样。狗票也和马票一样每张五元，不过没有张数的限制。我猜想“卡伊罗”能跑第一名，便同时各买了一张 A 票和 B 票。M 君的太太稍有些经验，她好像是看中了狗的模样后选买了一条自己中意的狗。

跑狗就要开始了，我打量了一下跑狗场。跑狗场的跑道一圈五百码。在一边有可充裕地容纳几千人的看台。有好几盏明亮的大弧光灯仿佛是从天穹向下界照射下来似的，把角角落落都照得一片通明，来到了这里完全忘却了黑夜的观念。从进场的人来看，中国人占多数，西洋人也相当不少，且其中一半为女子。

第一轮的跑狗终于开始了。据说这种跑狗形式是近年在英国发展起来的。首先将六条狗放进位于起跑线上的六个隔开的笼子中。笼子只有正前方一面可以看到远方的铁栅栏。在前方一百米左右处有座窝棚，旁边蹲着一只兔子。六条狗见到那只兔子后都在笼中兴奋地“汪汪”叫了起来。一声号令枪响起时，六个笼门立即全部打开，与此同时前方的兔子也开始跑了起来。六条狗一溜烟地在其后面紧紧追赶。但实际上这只兔子是人工制作的，它是用电来驱动奔跑在轨道上的。也不知狗是明白还是不明白，总之，它们是拼了命地向兔子这边追扑过去。

狗奔跑的速度越快，兔子的速度也相应地加快，兔子在轨道上发出轰鸣的声响在奔跑。跑完五百码一圈快要决出胜负时，兔子倏地一下钻进了自己的窝棚不见了。实在太简单了，看着觉得不过瘾。我心想就这么点玩意儿呀，正在此时M 君的太太走过来了，对我说道：

“村松先生还真会玩啊！”

卡伊罗得了第一名。A 票可得二十一元，B 票可得十元五角。最后是赚了二十一元五角。输赢本也无多大意思，但赢了后看到拿到的钱，一下子觉得有意思了。“倒还真不错。”人本来就比狗厚颜。我和 M 君的太太又去看跑第二轮的狗。

“怎么样，三号看上去好像跑得挺快的。”我说。

“不，那种狗不行，还是五号或是一号好吧。那种总是屁股往下耷拉着，尾巴夹在两腿之间的狗跑得比较快。”M君的太太向我解释说。

这次就不做预测，听从 M 君的太太的意见买了五号的A 票和 B 票各两张，结果运气不好，仅得了第三名，刚才赚的钱全吐了出来。接着也是赢赢输输。一开始觉得没什么意思的，慢慢看着看着，渐渐悟出一点味道来了。从跑的速度来讲是快的，跑五百码的标准时间是三十一秒至三十二秒之间，比马还要快得多，但没有跑马时那种壮勇的气势。跑马还有障碍赛。跑马时马的匹数很多，而跑狗只限于六条。有趣的是没有骑手，任由其自由奔跑，跑到一半时位于前头的狗之间有时会发生争吵，相互咬斗，结果让后面的狗趁机窜到了前面。因此会爆出大冷门。

到最后 M 君还是没有来。其太太输了三十元左右的零用钱后立即关紧了钱袋口。第九局跑完后已近十二点了。结果我是不输不赢。赛到一半时稀稀落落地下起雨来了。我们在出口处买了车票踏上了归途。

北四川路

上海北四川路一带，两三年前是一处垃圾遍地的令人掩鼻的街区，这次来了一看后，发现已进行了街区整理，街路变得笔直了，污旧的房屋遭到了拆除，在其旧址上建起了一排新式的漂亮商店。以与老靶子路交叉的那一带为中心的数百米长街上，无论是街道的景象还是其繁华的程度，如今在上海都是屈指可数的商业大街之一。楼房高大的中国旅馆、电影院、舞厅等鳞次栉比。在电车、公共汽车川流不息的街道上，穿戴华艳的日本人、中国人、西洋人舞女步履匆匆。美国的水兵和日本的公司职员喝得醉醺醺地在黑夜的小巷中游荡。在老靶子路附近聚集着众多的俄国人，俄罗斯风格的咖啡馆直到夜深还传来钢琴的弹奏声，依然喧闹不已。北四川路上，走过一段再向里走的话，日本商店很多。在某某里的里面或是附近的住宅区所居住的大抵为日本人。日本人经营的舞厅也有两三家。在“桃山”“蓝鸟”等舞厅里面，或有二三十个日本舞娘。不过到这儿来跳舞的却并不限于日本人，西洋人也来的。美国或法国的本土虽去不成，但上海的国际大都市气氛往往也使她们憧憬神往，于是纷纷从大阪、神户、东京搭乘轮船漂洋而来，或沦落困境来到此地，或被哄骗带到此地，虽来的途径各不相同，但大多数这些摩登女郎在北四川路一带似乎都过着怡然自得的生活。

有一家沿街的店名叫“上海咖啡馆”，底层是书店，三楼是咖啡馆。这是一间四方形的大屋子，放置着大理石的桌子和坐起来很舒适的椅子。这家店虽只卖咖啡和酒，但你若想点菜，也可从别的菜馆里叫来。这家店的特色是使用女招待。学日本咖啡馆里女招待的样，也有这样的三四个中国女郎在忙着。这些女郎都长得挺漂亮，她们穿着西式的皮鞋和衣领很高的闪光衣服，剪着短发而在前额垂下一大片刘海，一脸的沧桑世故，她们或端着咖啡，或坐在客人的膝上，或吞云吐雾地吸着香烟，或轻声地哼着歌，或语调亢奋地聊着天。

我常与朋友两个人去那家咖啡馆，坐在三楼临窗的安乐椅上，俯视着夜深的街景。这样的咖啡馆也营业到夜里两点多。听说这家是毕业于日本某大学的张资平[1]开的。张君是创造社的同人，在上海也是最为激进的文学家之一，可我不知他是出于何种想法而开了这样一家咖啡馆。

---

[1] 张资平（1883—1959），广东梅县人，曾留学于日本东京帝国大学，创造社早期成员，小说家。抗战期间沦为文化汉奸。

俄国女郎

在咖啡馆前是一家叫作“爱西斯”的很大的电影院，拐入电影院旁的一条小巷，便是俄国人的魔窟了。两边紧挨着十五六座小房子。大部分是根据旧式的中国住家改建的，也有几处颇为精致的西洋房。从街上可以望得见的近门口的房间里，有两三个浓妆艳抹的女郎或用手托着脸颊，或躺在长椅上，这条巷子很少有人经过，有时有个把闲逛的客人走过，她们便会以凹陷的眼睛、怠倦的眼神紧紧地盯住你，招呼你进去。屋里散发出像是把臭虫嚼碎似的令人作呕的臭气。进屋一看，所有的女郎都显出一种猥琐可怕的神情，仿佛不像人似的。这只能使人感到是一群饥饿的动物。这里丝毫没有那种游荡的情调和沦落的哀愁，有的只是强烈的饥渴。

不过其中有一家颇为雅致洁净。里面有几十个女郎，也有长得不怎么难看的。房间也相应地比较干净。

有天晚上与朋友某君两人一起首次踏进了这家屋门。女郎们满脸堆笑地把我们迎进了第一个房间，让我们坐在长方形的大桌子边，五六个女郎一起围坐在我们身边。体态长得宛如大象似的老板娘看上去居然也不那么险恶。叫她们打开了两三瓶啤酒，并叫她们唱俄国歌曲，于是一个最年长的，长着一头狮子般头发的女郎起了个音头，女郎们便齐声唱起了伏尔加船歌。单调的合唱声在屋子里回响着。隔壁的一间客房里装饰得颇为精雅，屋内放着一架钢琴。一个像是这一带混客似的俄国男人弹起了钢琴，于是一个喝醉了酒的公司职员模样的日本人搂住了一个女郎跳起了舞。从里边的房门里各色女郎走进走出，有个美国水兵穿着一件衬衣叼着雪茄探出身来张望。

你只要付了一元钱一瓶的啤酒钱，她们也就不死乞白赖地强留你。她们也全然不像刁钻油滑的女人。不知怎的，俄国女郎给我留下了颇为诚实的印象。

第二天我对中国人 D 君和 O 君谈起了这家店，他们觉得挺有意思，想去看看。于是这次变由我来领路做东，进了同一家店。我们三人分坐在桌子的三边，于是既有女郎夹在我们中间，也有的坐在正对面。有一个脸长得像街上卖的用赛璐珞做的娃娃似的女郎见我已是第二次来了，多少有点撒娇的神情。她凑到了我的身边，硬是偎靠在我身上，又是要开香槟，又是叫我请吃五元的巧克力，喋喋不休地瞎起劲。我对此不加理会，还是叫她们开啤酒。女郎们得尽快地将啤酒喝完，于是大声吆喝着干杯。有个三十几岁的女郎，甩着一头猩猩般的头发，眼圈涂得黑黑的，长着一张阔大的嘴，昨晚也许是喝醉了的缘故吧，很亢奋地大声唱着伏尔加船歌，今夜却不知何故显得情绪低落。有个肤色雪白的、长得胖嘟嘟的二十二三岁样子的女郎昨晚也唱得挺起劲，今天也很奇怪地显得郁郁寡欢。也有五六个人像是尽义务似的唱了一小段，却全然感受不到那条俄罗斯大河波浪滔滔的汪洋气势。

有个女郎在抽着烟，她从一开始就没唱过歌，一直在用一块鲜红的丝巾像缠头布似的仔细地包缠着头。她坐在桌子的正对面，拿着一面小镜子一直在全神贯注地摆弄着头上的装饰。那女郎是这楼里的，她的存在具有引起人们好奇心的价值。

她花了很长时间把头巾包完，重新又吸起了香烟，然后开始和我们搭话。开头是用英语说的，说到一半突然一转操起了一口漂亮的北京话。她说的北京话有一种仿佛是从金属板上弹击时发出来的清脆的回声，极其流利。我们顿时惊得目瞪口呆，倒是 D 君会讲普通话，跟她应酬了一会儿。然后她转向我说：

“村松先生听得懂吗？”

“听不懂。”

“那么，我来替她说吧。”D 君接口说。“我刚才问了她的身世。当初她与一个姓吴的中国人结了婚。他是军人张宗昌的幕僚。那时她很幸福，说是还曾与丈夫一同去过日本。可是吴随军队去了战场后就下落不明了。一开始还不知道他是死了呢还是活着，过了一年左右得到了他战死的确切消息。她和吴生了两个孩子。她从幸福的生活中一下子沦落到了不幸的境地。收入也没有了，她于是便自暴自弃，最后来到了这里。在上海的俄国人中这样的女人还真不少，不过丈夫曾是中国人倒还有些与众不同呢。”

她把两个手摊放在桌子上，一双黑黑的大眼睛和一张猩红的嘴唇中漾出一点笑意，在看着我们说话。

“能成为你写作的材料了吧。”

“再听你详细说说也许会，不过，即使成不了写作的材料，这经历本身就很有意思。”

于是D君又和她说起话来。

“她说她也曾一度回到本国去过。但如今俄国的政治环境他们已经无法适应，无法忍受，于是又逃了出来。刚回去时手上的戒指什么的全都让政府给没收了，于是又回中国来了。两个孩子说是寄养在哈尔滨的熟人那儿。”

O君来了兴趣：

“村松先生把这女郎的身世写下来，稍微再来几趟就可详细听她叙说了。”

于是D君对她说：

“他是日本的小说家，想把你的事写成小说，你能和他谈谈吗？”

她聪明地摇了摇头。

“我真的是非常爱我的丈夫，自我丈夫死后我的人生也结束了。我现在只是活着而已。既无希望也无兴趣，从来没有想过要让别人把我的身世写出来。”

像她这样的行尸走肉在世界上的任何地方都可见到其行迹，但乍一看，此时的她与曾是吴太太时候的她相比，看上去也未必有什么差异。然而现实是，她需以目前这种生活方式来谋生。她的整个神情使人感到并不是淫荡、追求豪奢或她的低劣的品性使她沦落到目前的这种境地。

但毕竟还是有某种理由。这么寻思着，我与朋友们一起离开了这魔窟。

黑猫跳舞场

已过了一点。我们决定去一家叫黑猫的中国跳舞场。坐上出租车沿四川路往南行，在大马路往右拐。在大马路快行到尽头的十字路口的两边的建筑物，以前是新世界，现在由英国的陆战队侵占做了兵营。在十字路口稍往右拐一点的地方，我们下了车。黑猫跳舞场相当大，二楼是舞厅。长方形的舞厅内天顶很高，形成好几处拱形状。整个天顶上用灰泥塑成多种雕刻，再施以金银丹碧的色彩。这种形式表现了现代中国的艺术情趣。舞厅的两边为舞客的座席，与其相对的两边有四五十个舞女，每人面前有一张桌子。舞女多为中国人，也有五六个西洋人和两三个日本人。此时正是兴旺的时候，舞客的座席上也满是人。

不一会儿我被介绍给了其间的几个人。有著名的电影女演员刘月娴女士等。

O 君还欲把我介绍给跳舞场的老板陈先生，可不巧他没来。

“陈先生是一个很有意思的人，很久以来他总是要一直玩到天亮，因此绰号叫作陈天亮。”O 君介绍说。

近来上海的女式衣服已非常时髦。与西式的裙装几乎已无差异，所不同的只是领子。而且这是近来流行的款式，领子高得惊人，竟有两英寸半至三英寸左右。中国的女装在整体上非常绚丽，色彩很跳，即使在西洋人很多的一流的交易舞场上，民国女子的服装也有点艳压群芳的感觉。我与 O 君在桌子边谈了这些感受后又说：

“不过，只是对这高领子我不敢恭维。尤其是你看一下圆脸短脖子的人。像不像一个圆筒上顶着一个脑袋？总而言之上海的女子太无个性了，剪短发的现象从某一方面来讲也是个性缺乏的一个体现。”

“上海的女人毫无进步，她们的进步只是在外表上。基本上她们都只是想做别人的小老婆而已。”O 君也严厉地抨击本国的女性。

日本舞女在西式裙服外再披一件有家徽的和服。刚才不知何时曾和她跳过舞的一个日本人大摇大摆地走到了她的桌前，猛地将手里捏着的五六张票像施舍给乞丐似的甩在了桌上，盛气凌人地跨着大步回到了自己的座席。

过后我们叫了两个日本舞女来问问情况。两个人都是在东京长大的，一个是已故的高木德子[1]的弟子，另一个父母

[1] 高木德子，日本歌舞演员。

在神田的神保町[1]开书店。神保町书店老板的女儿也好，在本町几丁目开纱线店的老板女儿也好，到上海来做舞女并没有什么奇怪，不过听了她们的自我介绍后，心里总有点怪怪的感觉。她们与在北四川路上集居的日本人中干活的同龄人不一样，看上去已成了一名挺摩登的都市女孩了。

“你们的客人主要是日本人吗？”

“不，日本人很少到这里来。只有中国人和洋鬼子。”

“不过中国人很有意思，济南问题[2]闹得沸沸扬扬时，他们就会顾及别人而不与我们跳，近来这件事平息了一点他们又陆陆续续地来和我们跳了。”

“真有点可笑。D 先生你也不和日本人跳舞吗？”

“怎么说呢，”D 君认真地歪着脑袋想了一下说，“恐怕还是不跳吧。”

“为什么？”

“这不是我的问题，你去问一下田中内阁[3]吧。哈哈哈

[1] 神保町，位于东京都千代田区。通称神田神保町。自明治以后逐渐成为东京书店出版业的集中地，尤以旧书店街著称。

[2] 济南事件，即济南惨案，又称“五三惨案”。1928 年 4 月在蒋介石的国民革命军继续北上时，日本的田中内阁担心因此而危及日本人在华北和东北的利益，第二次出兵山东，与 5 月 1 日攻入济南城的国民革命军发生激战，继而又向山东增兵，占领了济南，并肆意焚掠屠杀，激起了中国人民的强烈愤怒和抗议。

[3] 田中内阁，指田中义一内阁（1927.4—1929.7），在田中内阁执政期间，曾制造济南惨案并策划了炸死张作霖的事件。并召开了制定侵略中国的基本计划的东方会议。田中内阁同时在日本国内镇压左翼力量。

哈。”D 君朗声笑了起来。

“哎？我还以为这儿都是日本人呢！”

“我也是。”

“我算是世界人吧，不过大阪一家咖啡馆的绫子小姐却是允许我吻她的，哈哈哈。”

“那么承蒙招待了，怎么样也请跟我一起跳吧。”

“那就跳吧。”

D 君和高木德子的弟子摆出了舞姿跳到了舞池中央。

赌博馆

听说在法租界的什么地方有一处摩纳哥式的赌场，很想到那里去探一次险，有个叫 K 君的日本人得知后说："那家赌场我熟，我带你去吧。"于是在有天晚上他带我去了那儿。

在大世界再往前的地方有一条折入右面的马路。来往行人不少，但并不怎么繁华。行不到百米，有一座有点像公司的楼房。在屋檐灯上写着"某某公寓"。K 君快步走进了楼内。沿着水门汀的走廊往里面走，来到了一间满是人的房间。房间里分放着两张大桌子，两边都在赌钱。桌子的周围挤挤地坐满了人，在其后面站满了人，在其外侧放着长凳子，这上面又站着很多人。放赌抽头的局东大声地报着数字。哗啦哗啦理筹码的声音、银元的撞击声、难以言状的紧张的噪音充满了整个房间。凑近往里一瞧，只见局东将一些涂成深颜色的小木牌一会儿摞集在一起，一会儿分发给赌客。赌客拿到牌后看一下本牌背面的星点数，然后下注。K

君向我解说了这赌牌的玩法，我听了如同坠入五里雾中。K君说：“到二楼去看看吧，二楼比较好玩。”

我便跟着K君上了楼梯，二楼有很多间房间。有一处被称为“四个四个”的广东式赌场。这种赌场将赌桌放在楼下，然后在天顶上挖出一个长方形的大空洞，参赌的人便从二楼往下看，边看边出牌。在硕大的赌桌上铺着绿色的席面，分成一号台、二号台、三号台、四号台。在局东的前面堆积着很多如围棋子般的弹子。开始时局东用双手把弹子一把一把掬起来移到席面上相隔较远的地方，然后用木碗伏盖在上面。木碗很小，所以有一半左右都露在外面。赌客们各随己意分别将钱押在一至四的数点上。等赌码全下完后，局东揭去木碗，用一根细长的棒尖将弹子四个四个地撇在一边，慢条斯理地不动声色地将四个碗全揭去。最后留下的弹子数是一呢，还是二、三、四呢，由此来决定输赢。因分别有四个碗，所以称之为“四个四个”。这是广东特有的赌法，这儿的所有的设施和赌具也同广东一样。以前孙中山时代的广东政府公开允许开设赌场，一年从中征取几百万元的赌税。

二楼有数名为赌客服务张罗的侍者。场内均以现金参赌。侍者们将赌客的赌资一次次地装入篮内用绳子吊下去，底下的人再将钱取出放在赌桌上，绝不会出丁点差错。令人瞠目结舌的是，底下的局东在将弹子数到还留有三分之一的时候，楼上的侍者已快速地将余数报了出来。真是惊人的眼力。如果押中的话，就可得到接近四倍的钱。

“再到那儿去看看吧，那儿更有意思。”K 君说。

那儿排列着五张桌子。这是一种称之为 roulette（轮盘赌）的博弈。

一种用铜制的轮盘状的赌台开通电开关后就会非常快速地转动。局东取一个用赛璐珞做的球顺着转动的方向抛向轮盘的边缘。球珠沿着轮盘的缘壁可以转很长时间，随后转速渐渐减弱，最后转到中心的圆板时在一个什么槽中“噗”地掉了下去，球体很轻，又“通”地一下反弹出来，“咕噜咕噜”地转了起来，以最后落进的凹槽号码来决定赌客的命运。

赌盘上有 1 到 36 的数字，还有 0 和 00 两个数字，加起来共有三十八个数码。赌客选自己喜欢的数码押钱。你赌 1 结果出来的是 1 的话那么你就能获取三十六倍的钱。有两个号码是局东的收益。你可以同时押好几个数码。可以 1 和 3、2 和 4 这样隔一个数码下赌，也可以从 1 押到 6 或是连押四个数码。中的话就可以得到相应的回报。

这里的生意火旺。每张赌桌都座无虚席。赌客中差不多男女各占一半。也有人以现金来赌，但一般是先买十元或是二十元的筹码来下注。筹码以一元为单位，也有十元和百元的。

我也试着买了十元筹码，一元一元地下注，大约只有五分钟时间，十元的筹码转瞬间全没了，又买了十元来赌，这次偶尔也中过一下，但也只有十分钟时间便没了。又买了十元，一会也输光了。想洗手不干了，忍不住又买了十元，这次运气好变成了二十元，一转眼又成了三十元，突破了五十元。心里竟开心得不得了。其实应该见好就收，结果一高兴又赌上了，不一会好不容易赢来的筹码不仅未增反而减少了，最后是欲罢不能，输得精光光。

辑四

本辑文章译自《支那漫谈》，东京骚人社书局1928年5月。

风景的印象

有位老家湖南省的朋友曾这么对我说。

“我在日本的时候常有人问我：洞庭湖有多大？对这一问题我不知道该如何回答。因为洞庭湖的大小没有固定的面积。有时大，有时小。这样的回答人们听了会觉得很奇怪。之所以这样回答，是由于洞庭附近的土地都是低洼地，下了大雨后这一带变成了泽国。此时就出现了方圆数百里的汪洋大湖。倘若遇到了旱时不下雨了，那么湖水便渐渐消退，那儿又成了一片荒滩地。烟波浩渺的大湖仿佛被抹去似地消失了。当然中心区的湖水还是存在的。因为有如此变化，所以很难说清湖的大小和形状。正因为洞庭湖的景色这样多变，所以要用寥寥数语便描写出来就更非易事了。潇湘八景也是这样。你带了人去游览，说这儿就是潇湘八景，结果却很难指定哪一地便是哪一景。当然大致的区域是固定的，但那是指的一大片地方，不像近江八景[1]那样，这儿必得有三井寺的大钟，那儿则限于粟津晴岚这样的景区。所以，不同的时期，不同的地方，潇湘八景在你眼前会呈现出迥然不同的景象。诗人作诗吟唱，画家作画描绘，眼前的题材不一，作出来的作品也大相径庭。简而言之，艺术家可在那儿创造出每个人自己心目中的潇湘八景。”

我虽曾去过中国，但多在上海周围一带，对中国腹地的景色则一无所知。在去南京的途中，去西湖的途次，透过火车的车窗所望见的乡村景色很多仍历历在目。我坐夜行列车从上海出发，临近南京时正是拂晓时分，从难以入寝的睡梦中醒来，睁开惺忪的睡眼向窗外望去，在离铁路数十米近百米的地方，出现了我自日本出发一个多月来没见到过的山，虽不很高，却是绵延不断。路边不时可见有石雕的犹如鸟居似的高大建筑，此为墓道的石门。昨日夜半时分下起来的雨今日早晨已停了，但还没有完全放晴，四周升腾起了浓重的朝雾。在弥漫的晨雾中，一个有百来户人家的村庄寂静地横现在眼前。村里有条河，有小桥，有杨柳的树荫。在所有的国度，乡村里的人似乎都是早起的，可见戴着帽子，穿着长衣的农夫在田里耕作，身穿淡青色宽大衣服的老妇人来到河边洗菜。在尚未完全苏醒的早晨的光线中，我望着所有的这

[1] 近江八景，近江位于日本滋贺县的东北部，为琵琶湖早年的一个地名，现在属于滋贺县米原市。近江八景是1500年间，由近卫父子模仿中国的潇湘八景图，选定的八处景点，分别是：三井晚钟、粟津晴岚、濑田夕照、石山秋月、唐崎夜雨、坚田落雁、比良暮雪、矢桥归帆。

些景物。这是极为普通的景色。但是这普通的景物却使眺望的人的心中感到其内蕴着某种深刻的意味。沪杭铁路沿线的风景也是我所喜欢的。那儿只是一片横无际涯的宽广的平原。麦子都已收割了，收割后的田野上开着一大片紫云英。水边低垂着杨柳，横卧着耕牛，有保持旧日风貌的农家，有森林。初夏正午的太阳热辣辣地照在大地万物上。地势在渐渐地趋于低平，随着列车的前行水乡多了起来。笔直的一直流向地平线远方的运河，城墙外的护城河，远处浮现出点点白帆，眼前林立的桅樯，沿河岸而建的城镇，城街后面蜿蜒逶迤的城墙。映入眼帘的皆为诗，皆为画。

建 筑

大陆性的中国国内，西湖是唯一的具有人工色彩的风景的典型。在方圆五里[1]多的这个小小的湖周围及湖中的几个岛是数千年来中国历史、文明、艺术情趣的结晶。它充分体现了人文景观可以在多大程度上超越于自然之上。它可以给予人们自然的造化所难以企及的艺术上的感动。西湖的美大部分体现在它的建筑上。湖光山色只不过是使所有的建筑显得更美的背景而已。游了西湖之后我才真正地认识到中国是一个建筑之国。

中国的建筑，用材都极为粗劣，装饰也真是十分粗糙。我在西湖之外的其他地方所见到的艺术性的建筑大抵也是这样。因此进入房屋内部仔细观赏的话，差不多都会觉得没什么价值。中国的建筑是应从外面来欣赏的建筑，而且须置以

[1] 这里是日本里，一里相当于 3927.3 米。

相当的距离。从适宜于从远处观赏的建筑这一点而言，世界上任何地方都无过于中国。日本的建筑在用材上十分讲究，在局部性的艺术构筑和装饰上都极为精巧，以此而言，有些可居世界之冠。但在外观上的整体美上，却怎么也不能与中国相媲美。日本的建筑注重内容，而中国的建筑则全力倾注于形式。日光的阳明门、芝山的灵庙、安艺的宫岛[1]等处，其外观上的美和艺术感性的丰富程度竟会不如西子湖畔的一家茶馆。

去西湖游览的人，一定见过隔湖而立、分别位居南北两山、遥相对峙的两座古塔吧。南面的塔为雷峰塔，北面的塔为保俶塔。两座都是年代悠久以砖瓦建造的古塔。但是走近一看，塔体已是颓败剥落，外壁和塔顶上不时长着一丛丛的杂草和不知名的灌木。雷峰塔塔身大而低矮，犹如一口伏在地面上的挂钟，保俶塔则细而高，像一柄长枪直插云天。两塔南北对峙，形成了绝妙的对照。正因为有了这两座塔，西湖的景色顿时就增添了梦幻般的色彩。它使人想起了一两千年古老的历史和传统，在游子的心中深深地留下了虔敬、神秘的印象。

---

[1] 阳明门，指位于日本栃木县东照宫内的阳明门，又称作日暮门，建于江户时期，为东照宫正门，门楼饰有多种雕刻和壁画，集江户时期的建筑工艺精粹于一体，风格纤巧华丽。芝山的灵庙，此处也许是指日本千叶县芝山村的天台宗观音教寺，具体不详。安艺的宫岛，此处当指日本广岛湾西南部的宫岛，岛上的严岛神社颇为有名，整个宫岛为江户时代的日本三景之一。

离了湖畔折入山路时，可见山上长着稀疏的杂树，树下长着一大片茂密的蕨菜，已有三尺来高。翻过这座不太高的山下至那一头的山麓时，有一座名曰清涟禅寺的寺院。一块写着“玉泉古迹五色巨鱼”的石碑置立在门前清冽的溪流边。寺内有一个长方形的大泉池，如玻璃半透明的水中游动着无数长达三四尺的大鲤鱼。在泉池的三面围绕着水榭式的建筑，正面的栏间有一木雕的大匾额，上写着“鱼乐园”。不高的水榭从三面将各自古雅的倩影投映在青碧的泉水中。这是多么和谐，多么清寂的景色呵！伫立在此，觉得自己已彻底远离了喧杂的尘世。

云林寺是一座巨刹。在宽广的寺院内好几座殿堂楼阁和古塔毗邻，庄严壮丽，互相争雄。从其后山上的韬光寺的寺院中可一览湖山胜景，令人叹为观止。韬光寺周围峰峦叠嶂，山谷交合，唯有朝南一面对着浩淼的西湖。上韬光寺的山路两边是一条绵延的竹林。极目所视，山岭均被苍郁的老树所覆盖。在苍山和绿树之间露出了亭台楼阁的飞檐翘角，宛如画舫翘起的船头，周围氤氲着淡淡的云烟。南画[1]的所谓山景楼阁图便是依此创作出来的吧。

不过，最集中地体现了西湖建筑精粹的，还得数湖边的各种建筑物。湖水与建筑物的融合，建筑物与庭园的融合，

---

[1] 南画，受中国“南北宗论”影响，日本一般将南派的“文人画”称为“南画”，并形成宗派，代表性的作品有《南画大成》《日本南画史》等。

沿湖而建的各种茶馆、酒楼、别庄，这些都极尽建筑艺术的技巧，美轮美奂。我曾见过堪称其代表性建筑的刘庄，这是一座位于湖西畔的古老的宅邸。临湖建有一楼门，楼门的样式错综繁复，极为精彩。寂静地依水而立的情景真是令人心醉。我叫船夫靠了岸，入邸内去看了一下。门口有个看门人，在卖着粗点心、甘蔗和黑慈姑等。里面无人居住，所以谁都可以入内去看。房间很大，弯弯曲曲的走廊无尽似地彼此相连。庭园虽有些荒芜，水石的构造却极富雅趣。走到一半时有座小门挡住了进路，便叫随行的船夫的孩子唤了看门人来，给了他二十文钱，他便打开了小门带我们进去了。里边有座很气派的殿堂，供奉着神明。从湖上一开始看到的楼门便矗立在堂前。楼门历经风雨的侵蚀，已相当破败，却一直无人修缮。园里面也有几栋房屋，无数的房间由走廊相连。不久前似乎还有人住过，一间小房间里放着一张挂着帐幔的床，里面还有些装饰物留存在那里，像是一间女子的闺房。我亦不知此处宅邸以前曾有何人居住。不过从其精雅豪奢的程度来看，一定是称雄一时的豪门大家。我想象着往昔中国人这种极尽风雅的生活图景。

中国的庭园

西湖附近还有几处有名的别墅式的宅邸，称之为素园和高庄等。我初次认识到了中国庭园的美妙。每处宅邸的园内都建有池石竹林杨柳。楼阁与楼阁之间有潺潺流水。水流的深处有一丛竹林。水榭处架有一小桥。泉石流水之畔有依依的垂柳。水流一直注入湖中。这是刘庄庭园[1]的风景之一。

竹林的清雅以高庄为最。总体来说，江南一带是竹子的产地。到处皆有竹林。竹的修美无与伦比。南画中多以竹为题材便是很自然的事了。不过，同为竹，此竹与日本的竹感觉不一样。日本竹子的产地在京都一带。宇治、山科、嵯峨，这些京都的近郊地都有秀美的竹林。但是京都的竹林其秀美的程度毕竟不能和中国的修篁相比。中国的竹，是专为

[1] 刘庄，位于杭州西湖丁家山畔，原名水竹居，有“西湖第一名园”之称，由晚清举人、广东香山人刘学询建于1905年。

入画的竹。而京都的竹，则是用于制作落水管或采掘竹笋的竹林。竹子虽无心灵，但两者之间却有等级和品位的高低。园内有濒于颓败的土墙。墙垣的前后皆有竹林。在茂密的竹林对面有一个六角亭。亭内有类似竹林七贤般的人物正在品茗闲谈。这是高庄庭园[1]景象的一隅。

看了中国的庭园之后，我体悟到了这样一点，即庭园是为建筑物增色而修建的。中国的庭园宜于从外面观看。这是与日本的庭园在意趣上不同之处。日本的庭园是宜从屋内、从席地而坐的客堂上望出去的园林，任何一座名园都是依此精神而设计的。我到京都去曾看了银阁寺。这座东山时代[2]的代表性庭园的秀美至今仍清晰地浮现在眼前。那次我借了园内的木屐信步走到山泉处，我清楚地记得，其时我远望着庭园内的景物，此时我内心所激起的感性，只及我从东求阁的客堂中眺望时的几分之一。山谷的八佰善的庭园规模不免过小，谈不上是一处名园，但从代表了文化文政年间[3]市井

[1] 高庄，又名西溪山庄，俗称西庄，位于浙江杭州，建于清代顺治至康熙年间，是高士奇在西溪的别墅。高士奇（1645—1704），杭州人，擅长书法、诗文、藏书等。

[2] 东山时代，指日本室町中期（15世纪）将军足利义政的时代。1483年义政移别邸至东山的山庄（即村松文中的银阁寺），故名。这一时代是日本能乐、茶道、绘画、造园等诸艺术极为鼎盛的时代，又称东山文化。

[3] 文化文政为日本江户晚期（19世纪上半叶）两天皇的年号，这一时代町人（经商的市民）艺术达到烂熟的阶段，市民小说、浮世绘、俳谐诸领域人才辈出，地方文化也极为鼎盛。

的情趣这点而言，倒是一座相当雅致的庭园。我也曾怀着好奇心一度下到那座园内去走走，但径边的树枝不时地碰触到衣袖，飞石上也难以行走，不禁使人感到逼仄狭隘，心情不畅，并未引起特别的兴致。日本的庭园，不管是哪一处，都是宜于席地坐在客堂上欣赏的庭园。因此其多为模拟大的自然形象。泉水拟作池水，池水则拟作湖水，一片植物要看作树林或是森林。竹管内的淙淙流水令人想起激流奔涌的溪谷。你只有从某特定的视角统一去观赏这所有的景物，才能了解日本庭园的旨趣。以观赏庭园本身来作为造园目的的庭园，可谓没有一个国家达到了像日本这样的水准。

但有一长难免有一短。从另一个角度来看，在论及建筑与庭园之间的和谐、树木的阴影等诸方面，日本的庭园就要落在后面了。大致而言，建筑物都赤裸裸地露在空间。银阁寺是作为庭园的点睛建筑而建的，因此它与树木和泉池之间显得交融一体地和谐，但即使如银阁寺这样的名园，若从银阁处来远眺其主建筑的东求阁，楼阁与庭园如同两个独立体，毫无关联。白天御殿的庭园也好，大偎侯的庭园[1]也好，庭院本身是相当的典雅，但作为其中心的建筑物却裸立在野天之中。谈到这一点，那么不管是哪一处中国庭园，园

[1] 白天御殿的庭园，暂不可考。大偎侯的庭园，指日本近代政治家大隈重信（1838—1922）建于现早稻田大学近侧的庭园，颇有风情，译者曾在院内的完之庄数度进餐，有溪流自屋旁潺潺流过。庭园现定期对公众开放。

都是作为建筑物的附属体来体现其价值的。林木掩映着楼阁，泉水倒映着堂榭，它力求做到从外部眺望时能如一幅画一般和谐隽秀，并且从屋内望出去也绝不会失去雅趣。正因为它不像日本庭园那样去比附模拟宏大的物象，所以反而可以充分体味闲寂清雅之趣。若将日本的庭园和中国的庭园折中一下，能否产生出同时达到两者造园旨趣的理想的庭园呢？我期望中国的造园专家能对此加以考量。

日本的画家中，携载笔砚旅迹中国江南的人近年来似乎有了显著的增加。交通便利了自然是其原因之一，同时它也表明了画家的研究志向十分高涨，人们已不满足于临摹原有的那些粉本，我觉得这是一件大好事。尤其是画中国画的人应该到中国去，充分地研究中国的自然山水。山川的形态，田野的景象这些自不必说了，即使是一棵松树，一丛竹林，在日本所想象的与在中国所见到的也不一样。一木一石皆中国。乃是因为地质相异、空气的干湿程度也相差很大。到了画人物的阶段就更不用说了。若要画人物而不去中国作实地的人物考察，那么画出来的人毫无依据。在画家中时兴到中国去旅游，这现象无论从何种意义上来说，都是有益的风潮。

若浏览一下上海的日本报纸中的船客往来栏，几乎每天都可以看到来去的画家姓名。曰著名大家某画伯，曰新秀某画伯，曰无名画家某某氏，或是老画家，或是青年画家，令人目不暇接。但若是看一下这些画家到了上海的行踪，十人中有十人去了苏州。他们下了船以后，似乎在上海宿一两天都觉得是在浪费时间，提着行李立即匆匆忙忙赶往苏州去了。苏州在日本人中竟这样的出名，尤其在画家中间已成了取材入画之地了。确实苏州是值得一去之地。从一方面讲，画家对此都趋之若鹜也并非没有道理。但是，江南天广地阔，即使不去苏州，其他地方也有取之不尽的绝佳素材，就像堆砌的石头一样取之不竭。尽管如此，却还是像乡下人买东西必称三越[1]一样，当我看到画家诸君不管是张三李四都一律涌向苏州时，忍不住要失笑。日本人对于苏州竟然如此的憧憬向往，他们头脑中的苏州差不多已成了一种模式，在这样的情形下，我很怀疑他们在苏州能画出怎样的画来。为什么不去一些完全为人所未知的地方，在恐怕连中国人的画笔都未染及的全新的素材上创作出一些力作来呢？只有这样才具有旅迹中国的意义。我竭力劝谏今后新去中国游览的画家能留意这一点。

[1]　三越，日本著名的百货公司，其起源可追溯至江户时代的1673年。

都市的风景

在上海的市区中也有不少与众不同的有趣的景色。苏州河渐渐地流入了黄浦区。在河口处有一座外白渡桥。无论是站在桥上眺望出去的四周的景色，还是从河口三角洲上那座小小的公园所眺望的铁桥的景色，都是上海独有的街景。在苏州河的入口处两岸，一边是公园，一边矗立着砖瓦建造的各国领事馆。紧靠河岸系泊着无数的小帆船。在黄浦江上则停泊着军舰和轮船等。公园里树木不多，大部分是草坪和花坛，置放着很多长椅。不管什么时候去，长椅上总是坐满了一对对夫妇或是带着小孩的父母。有几伙歪戴着鸭舌帽，穿着皱巴巴的大方格上衣，系着红领带的流浪汉模样的人趴在草坪上在闲聊。从树椏之间可以望见市区远近不一的各式楼房……

从老靶子路的交叉口沿北四川路再往北行约两百米左右，街道变得狭窄起来，曲折蛇行的小街，形状奇妙的屋顶线条，墙壁的颜色。若以此为油画的题材一定很有意思。在静安寺路的尽头有座静安寺，寺外有古旧的围墙，沿墙的街上矗立着两三棵高大的朴树。若稍站远点将这朴树、围墙、古寺一起收入眼帘，就成了一幅很凝练的画。

从我所住的老靶子路走不多远有一条叫昆山路的马路，里面有座极小的公园。虽称之为昆山花园，却没有任何花坛或花草，只种着几棵树，这儿完全只是小孩玩耍的地方，通常人们称其为儿童公园。从下午到傍晚时分若从公园走过的话，可看到很多孩子在玩投球之类的游戏。但正因为是儿童的游乐场所，所以一到了夜晚便人迹杳然。瓦斯灯在地上投下了青白色的灯光。

在一个春雨初霁、雾气迷蒙的晚上，我曾从该公园一旁穿过走到北四川路去。那一带都是砖瓦结构的楼房，从三层楼到五层楼不等，路边排列着这样的大住宅楼。那儿有一片向内斜进去的空阔地。站在空地的入口处向里望，暗幽幽的漆黑一片。两边的楼房和最里面尽头处的楼房的屋顶，在白茫茫的天空中呈现出高低错落的轮廓。只有在里面的一座楼房上，有一扇高高的窗户亮着灯，看上去就仿佛是一片黑暗中的一个眼睛。轻如薄纱般的夜雾一直弥漫到了空地里面。

这是非常浪漫的、充满梦幻色彩的景色，但我以后多次走过，见到的却只是很普通的街景。

茶　馆

若看到两三个中国人聚在一起喝茶的话，桌上必定放有西瓜子。他们将瓜子一粒粒放在嘴里，用门牙“咔嚓咔嚓”地嗑开，只将薄薄的瓜仁吃进肚里，而将壳吐得满地皆是。喝茶通常用茶杯，而去菜馆或是茶馆的话，用来喝茶的却是像日本人饭碗形状的茶碗。茶房通常将一撮绿茶的茶叶放入茶碗中，再注入开水，盖上茶盖端给客人。喝的时候稍稍掀开茶盖，端起茶碗稍稍向自己这边斜过来慢慢地啜饮。就这样，有时端起茶碗啜几口，其余时间则是不断地吃着西瓜子悠然地聊着天。说起中国人悠然的一面，恐怕是中国人三两人聚在一起喝茶闲聊时最能体现出来了。中国人是非常爱好喝茶的国民。无论到世界何处去，恐怕没有一个民族像中国人那样频繁地喝茶了。坐火车的话，车上便有侍者立即提着大茶壶和茶碗来，给你倒了开水后离去。没有必要像日本那样从车窗中探出头来大声吼叫，而是在桌上放着茶壶和茶碗，悠然地喝茶。中国火车的好处便是各等车厢皆有桌子。桌子是狭长形的，乘客隔着桌子面对面坐下。很方便。无论是喝茶，进食，读书，要是有伴还可一起打牌玩，有了这张桌子真不知有多方便。像日本的火车那样只能往后靠的话，首先就极易疲倦，很难受。有桌子的话你就可以将手搁在上面，或弯起胳膊托着脸，或是趴在桌上打个盹儿，身体实在很轻松。日本为何不早点也改成这样子呢？我曾坐过日本火车的一等和二等车，遇到车内很挤无法动弹的时候，真有如被领进初次拜访的人家的客厅内一般，从早到晚只得正襟危坐。无论怎样耐心好的人遇到这种时候也受不了。坐火车并不是为了去学习什么礼节规矩的，所以希望能早日加以改进。我们还是回到喝茶的正题。大约每隔一小时车上的茶房便过来加开水。哪怕你坐一整天车，下车时只需付十文钱或是二十文钱的茶资即可。

无论是都市还是乡村，哪儿都有茶馆。茶馆的规模都很大，一般都是大房子，楼下楼上放置着数十上百张的桌子。从一早就有客人进来。茶钱哪儿都是每人十文钱。像上海一带的大茶馆，大可容纳数千人，这种地方到了晚上大抵变成了卖春妇营生的场所了，你无法神闲气定地悠然喝茶。

在上海以品位最高而著称的茶馆中，有一家位于广东路街角上的同芳居。这家茶馆底层是食品店，主要卖蜜饯等。走到店最里头有一很宽的楼梯，上了楼梯来到二楼时，以日本而言，就像以前本乡青木堂那样的风格。不过房屋、桌椅茶具的精美都远在青木堂之上，茶也好。这儿的蜜饯在上海也是独占鳌头。尤其是莲心和蜜枣做得相当好，我常去那儿买。

二楼分割成一间间小间的墙上开出了一个圆圆的月洞门。在这边的房间喝着茶向对面的房间望去，对面有四五个人正在围桌品茗闲谈，其情景正好镶嵌在月洞门的门框内，别有情致。对面还有插着桃花的花瓶，极富中国情调。

坐在那儿时，来了一位画家，拿着几十张写有诗的半截大小的纸，问要不要买。我试着问一下价钱，答说五张一元。那位画家看上去五十岁左右，留着稀疏的胡须，瘦瘦的，小小的眼睛热情地微笑着。

若到乡村去可找到很舒适雅致的茶馆。在我所去过的几家中，南京城外雨花台山麓的那家茶馆“露花台第二泉”，还有西子湖畔的很多家茶馆，都是令人流连忘返之地。

中国人食西瓜子的习惯由来已久，西瓜子有消除脂肪之毒的功效，从生理上而言，像中国人那样大量食用高脂肪食物的人有必要常食西瓜子。怪不得中国人常食用瓜子。不管到哪儿去，只要端上茶来必同时奉上瓜子。到艺人馆去也好到“鸡”（娼妓）馆去也好，客人到了那儿后立即端来茶和西瓜子。西瓜子都是放在盘子里的，她们便抓一小把放在桌上一粒粒为你嗑开。但是若是吃不惯瓜子的人要顺利地嗑开瓜子壳也绝非易事。若能很在行地嗑开瓜子壳，好歹你也算一个中国通了。

和西瓜子相比，南瓜子的壳薄而软，吃起来要容易多了。味道似也比西瓜子好。我一开始不知道，在西湖荡舟游览时，在岛上的茶店里第一次买了南瓜子，在船上作茶食尝了尝，觉得味道甚佳，回到上海后立即到“同芳居”去买了上等的南瓜子，此后一有空就边“咔嚓咔嚓”地嗑食南瓜子边饮中国茶，这时候不知不觉地会体会到一种中国情调。

中国的菜肴丰富多彩，相当出色，而小食点心之类则几乎乏善可陈。蜜饯做得很不错，此外的馒头、包子、油炸糕、团子之类，到底不如日本点心和西式糕点那么精美可口。所以中国人很少吃点心小食。世界上没有一个国家像日本那样有那么多的点心糕团铺，而中国尤其少。那么让中国人尝尝日本的豆沙馅的糕团会有什么样的反应呢？他们说这样的东西一下子吃很多肚子会发冷。吃了豆沙糕团竟然肚子会发冷，我实在不解这个道理。

中国菜肴

上海有各种中国菜。北京菜、四川菜、湖南菜、南京菜，各地风味的菜馆都有，各自在自己的招牌写明哪方菜肴，以自家的特色吸引客人。据说不出一地便能品尝到全国菜肴的地方在中国也就只有上海了。

虽说同为中国菜，但比较一下广东菜和北京菜，就会发现大异其趣，各有自己的南北特色。北京和广东，在气候和风土上自然大不相同，在人的体格长相、语言风俗上也迥然不同。广东人即使到了上海语言也不通，到了北京就如同哑巴一般。比起青森县的人和鹿儿岛县[1]的人碰在一起，北京和广东之间的交通更加不便，平素彼此间很少往来，因此互相间的隔阂就相当深。从历史上来讲，中国的南北统一，就

[1] 青森，位于日本本州最北端的县名，鹿儿岛，位于日本九州最南端的县名，两地一北一南，相距千余里，气候、风俗差异都极大。

政治权利集中一处而言还多少有点意义，而欲借此以某种标准来统一民众的生活形态，则在根本上有违于自然了，其无法实现也是理所当然的了。正因为如此，菜肴自然也大相径庭。四川和湖南，也是同样的道理。我们必须认识到，在中国这样一个大国中，因各个地区不同，地方色彩也就极为浓厚。因此，若要了解中国菜肴的整个风貌，若不一一去品尝各地的风味菜肴，就很难说已进行了透彻的研究。

我在上海期间，得以有机会品尝了不少各地的菜肴。不过，仅是各吃了一遍，也还未达到比较深入研究的程度。即便就某一个菜而言，其烹调制作也非常复杂，以品尝的人的舌感甚至都很难说清这到底是哪一种滋味。而且对于初尝者来说，还有很多东西怎么也吃不惯或不敢吃。这些正是中国菜的特色，因此短期的旅行者仅能凭借自己的口味和爱好说一句好吃而已，而不能对中国菜的本质有鞭辟入里的深刻见解。不过，总体而言，正如所有的人所说的那样，一般来说味道不错。夹一筷放在嘴里时，立即有一种醇厚的、浓郁的味道融入舌中，深入整个口腔内，使人沉湎于一种感觉上的陶醉状态，就这一点而言，没有其他食物比中国菜肴更具有魔力了。中国菜是彻头彻尾的需用舌觉来品味的菜肴。不像西洋菜和日本菜，还需要视觉和嗅觉。因此，这也是缺点，它缺乏一种雅致的情趣。但这毕竟只是外国人基于自己的主观标准所作的判断，而中国菜的理念是，食物只是诉诸舌觉、以美味为其最高宗旨，因此外国人的评判对中国菜就有点隔靴搔痒了。中国菜是崇尚实质的。这正是中国人的国民性。

就像菜肴本身缺乏雅趣一样，菜馆的设施也好餐具也好都很煞风景。即便上海、南京、杭州等大城市里被称作一流的菜馆内，也只是在涂上了红粉或是油漆的板壁和柱子上，挂着香烟广告的美人画来充作装饰物而已。餐具等也非常粗劣。在这煞风景的房间里，一大伙人围着大桌子，先后将筷子或调羹伸向一盘菜或是一钵汤。而正式用餐的场合，也是只有一张桌子，通常围坐着八个人或十个人。一个菜被端上来，按规矩大家一同将筷子伸入盘内。这种食用法是由菜的性质所产生的，若将大盘中的菜一一以小碟分派给每个食客，其美味将失去大半。另一种说法是，中国这个国家自古以来便富有神秘性，即使是个人间的交往，彼此也往往不交心，稍一大意便有可能遭到毒害。因此用餐时大家彼此在同一个盘内进食，以示没有恶意和危险，不知不觉便形成了一种习惯。此说真伪难定，但到了中国想一下的话，你会觉得只有在这个国家才可能会有这样的事。总之，这如今已成了习惯。因此在大家都将各自的汤匙伸入一个钵内舀着啜喝的时候，你也就不会介意了。若是彼此投缘的知己一起吃饭时，饭桌上的气氛就更加融洽无间，十分愉快。若是同桌者中有带病菌的人，那么便伴有相当的危险。但中国人都无所谓，倒是将自己吃了一半的食物让与他人才是显出其至上的好感和亲睦之意。

在上海虹口日本人集居的地区有条叫密勒路[1]的街，街上有家叫“合珍”的下等饭馆。到了晚上都是苦力到里面去喝酒吃饭的地方，所以其不洁程度就难以用言语表达了。穿着西装革履样的毕竟走不进去。可是令人惊异的是，那家店所做的炒面非常好吃。炒面是到处都有，可是连一流菜馆做出来的炒面都不及这家“合珍”。因此在日本人中和中国人中都出了名。我也曾去尝过一回，从此便欲罢不能，三天一次打电话去订了叫他们送来，或是自己特意跑去吃。自己去吃的话是刚炒出来的，味道也好，而且在脏兮兮的小馆子里与苦力、小商贩之类的人一起吃也别有一种滋味，便时常去。送外卖的人，模样也和苦力差不多，手上脖子上都黑黑地积着一层污垢，黑乎乎的拇指伸进碗的内侧端着来了。饭食上有一个拇指按过的凹陷处，喝茶的茶碗上残留着黑黑的手指印痕。这家店有两三个这样送外卖的人。其中有一个跟我熟了。每次给他一点小费，以后便会对我非常客气。那人已近五十岁了，头上有点谢顶了，长着一口龅牙。有一天我也去那儿吃炒面了，吃完后还想再吃点饭，他听了后用中国话和日本话混杂在一起对我说：“先生，我们店里的炒饭也很好吃，不尝尝吗？”可我不想吃炒饭，便答说：“炒饭不要，拿白饭来。”这下堂倌态度变得生硬起来，说了一声“好咧”，便走了。不一会端来了我要的饭菜。我坐在稍好一

[1] 密勒路，英文名 Miller Road，今峨嵋路。

点的雅座上吃，吃完后点燃了一支烟，将目光投向前一看，那秃顶堂倌远远地站在那里捧着一只大碗在吃着什么，他看见了我，露出一口龅牙傻乎乎地笑了，接着他捧着饭碗来到我的身边说："这就是炒饭呀，很好吃的，不尝一尝吗？"说着将自己吃了一半的饭用自己的调羹舀了一勺送到我嘴里。我一下子窘住了。我一边"呼呼"的拍着肚子一边对他说："我已经吃饱了。"可那堂倌不管，直说好吃呀，你尝尝。没办法只得张开嘴吃了一口。堂倌望着我的脸问："怎么样，好吃吧？""嗯，好吃。"堂倌听了喜笑颜开，又舀了一大勺："来来，再吃点。"

在青楼里留宿的早上，那儿的阿妈给我端来了红枣莲心汤。她自己也在一旁吃。据说这汤大补元气。我当时不知有此功效，只是当赤豆年糕汤一般，觉得味道不错，便说道"很好吃"，一碗全吃光了。一看，阿妈的碗里还有一半左右，于是她让我吃了一口后自己又吃一口，然后又给我吃一口。她还是有点姿色的半老徐娘，我也并不觉得讨厌。

总之中国就是这样。你要觉得这体现了友好亲睦，那也没有什么不像样，但这样的举止行为在根本上却是由于缺乏卫生意识所引起的。可你又不能对他（她）说这样做不卫生。再讲得透彻一点，就是中国人对不洁不净根本就不在意。

日本人用中国的婢女其实最感困窘的事便是这一点。清扫厕所的抹布与擦客堂的揩布她们都上下不分。洗的时候她们也毫不在意地将其放在盛饮用水的桶里洗。中国人的住房里没有厕所的设施。只是在楼梯下面黑暗的角落处放上一个马桶而已。刷洗马桶的人每天都会到各家来刷洗。小便的时候躲在房檐下放一放也不妨，到了晚上便将一个个坛子样的东西放在各个房间里，小便可放在里面，或放在什么桶之类的东西里，你看到什么合适就可以放。有一次一个熟人带我去妓院的时候，我突然想小便，便悄悄地问那带我来的中国人："在哪儿小便呀？"那人指着对面并放着的两个桶中的一个说："在那里吧。"走近一看，一个桶内放着饮用水，旁边有个烧水台，与饮用水的桶紧靠着的桶内积着污浊的脏水，浮着茶叶渣和痰什么的。还只是刚到那儿，我一下子感到手足无措了。

"可以小便在这儿啊？"我转过头再叮问了一句。

"对，可以。"

于是我横了一下心就小便在这桶里，正小便到一半，那脏桶已有了八分满，脏水都"劈劈啪啪"地溅到旁边的一个饮水桶去了。

"这下糟了。"我赶紧中止。

"怎么啦？"

"不行呀，都溅到旁边的一个干净桶里了。"

"没事儿，溅出来没关系。"

也许是没关系，但再想一下，这水我也要喝的。我把那个脏桶挪开了三尺远，总算把余下的小便完了。

这时候那妓馆女主人模样的年轻美貌的女人看着我的脸，一边抽着烟一边挺着胸脯摆着架子说了句什么，说完后浪声笑了起来。我问带我来的人："她笑什么？"

"那女人说，日本人真是傻瓜，水烧开后就一点儿也不脏了，他连这点都不知道。"带我来的人回答说。

脏不脏暂不说，按我们的习惯，在房间里而且是众目睽睽之下当众小便太不像样了。可中国人根本无所谓。女人也一样，一旦彼此熟了后就一点也不顾忌。

有一次他们带我去这样的妓馆过夜。来陪我的女人芳龄正十八九岁，长得女学生模样，亭亭玉立，风姿楚楚，非常漂亮，名叫杭州阿媛。"杭州阿媛这个名字就像小说中似的，真不错。"我心中很高兴。第二天早上杭州阿媛比我先起身穿好了衣服。我随后起身坐在床上开始穿衣服。可这时杭州阿媛将穿好的上衣又脱去，走到走廊上提着个有拎环的马桶走进来，这次索性把裤子也脱了，露出个白白的屁股坐在桶上，正对着我开始拉大便了。她也许是大便也让我看见，我红了脸，实在看不下去，领带系了一半便拽过上衣飞奔出去了。

日本人在吃饭时要是来了客人什么的也要赶紧收拾一下桌面，这已是习惯了。客人这一方哪怕是可以直闯饭厅的很熟的朋友，这时也要说一句："哎呀，没想到你在吃饭呀！"视线尽量不对着饭桌。看人家吃饭或是当着别人的面吃饭，这在双方都是不礼貌的。可在中国却正相反。当着别人的面吃饭既非失礼也没什么难为情。吃饭是件很可夸耀的事情，因此尽可能当着别人的面吃饭。上海的租界一带倒没有这样的情景，可你要到小城市去，商人们都走到店门外，一边吃着饭，一边看着店。要是一般的住家，就会走到门口，面对着街路蹲或坐在那里吃。如果是个男的，他就会捧着碗拿着筷，在街上走来荡去让大家都看见他在吃饭。当然这是下层社会的众生相，对他们来说，吃饭是一件又开心又光彩的事，非得要让别人看看。由此我们可以想象长期以来中国的大多数民众是如何与饥饿搏斗过来的。

到了饭馆里也一样，若是日本人就尽可能选一个靠里面的雅座坐下来，可在中国正相反，他要尽可能占一个从街上可看见的桌子。所以里边总是空着的。不管是眉目俊秀的贵公子模样的年轻人也好，还是白发长髯的老人也好，将桌子上米饭盛得堆成山一般的把碗凑近自己的脸，瞪大着眼睛望着街上，一边握着漆成红色的长长的方筷神情悠然地吃着。这种碗一般都是蓝花瓷碗，以前日本的善饮茶者都喜欢将这种蓝花瓷碗作为盛放糕点的器皿，中国没有这种陶瓷的糕点盘。

上次去登南京城外的雨花台时，看到一个讨饭的老婆婆手里拿着的蓝花饭碗已年代久远，想以五文钱或十文钱买下来带回日本去，在碗上刻上“雨花台上非人传来之茶碗”的铭文向人夸示，于是便对她说你给我看看，一看才发现是已裂成三块后重新烧补起来的，好容易生出的雅兴也全没了。老婆婆的神情很尴尬，于是就给了她一文钱要下了这个碗。

苏州游记

一

11 月 9 日。

我和欧阳予倩君坐上了上午八时五十分从上海开往南京的列车。我们买的是二等车票，可二等车厢已满座，于是便让我们以二等的票进入了一等车厢。一等票是四人一间的小房间。房内有一位五十岁左右的上了年纪的男子，与予倩君竟是熟人。

一直到昨天，上海还是非常暖和，今天早上突然冷了起来。予倩君已穿了厚厚的外套，还戴上了围巾，我只是穿着单衣，外套也是薄薄的一件，身体不禁觉得有点发冷，心中颇为担心。

车上的侍者跑过来问要点什么。我还什么都没吃，便要了咖啡、烤面包、煎鸡蛋等。我与欧阳予倩君是第一次外出旅行，予倩君是一个非常温和宽厚的人，对我这个任性唐突的人来说真是一位十分理想的旅伴。我可以将一切都听由予倩君去处置。我们在车上谈戏剧、谈朋友，话题无所不涉，所以旅途一点也不寂寞。先我们而在的那位五十岁左右的男子见予倩君日语说得这么流利，一直看着他，脸上露出了钦佩的神色。我们的谈话很多涉及了上海的田汉，今天早上田汉一定在打喷嚏了吧。反正说他的话也不会是什么好话。予倩君说他近来在研究近松门左卫门[1]，明年打算将他的作品译一两部出来。

“这真是件大好事。只是将现代作家的短篇翻译几篇便会介绍说这就是日本的文学，这多少有点曲解了日本文学的面貌。日本的古典文学作品中有很多优秀之作。中国的古典作品已全部介绍到了日本，而日本的古典文学研究家可说仅此一人。你注意到了近松和西鹤[2]，这正是我们所十分期望的事。”

在聊着这样的话题时，火车已临近苏州了。车窗外出现了阳澄湖。湖面并不宽，湖水在江南却是少有的清澈。此湖

---

[1] 近松门左卫门（1653—1724），日本江户前期的净琉璃、歌舞伎狂言（均为日本古典的戏剧样式）作家，作品有《曾根崎心中》等，多描写近世市民的日常生活。

[2] 井原西鹤（1942—1693），日本江户前期的俳谐诗人、浮世草子（为日本近世的一种通俗小说样式）作家，以其处女作《好色一代男》最为著名，作品多以新兴市民的生活为题材，内容近乎中国明代冯梦龙的《三言》和凌濛初的《二拍》。

以出产蟹而著名。

十点稍过了点车到了苏州。我们在这里下了车，在车站前雇了一辆马车。乘坐敞篷马车的感觉十分惬意。在远处可见到城墙。道路的两边种植着柳树。稍往前行，可见到墙垣古旧的住宅和也许是传教士居住的红砖楼房。运河在城中流淌。这是我所熟识的安闲的苏州。行驶了约一两公里，来到了城外的一条繁华大街。街上有好几家大旅馆。我们进了一家名叫苏州饭店的旅馆。这是一家西式的漂亮的旅馆。我们被带到了二楼的房间。

予倩君在本地有一个弟子，便叫茶房送了一封信过去。然后我们俩去附近一家叫大庆楼的菜馆吃午饭。这是一家有历史的大饭店，我们在二楼阳光充足的桌边坐了下来。二楼中央部分形成一个四方形的空间，从那儿可清晰地望见下一层厨房的情形。厨房很大，有十几个炉台，每个炉台上各有一位厨师在烹调菜肴，规模很大。

我为了驱寒，喝了很多酒，吃了不少菜。刚才见到的阳澄湖的蟹也上来了。喝得酒酣耳热。

“欧阳先生，今日我有一个要求。”

“什么事？”

“在后藤朝太郎[1]氏所写的文章中，写到了在苏州城外

[1] 后藤朝太郎（1881—1945），中国研究家，毕业于东京帝国大学支那语科，担任过日本大学教授和东京帝国大学讲师，深入中国内地旅行多年，著有有关中国的著作几十种。

欧阳予倩的演出照（《余兴》第5期，1915年）

的运河上泛舟怀古的情景，后藤先生的文章写得是不错，不过这河上泛舟恐怕是挺有意思，我也想体验一下。”

“行啊。”予倩君立即应允了。“现在先在城里逛逛，然后再坐船正合适。顺便要不要叫几个女子陪陪啊？再吃点东西。”

“那就更好了，一切都由你费心了。”

“我刚才修书去叫的人过会儿就来，我们就由他去操办吧，肯定很有意思的。”

予倩君说他兴致也很好。据后藤的文章说，只有在河上泛舟游览，才能真正体会到苏州的情调。各地来的民船停泊在河面上，他们以不同的方言互相交谈，唱着各自家乡的民歌。不时地从沿河的人家中传来了胡琴的声音，窗台上有时会出现女子的半身倩影。所有的怀古思幽之情就自然地融入了平滑的水面上……我的脑海中浮现出了文章中所描写的情景，想到自己也可以去经历和体会这样的场景，心里不禁感到了一种颤栗般的兴奋和快乐。

出了大庆楼回到旅馆里，欧阳先生的弟子已在等着我们了。是一位姓龚的脾性温和的人，年龄约比我们小三四岁。龚先生以前有志于做演员，因此入门做了予倩君的弟子，后来中途改了主意，现在在故乡苏州的一个剧场里担当会计之类的工作。不过有时还写些剧本什么的。龚先生今天做我们的导游。

正要出门的时候，我大概是空腹饮酒，又吃得过多，觉得有点想吐。于是索性用两个手指抠入咽喉将积在胃里的东西全吐了出来，这样稍微好受了些。

“要紧吗？”

“哎，已经没事了。”

三人出了旅馆，在门前坐上了黄包车。今天计划看看城外。有一条两边种植了樱花树的宽阔的大道。那边就是日本租界。上一次我曾来过苏州，但清晨四点左右到的，早上八点左右就坐火车离开了这儿，哪儿都没能去看，在一家旅馆休息两三个小时，这家旅馆应该在这一带的，我一边思忖着一边寻找，但这已是六年以前的事了，记忆有点模糊了。

龚先生一开始带我们看了两三处寺院。我腹中还留存着一些残物，便吐在了寺内的庭园里。然后去了有名的留园。这座名园比耳闻的还要宏大。留园为已故的盛宣怀氏的私产，现在仍为其后人所拥有。听说这一座园林值一千万。建筑大部分为回廊。建筑师在回廊上倾注了如此大的功夫，在池塘的一端筑起了一座纯由石头垒起的假山，池上有一座九曲石桥。总之规模不小。园的一隅有一小山冈，顶上筑有一祠庙，四周古树苍郁。其下是绵延的土墙，路对面有一长列围墙颇高的建筑，据说这是尼姑庵。予倩君告诉我，传说有个男的每天在这山冈上眺望对面的庵堂，结果与一年轻的尼姑互有了情意，一日越墙翻入尼姑庵，结果发生了一场悲剧，等等。

出了留园我们前往虎丘。那一带都是原野、田地、住家及荒地，只有一条很窄的坑坑洼洼的道路，坐在车上颠簸得厉害。我们的三个车夫都是二十岁前后的年轻人，力气都很大，互相大声说笑着跑得飞快。也不管有没有路，拼命地往前拉。有个车夫在奔跑时“啐”地吐出了一口痰，被风吹到了欧阳予倩君的脸上。

“喂！”予倩君呵斥着用手帕在脸上擦了又擦。

这时谁叫了一声“呀”，车停了下来，一看，原来是我坐的一辆黄包车的轮胎脱落了，里面红色的内胎像一个鼓起的瘤团似的露在了外面。车夫摆弄了一下硬把它塞到了里面又拉了起来。

“有问题吗？”

“没问题，是轮胎破了，不过没关系。”

他也许是没关系，可坐在车上的我却感到挺危险。我觉得轮胎说不定一会儿就要爆破了，坐在车上战战兢兢的。他们尽走一些崎岖小道。总算来到了一条宽及一两米的街上，我们像是在高墙和高墙之间的夹缝中穿越而行。不一会儿来到了一条河边。河宽仅约八九米。河边一幢接一幢地都是房屋，有一边屋檐下是一条道路，有一排像是做批发的商店。不时地可见一座座的石桥。拱形的桥体下不时有船驶进驶出。过了这座桥又沿着对面的河岸向前行驶。河面渐渐宽了起来，对岸尽是些宽大的住宅。墙院内耸立着落了黄叶的古树，岸上立着数株形态婀娜的杨柳。白色的粉墙静静地倒映在水面上，河上有民船在缓缓地移动。与这样的诗情画意相对应的，是河边的满是垃圾的脏污的街路。街上有简陋的菜馆，旧用具店，打铁铺，下等的饮食店。路边蹲着石狮子，街上立着石制的牌楼，驴子“得得”地走过，下层的劳动者聚在一起赌铜钱，成群的老人、小孩、鸡、狗、猫……不时地可看到有人在用麦秸编织着什么，多是孩子。我喜欢中国肮脏的街道，胜过在漂亮的大街上行走。因为在这样的街巷中，一眼就可清楚地看到中国人的生活实相，这才有意思。

虎丘寺与中国所有的名胜一样，已是荒芜不堪。门内的路两边长满了杂草，土墙仿佛顷刻间就会坍塌下来似的。但里面有很像样的寺庙，耸立着古塔。在犹如石洞的地方有一塘小而深的池水。此池称为剑池。有一片十来米见方的平地，地上突出着一块石头，据说此为名僧向众人说法的讲坛石。说法时据说周围的岩石都会纷纷颔首点头。不知是什么年代的事，据说在这一块石头的座席上曾杀死过一千人，其血渗流至石头内，至今仍残留着斑斑痕迹。

塔在山顶上。这是一座古代的砖塔，但已严重颓坏，塔顶上及四面丛生着杂草和灌木。周围是一片田地。来到近处一看，塔身实在过于破败，不由得生出几分凄楚苍凉的感觉，并不觉得它庄严雄伟。不过在这广袤的姑苏平原的正中央孤然耸立着的这座虎丘塔，却能使人感到这古塔象征着整个苏州的历史。

带我们游览的龚先生从寺里打电话到城里，联系我们傍晚坐船的事。我们来到望苏楼内的二楼饮茶小憩，然后坐上了在门前等候的黄包车踏上归路。半途中我坐的那辆车内胎又露出来了。车夫拾来了一段旧绳子将轮胎绑扎起来。在他做手术的空隙，我下了车站在一边。就在路边的一户人家内有四五个女孩子在编麦秸。其中有一个十三四岁模样长得非常秀美的姑娘。这孩子穿的衣服也很漂亮。沿着来时的道路我们回到了苏州饭店。

二

我大概是前一天晚上睡眠不足，而且白天又呕吐了一下，人觉得十分疲惫。到了傍晚还得去坐船，因此想在这间隙休息一下，于是便和衣躺在了床上。一会儿便迷迷糊糊地睡着了。

一阵喧杂的说话声使我醒了过来。好像来了两三个女子。其间还听到了男人的声音。人们在匆匆忙忙地进进出出。欧阳予倩君一个劲儿地在说着什么。我觉得脑袋很沉，连出去也感到很倦怠便继续垂挂着帐帷躺在床上。

过了一会儿，话语声越来越纷杂，噪音也高了起来。予倩君像是在竭力陈辩些什么。我依旧不加理会似睡非睡地躺着，这时予倩君走到了我的床边说：

“村松先生，你还睡着吗？”

“没，已经醒了。”我稍稍撩开了帐帷抬起了头。几个女子一下把眼光转到了我这儿。

“事情有点弄糟了。”

“听动静好像是这样，到底是怎么回事？”

“就是游船的事情，现在来到这里的是青楼里的女子，情况和我们原来所考虑的大有出入，说是无论如何得要一百五六十元钱。”

“这可是太离谱了，这钱都用在什么地方？”

“船和青楼里两边都要给钱。按惯例在船上都要打麻将，十二个客人每人要抽三元钱，那么一桌是三十六元，这钱是给青楼的费用，她们要求开两桌，即使不玩麻将也是这个收费。船方也要给钱，另外还要叫十来个陪船女。给她们的小费是每人两元。另外船菜一桌要二三十元。船上跑堂的也要小费，这样加起来至少也要一百五十元到两百元左右。”

“这可是不得了，怎么会把事情弄得这么大呢？”

“具体我也搞不清，总之，她们说是已这么准备好了。龚先生听说这件事也大吃一惊，不知跑到哪儿去了。我的想法是先回绝一方，游船和青楼你看回绝哪一头？”

“青楼那边完全没有意义，我们本来的目的就是想坐船嘛，到了青楼那边又是宴会又是打麻将的，根本就没有意思嘛。”

“那倒也是，那么就回绝青楼吧。”

我们这么商定后予倩君便又与她们开始交涉了，那几个女人叽叽喳喳犹如雀噪似地讲个不停，予倩君面对三个女人也是急红了脸，拼命地试图向她们辩解。这样反复交涉了一阵后，予倩君又来到了我这里。

“这件事棘手了。她们不同意，说是菜也准备好了，陪伴的女人也叫好了，现在再要回绝没那么简单。又问了一下船的情况，又大出意料。说是这艘船基本上是不能动的。这是一艘很大的船，专供在船上举行宴会用的。”

“这真叫人丈二和尚摸不着头脑了。究竟为什么会定这样的船呢？”

“我也搞不清楚。”

正在这时候龚先生回来了。于是把龚先生叫到屋角问他怎么回事。原来事情是这样的。龚先生听了我们想坐船的事后，其实他也不大了解这方面的情况，于是便从虎丘打电话将此事托给了他的一个朋友，而这个朋友在麻将台上刚刚上手，脱不开身，便说道：“上海的欧阳予倩来了，托我办这个事，倒是挺麻烦。”说着，正好来了一个人，接口说道：“这种事情简单得很，我来给他们联系吧。”说着便接下了这件事。就这样联系人从一个转到另一个又转到另一个。最后接办的人将此事联系到了苏州第一的青楼。青楼接此买卖欢天喜地地赶紧预订了一艘最大的船，又精心准备了晚宴和陪伴的女子，一切弄妥后便派了这几个女子来接我们去。后来才听说，苏州自古以来即有这样的游乐。当然这是富豪的奢举，一年才一次或三年一次。而且有如此豪举，青楼也不只是陪在一边而已，而客人口袋中也得有个一百五十元、二百元才行。予倩君因是闻名遐迩的演员，青楼里也欢欢喜喜地把这件事接了下来。后藤朝太郎的文章现在给我们带来了始料未及的灾难。我们原先的设想是雇一叶小舟，叫两三女子，备上一点酒菜，泛舟河上以领略其浅酌低唱的情趣。我若是三井或岩崎[1]的公子，予倩君若是袁世凯或盛宣怀的公子，那么这种事情就根本不算一回事了，而对我们这种坐二等列车、出门以步代行的人来说，这可是一件大事了。龚先生也一个劲儿地向我们道歉，他本来就是一个像猫一样温驯的老实人，不可能由他自己来圆满地解决这件事。我与予倩君促膝进行了商量。说实话，此时我俩真想拍拍屁股溜之大吉的，但担心夹在中间的龚先生以后会有麻烦，便打消了这个念头。万般无奈之下，就当是遇上了火灾吧，决计去青楼，但至少得回绝不能动的船。快快地将此事通报给了船方。船方立即派了两三个年轻人过来，一脸怒气冲冲。他们说这船一年才用几次，光打扫一下就费了很大的工夫，现在再要回绝实如晴天霹雳。我们在一边低声细语竭力平息他们的愤怒，反复说明事情的原委，并答应解约之后出若干赔偿金。他们提出要赔十二元，我们一再说好话，将金额还到了六元，总算将此事了了。麻烦的是青楼，这几个女的都不答应。于是今晚便去那儿举行晚宴。

伺候的事也大大折腾了一番。举行宴会必得要邀请客

[1] 三井，为日本战前的三大财阀之一，创始人为江户初期的豪商三井高利，明治后发展至涉及所有领域的大财阀，战后被强行解散。岩崎，应指岩崎弥太郎及其家族，明治时期的实业家，三菱财阀的创业者。三井和岩崎，其时在日本为富豪的代名词。

人。欧阳先生给苏州所有的熟人都发了请柬，加起来才得三四个人，而且不凑巧这三四个人全都不在。这次由龚先生出面奔走了，也不管张三李四阿猫阿狗凑满了七八个人。我躺在了床上，头却越发沉重了。中午吃得不舒服，胃里感到难受。在这一次的异国旅行中竟要将素不相知的陌生人邀集到青楼去举行宴会，这样的事光想想也令人腻烦。但这也是降临到身上的灾难，无可奈何。男子出门便已树敌七人，更何况我是离开了日本来到了中国。我可不能做有违义理丢了日本人信誉的事。这么一想顿感勇气倍增。行，你要的话我把生命脑袋都给你！想到这里一骨碌地下了床，把领带重新系整齐。

天黑以后我们出了旅馆往青楼。进了城后稍往前即有一条河，上有座桥。我们沿河行走折入一条巷子，这是一条贫民窟似的暗旧的小巷。卖馒头和面的露天小店挂着昏暗的煤油灯。再拐入幽暗的小巷内，妓院即坐落于此。这是一处古色苍然的犹如山上寺院般的建筑。刚才的几个女子在那儿等候，热情地将我们引入了客堂。客堂相当大，而且不似外面所见的，里面十分整洁干净。壁上悬挂着匾额和对联。屋角放着一张西式的办公桌。此处主人名字叫雪丽玉。对联上写的是：

雪容冷淡花容丽

玉容玲珑珠容圆

更令人惊讶的是正面高处挂有一匾，上写“花园大总统”，据云为某书法家的手笔，匾额四周用人造花装饰着。原来每年由当地的报社举办活动，投票选择该年度最受欢迎的艺妓，其时得分最高者便赠此“花园大总统”的匾额。自古以来苏州即为中国第一的美女产地。在这花园之中我们的雪丽玉当选为大总统，那她等于就是四百余州中第一名花了。能成为中国第一美女的座上客，那么花一两百元的也就在所不惜了。我未能坐上游船的懊悔已忘在了九霄云外，心情一下子变得愉快起来。“不管怎么说，毕竟是大总统，了不得呀。若你是袁世凯或是段祺瑞这样的大总统，我们就无法拜谒了，而正因为是花园大总统，还可以这样的方式来做你的座上客，这也真是三生有幸了。”

我独自默默地感激着，可客堂中大总统连影子也未曾一见。

“欧阳先生，大总统她是怎么啦？”

“马上就要来了吧。刚才曾到旅馆来了一下，先回去了，未能向你露一下脸。”

拜谒不到大总统，我心绪总定不下来。问女侍：“雪丽玉现在在哪里？”她只是将目光往里面不断相连的房间一瞥答道：“在那边的房间里吧。”于是我鼓起了异常的勇气，一个人鲁莽地闯到了那间房间一看，这是一间洁净雅致的闺房，里面有一张床。雪丽玉无精打采地伫立在那里。年龄约为十八九岁，却并无闭月羞花之貌。

我问她话，她也不搭理。她低头默不作声，最后倏地把身转了过去。看样子像是有什么伤心事。我对女人总是心肠很软。回到客堂把此事对欧阳氏讲了，于是我便与欧阳一起又来到了她的闺房。然而她依然不愿露脸，一直冷冷地以背对着我们。

“这个女人是在生气呢！通常人若是对女人没有兴趣的话是不会到这儿来玩的。但我们却与常人不同，我们原本只是想在运河上泛舟，结果阴差阳错才落到了这个境地，而并不是对她有什么意思，她当然是很失望了。再加上以自己的名义预订的船中途也不要了，作为大总统的她自然觉得很没有脸面了。如果开始时她了解到了我们的情况后，说是不来也罢了，可她周围的人从生意的利益上着眼不肯答应，她为此感到很生气。”予倩君说道。

“这样的话，我们怎样说好话也不能讨得她的欢心吧。”

“恐怕没用吧。”

她倒是挺会摆架子。结果我们只见到了大总统的背脊，心灰意冷地回到了客堂。正在这时客人陆续到了。都是龚先生的朋友，予倩君一个也不认识。来了六七个人，再加上我们主人这一方共聚集了十个人左右。一会儿便就桌上菜。

客人与主人之间却均是无一面之交的陌路人。而且今晚缘何要将各位请到这里来吃饭，客人也搞不清。都是龚先生硬叫到这里来的客人，大家只是奉命前来而已。连很善于交

英国画家伊丽莎白·基思（Elizabeth Keith）以日本版画风格描绘的民国苏州景象

际的欧阳予倩今晚也变得讷讷寡言了。至于我就更无任何妙法可施了。究竟是何缘故食桌上夹进了这样一个陌生的日本人？大家也若坠入五里雾中。这个时候要是菜能好点至少也能救点场，可偏偏菜又特别糟糕。对这家青楼而言，这些客人都是仅此一回下次绝不可能再来的人，因此便以最廉价的菜肴开出最昂贵的价格，这是最聪明的生意经，可谓路人皆知。对店家而言，只要桌子上能摆上些菜，味道就不去管它了。面对这样劣质的菜肴，客人们也食兴索然，懒得动筷。

宴会开始后大总统也完全不露脸。但从外面叫来的女人却陆续来了。这些艺妓来的时候必定有随从的侍女和拉胡琴的男人一起跟来。她们随意地在客人后面坐下后合着胡琴唱了一首小曲。唱完后便问自己的客人道："还要唱吗？""辛苦了。"客人慰问了一下后叫她不再唱了。于是下面的女子接着唱。

此处我看到了一个很有趣的习俗。就是大总统家的侍女给外来女子小费。小费为两元，接到小费的艺妓将一元纳入自己的腰包，一元归还给发小费的人。店方向客人收取给外来艺妓每人两元的小费，而其中的一元由此便归妓馆所得。有趣的是这金钱的交易都是堂而皇之地在众目睽睽之下进行的，拿出的一方和接受的一方都是将手伸过圆桌在客人的眼皮底下进行，让客人清晰地看到。据说此为当地的习俗。通常这种宴会的场合，外来艺妓的费用由受邀请的客人出的，前文所述的麻将的抽头钱也由各个客人自己拿出来，并不一定由主人一方负担，但这次的客人却都是我们硬叫来的，所以一切的消费均由我们主人一方负担。

艺妓中有不少长得挺漂亮。问其姓名，曰菲菲，曰娟娟，曰镜花……

听说苏州也和南京一样，也有人主张禁止艺妓。“不久就要禁止了吧。”有位客人说。倘若这是真的话，我倒是遇到了一个好机会。

宴会顺利结束。客人都走了后，我们支付了钱，离开了这家妓馆。虽然天黑才不久，却是个冰冷刺骨的寒夜。

三

我们早上八点钟起来坐了黄包车到城里去。城内的街道很窄，相当繁华。不时会意外地出现一些河流。河的两岸密密集集都是些高高的建筑，因此这些小河宛如深谷下的溪流一般。我们去一家叫作“吴苑”的茶馆与龚先生会合，不一会儿他来了。

我们去看了狮子林这处有名的庭园。这是上海姓贝的一位富豪[1]的财产，整个建筑、房屋都修缮得相当好。据说此有两百年的历史。建筑样式的繁复多变令人叹为观止。回廊

[1] 姓贝的一位富豪，应该是指上海颜料商人贝润生，其于1917年购得狮子林并加以营造。

上的窗饰颇为雅致。此为泥瓦匠的杰作，称之为花墙。假山垒筑的精巧亦以此园为极峰。将数千块的奇岩怪石巧夺天工地恰到好处地垒积起来，其造园一技也真了不得。据说此园的假山并不是出自造园师之手，而是由一位学养深厚的年老学者自告奋勇垒筑起来的。

我们也去看了拙政园。园内有明代忠臣文衡山[1]亲手植的老藤，旁有满洲八旗的会馆。有舞台，有看台，建筑本身尚留存着八旗全盛时代的影迹，只是已颓败之极，只残留着一点楼馆的形态而已。再往内园走，门口有两个看门人，先打一下招呼的话可以进去。看门人在读着小说样的书，挂在墙上的钟不知何时早已停了。拙政园的建筑物和庭园都已破败得无法修复了。园内的树叶已转红，地上一片落叶锦绣。小鸟在悠然地啼啭着。满园萧索荒凉，一股凄怆的鬼气逼人而来。

即便如此，留园也好，狮子林也好，拙政园也好，都是多么精美的庭园啊！回想起这些名建筑纷纷产生的黄金时代，再环视一下现今的中国，真有点满目疮痍之感。我并不是徒然在怀恋昔日的文化，想到主要是由于外国的武力侵入和经济上的压迫导致了旧中国文明的没落，不免有痛心疾首之感。当中国的国民时代到来时，中国人必将再致力于本国文明的重建了吧。我翘首期望着这一天的到来。

[1] 文衡山，即文徵明（1470—1559），明代书画家、诗人，衡山是他的号。

西湖游览记

一

我和 M 君夫妇一同坐上了上午八点五十分从上海开往杭州的列车。M 君穿西服，其夫人穿和服，我则穿中式的衣服。一行三人的服装分别由和汉洋组合在一起，三人不觉相视而笑。坐的虽是一等车，车却是又旧又脏。在一等车厢，除我们之外几乎没有其他的乘客。执行列车警卫的宪兵一行十余人来到了一等车厢。这些宪兵在车厢内高声喧哗着，将吃的瓜皮果屑随意吐在地上，背着刺刀枪在车内横行阔步旁若无人，实在令人生厌，但我们也无呵斥外国宪兵的权利，只得默默地望着他们。

车内就是这个情形，而沿途的风景则四季都是美不胜收。车窗外都是一望无际的平坦的田园，看不见山影。不时可看到纵横的河网。上次我坐火车去杭州的时候是春天。紫云英装点着大片的田园，杨柳绽出了嫩绿的新叶在风中摇曳。如今已是秋天了，风物多少有点寂寥，但这是江南独有的充满柔情的景色，因此并无凋落的伤秋之感。

M 君在亲切地回答着夫人的问题，热情地指点解说着窗外的景物。他夫人非常年轻，来中国虽有几年了，但去上海以外的地方旅行这还是第一次。夫人长得很娟秀，个子小巧，肤色白皙，有一双明亮澄澈的眼睛。我从神户启程来到上海时，本来只打算从上海一路游到南京，但 M 君见了我之后立即劝诱我说："去杭州吧，Y 君也在那儿等着你。"Y 君是 M 君的老同学，今年夏天出任了驻杭州的领事。这位 Y 君在我上次来中国的时候成了很投缘的朋友。后来我从 M 君夫人的口中了解到，我若去杭州的话，M 君当然陪我一起去，连 M 君的夫人也准备一同前往。结婚还不过一年半左右的这对夫妇，还一直未曾有机会一同去中国的乡村旅行，而且 M 君不久将从 O 新闻[1]上海支局长的现职调回到大阪总社荣任要职，所以错失了这次机会也许一生都难以弥补。这么一想，我便调整了自己的日程决定陪同 M 夫妇一起去，我觉得这是自己的命运。

M 君毕业于上海的同文书院，在中国差不多有二十年了。他对中国知之甚详。他的性格既适于做新闻记者，又带有几分诗人的气质。因此他同时具有机智敏捷的头脑和动辄

[1] O 新闻即大阪每日新闻社，O 为大阪英文 Osaka 的首写字母。

易变的情感。而且久在中国，他对中国的环境已经厌倦了，逐渐失去了对外界事物敏感的反应，一切都难以引起感动，他对中国的现实已经完全失去了兴趣，基于他多年新闻记者的阅历，他尤其对中国的政治及政治家，几乎难以产生一点点的尊敬和信赖。但我认为这是由于他对中国过于了解，反过来对中国以外的各国政治和政治家的了解就相对较少的缘故，他不久回到日本后，在日本也一定会感受到在中国已感受到的那种对政治的厌恶感。

松江、嘉善、嘉兴……只有这些大站映入眼帘。松江以鲈鱼著称，为江苏省的一市，而嘉善则已属浙江省了。火车在古老的城墙外穿行而过。丘冈上耸立着伟大的古塔。砖垒的城墙上出现了一处处颓圮，长出了灌木和杂草。城外的街市必沿河而筑，河上帆影桅樯林立。

临近杭州时，火车穿行在低矮的山地间。来到这一带时，黄栌树的红叶实在令人陶醉。山岭上，村落间，映入眼目的皆是黄栌树。我是这次到杭州去才初次领略到了黄栌秋叶的美。依光线角度的不同，树叶会变幻出各种各样的颜色，其色彩的绚丽鲜艳毕竟是其他的树木所无法相比的。据说能从这种树上采集到蜡。

下午一点左右车到杭州。右窗外是几乎都遭破坏的城墙，车缓速在城外开了一会儿便抵达了车站。下了站台首先映入眼帘的是红砖楼房的柱子上用油漆书写的句子，如“打倒帝国主义”“肃清军阀余孽”“惩办贪官污吏”“判处土豪劣绅”等。

我们坐了黄包车前往日本领事馆。穿过市区来到了西湖湖畔。这一带有很多旅馆。湖畔形成了一片公园式的绿化地。草坪上，长椅上，系着领带的青年人正与剪着短发的姑娘甜蜜地低声细语。有好几对这样的青年男女。湖面上弥漫着浅黄色的烟雾。黄包车在湖畔平坦的大道上快速奔驰。路边多为旧建筑，房屋的围墙、墙壁书写着与刚才差不多的宣传标语。也有的在“三民主义就是……”“国民党是……”之类的题目下密密麻麻地写着数千字。

日本领事馆位于宝石山麓，建在临西湖的一处高地上。在其附近保俶塔犹如一杆枪一般地矗立着。我们事先没有通知便径直而来，但领事 Y 氏还是非常高兴地欢迎我们的到来。我与 Y 夫人是初次见面。

M 君、Y 君和我三人竟都是同年，这也是奇缘。M 君和 Y 君不仅是同一学校的同学，而且在当时就是极为亲密的朋友，学生时代一同到中国的内地去进行考察旅行，两人情同手足。

德富苏峰[1]在他的《中国漫游记》中曾述及他在杭州领事馆作客一事。

---

[1] 德富苏峰（1863—1957），日本具有国家主义、保皇主义倾向的政论家、历史学家，曾于 1906 年、1917 年两度来中国旅行，会见了袁世凯、段祺瑞等政要，1918 年出版了《中国漫游记》。支持日本政府的对华扩张政策，二战以后曾被定为甲级战犯嫌疑人。著作颇丰，晚年完成《近世日本国民史》一百卷。

予昔日曾记曰："欲求风流第一之领事馆，可谓无过于我杭州之领事馆。予夙无为官之念，然若在此奉职，却有在此作一个月领事之想也。然若不任领事，仅以食客寄寓此地，则更佳也。"十二年后之今日，予之理想遂得以实现，在此领事馆作食客。所谓如人意之事，盖为此耶？予何善之有，竟享如此福德！

站在二楼的阳台上向前展望，整个西湖尽收眼底。可是今日不知何故，天地间一片黄蒙蒙的，太阳光也是昏黄的，湖上的景象混沌一片。Y 君和 M 君告诉我说此乃黄尘之故。我原以为黄尘仅限于北方，而南方有时也会受其侵袭。

Y 君招待吃了午饭后，我们便想到岳飞庙一带去走走。Y 君夫妇、M 君夫妇再加上我五个人一同出了门。从门前信步往下走到湖边，有一舟船停泊处，已经给我们准备了小船。那儿是一个小小的湖湾，湖岸上排列着四五栋两层楼的古旧长屋。不仅旧，而且原来就是为出租而建造的，因此颇为粗糙，然而在前面的屋顶下等处却镶有雕刻，增添了一点雅趣。在脏旧之间竟有种不俗的格调。我说了这一感想后，Y 君接嘴说：

"这就是杭州的特征呀，这一情景只限于南方，同样是中国，你到北方去就看不到了。"

他的神情似乎在说，你的感想甚得吾意。然后他又告诉我说，作为南宋文化中心的杭州，这种艺术情趣在现今依然延续着。

在领事馆的正下面，有一条堤道通往湖中一个叫孤山的大岛。这边是有名的白沙堤。其起点的石桥被称为断桥。堤上为一平坦的大道，两边是一长排古柳。堤的长度据说有三华里，至少有一千四五百米吧。我们所乘坐的小船沿着白堤而行。有两个船夫，用小小的桨在划船。当船桨每划动一下时，便从水底涌起一阵紫色的粉状的湖泥。水有点混浊，看不见湖底，却可知湖水较浅。芥川龙之介君曾将西湖斥为泥沼，其缘由大概即在于此吧。但 Y 君对此却作了这样的解说：

“这些都是香灰。绝不是湖泥。西湖岸边有无数的寺庙。这些寺庙中每天所焚烧的香灰便倒入湖中。几千年来所倾弃的香灰便在湖底堆积起来，以至于湖水很浅。但涌起的并非淤泥，而是非常洁净之物。你可以说它是自古以来人们信仰的遗物，也可以说它是渣滓，这任由人说，但它却极不简单。”

“别说傻话了，香灰怎么会积得那么厚，是淤泥！”M 君反驳说。

“不，是灰。不信的话你抓一把看看。”

“淤泥呀！抓它干什么！”

正在他们争论是灰还是泥的时候船已划近了孤山的一角。此处被称为“平湖秋月”，乃西湖十景之一。在靠湖岸处有一座样式甚佳的建筑物。堂前有一株不知何名的古树，枝叶繁茂。堂内堂外置有些桌椅，可在此饮茶。我还记得上一次五月初夏来此地的时候，就在这棵大树下饮过茶。其后有一所被称为国立艺术院的美术学校。船从孤山的正面经过。湖边的几座精美的楼馆堂榭在湖面上投下了倒影。可见浙江忠烈祠、中山公园等。还有一家老茶馆，上有用金箔书写的“壶春楼”匾额，别有一种风致。但是那茶馆的墙上有涂写着国民革命的宣传标语，毁坏了这古雅的情调，甚至写到了石桥的桥面和拱形的内面上。M 君见此甚为愤慨，又开始痛斥当今的中国了。

“并不如你所说的那么糟。风景归风景，宣传归宣传，这样写着也无甚妨碍吧。”Y 君又在作辩护了。

“怎么不妨碍？这样一来景色都被破坏了。”

“你的见解有些过于主观了吧。”

“不，我这是以常理看问题，而中国人则有悖常理了。”

M 君和 Y 君又在船上争了起来。Y 君在今年春天之前一直在济南供职。就在济南事件爆发之前他被调回外务省，半年之后又被派到此地新任杭州领事。我还未见过像他这样从内心融入中国、衷心赞美中国的人。Y 君看上去好像对政治并无很浓的兴趣，而是在热心地研究中国的艺术、调查各地的风俗人情，其结果便是对中国的优点悉数尽知，如数家珍。Y 君在济南的三年期间，对山东的古老艺术遗迹曾进行过专门的研究，其所带回去的发掘物的考证令全日本的考古学家都大为惊讶。这次来杭州赴任之后，立即深入浙江各地考察旅行，对民情、交通、佛迹等都加以观察研究。作为一名领事，他在外务省也许只是个微不足道的存在，但从另一意义上而言，他可说是我国外交官中独放异彩的人物。在英美诸国的外交官中不乏像Y君那样的人物，有不少人在领事任职期间发表了自己所研究的学术著述。然而在日本，这样的情形尚未有耳闻。

Y君欲以终身从事中国艺术史的研究著述，不只是艺术，他热爱的是整个中国。不管是善也好恶也好，矛盾也好错误也好，只要是中国的现实存在，他都怀着无限宽广的胸怀去接触去了解。

“我这边也不断地接到来自济南的情报，据说即使这几天济南在夜间也不能外出，白天也不能去郊外等，还时时可闻枪声。杭州虽未有一个日本军人进来，但在杭州的日本人的安全程度却在有日本军队的地区之上。”Y君对我说道。

他们两人都在中国住了二十年，对中国已失去了好感、动辄牢骚满腹的M君自有他的道理，对中国的事物产生共鸣的Y君也有他的道理，他们的厌和爱都是出自内心的，我觉得这就很好。

我们进了里湖，在岳王庙前下了船。在近湖岸边建有一座古老的牌楼，其正面有个很大的门楼。门前的两边有茶楼和菜馆，还有几家卖拓本的商店。茶楼内坐满了乡下人似的穿着脏旧的茶客。

岳王庙的楼门和殿堂都颇为壮伟，但却完全是新的。岳飞的坟墓在庙的一侧，在角落上有一铁栅栏，内置被缚的秦桧的石像，因杀害忠臣岳飞而遗臭千年的便是这秦桧。

这时我突然想要小便，于是他们就齐声说："小便在秦桧身上。"听说在秦桧的石像上小便是很早就有的习惯，但与南宋朝廷和岳飞都毫无关系的我，并不知秦桧是个何等的恶人，一时没有勇气往他身上泼污，于是便躲到了岳庙内的树林中。

来到了大门前，买了拓本，又坐上了船往回行。在归途的船上，就岳飞和秦桧的是非问题展开了议论。这时叫我撒尿的两个人都作不了明确的判断。

回到领事馆，洗了澡，参加了 Y 君为我们精心准备的晚宴。餐桌上有西湖特产的莼菜和笋做的菜肴，颇为罕见。令人惊讶的是笋，尽管还是 11 月初，这笋却并不是罐头的，而是大盘堆满的新鲜笋。据说已将粗约小指、长寸余的嫩笋挖出来做菜了。这样说来二十四孝中的在雪中掘笋之类的故事也就不再是什么奇迹了。酒是真正的绍兴酒，芳醇无比，连素不能饮的我在不知不觉中也饮了好几杯。

二

昨日的黄尘已毫不足惜地被一扫而净，澄明清爽的阳光照满了整个西湖。我倚坐在二楼阳台的藤椅上，贪婪地眺望着眼前的湖光山色。白沙堤上的土带点淡红色，从领事馆的下面一直通往孤山。堤上有些女学生在行走。

领事馆正门前有一很高的石阶，其两边及前面的庭院里摆着数百盆菊花。现在正是菊花盛开的季节。不知是谁栽植得这么漂亮，问了领事夫妇，他们答说是中国的侍者。这时一位年轻的妇女来到门前，领事告诉我们说这就是侍者的妻子，一看，是一位长得淑雅清秀的女子，一点也不像侍者的妻子，我们都大吃一惊。

今日大家本也是一起出外旅游的，正在此时日本租界的警察署长和夫人一起来拜访，Y 夫人便留下来接待访客，其余的人出门。今天去灵隐寺，一行人坐上了黄包车。

沿着白沙堤往孤山行，Y 君顺途去访了那儿的称为国立艺术院的美术学校。原来明年春天要在上海或南京举办美术展览会，Y 君想让日本帝展[1]的作品也参加进展览会，便将此事与外务省商量，外务省的回复昨天到了，说是此事于日华亲善甚为有益，可随意与中方商议，Y 君今日便是为此事来访问该校某教授的，不巧具体负责此事的某教授为展览会的事去上海出差了，我们便离开了艺术院。

经过了昨日来过的岳王庙前，离开了湖畔向山里行去。

---

[1] 帝展，由日本帝国美术院主办的展览会，1919 年后每年举行一次。1946 年改名为日展，1958 年取消官办性质，成为法人团体，每年秋天举办美术展览会。

与上一次来相比，道路大为改善。而且乞丐也没有了。上一次来的时候，几乎每隔几十米路边就坐着乞丐，向过往的香客和游客强行讨钱，令人感到极不愉快。自国民政府执政以来，乞丐不见了，这是值得大书特书的一件事，可不知那些乞丐都到哪里去了，我稍稍有些挂心。

灵隐寺门前排列着些房屋。有座古老的山门，附近有几家菜馆和卖土特产的商店。此寺为西湖第一大寺，寺内相当大。一面有很大的石窟，里面刻有很多佛像。旁边还有唐代的石塔。两边有很多卖念珠和木鱼的露天小店。我给老家的母亲买了好几串檀香木做的念珠，挂在脖子上。不知何处的童子军，到这儿来郊游。参拜了大殿，看了一下五百罗汉。若沿后山攀登数百米，内有一处韬光寺，从那儿望出去的风景，宛如一幅楼阁山水画，这是我要推荐的一处佳境，但今日同游者比较多，没有上去便折道返回了。

从灵隐寺再沿山路步行去清涟寺。这一段几百米的路无比的幽邃。沿途可见竹林和红叶。清涟寺以泉水所养的鲤鱼而知名。在长方形的池中荡漾着极为清冽的泉水，沿着池的三面建有水榭式的平屋，房屋倒映在泉水中，极富雅趣。

我们继续徒步走回到岳王庙前，在那儿雇了小船来到了孤山。在壶春楼前下了船，在楼上仅要了一瓶老酒和面来当午饭。然后又坐了船往湖中行去。我上次来的时候曾去看了湖西岸的刘庄，其印象之深，至今未能忘怀。我说起此事，大家便说去那儿看看吧，于是小船向西岸划去。刘庄在苏堤的里面。这一带湖面清静之极。岸上有一片水杉林及各种树木，一处处红叶点缀林间。不时可见一座座临湖的别墅。

刘庄是其中醒目的一处，规模颇大。不过上一次来时已相当荒芜，这次却已是被彻底地修整一新，令人不敢相信自己的眼睛。别墅区内的正中间原有一座气势不凡的庙宇，庙前临湖处修建着一座古老的牌楼，古风苍然的楼宇倒映在水中，有一种难以言状的情韵。然而这次来一看，别墅已被坚固的水泥墙围了起来。新造了一座两层楼的房子，窗户上全镶嵌着玻璃。要是这还能忍受的话，那么令人惊叹的是，连原先牌楼的柱子也换成了水泥建筑。问了一下船夫，答说好像主人并未换过，那么也许是下一代接掌了主权吧。在大门处系舟上岸，入内去参观了一下，几乎到处都经过了改造，昔日的踪影已荡然无存。从园内的池塘中原有一小河注入湖中，小河沿竹林潺潺流过，河上有一苔藓苍郁的石桥，婀娜多姿的垂柳随风摇曳，此情此景令人难忘。可是昔日的竹林已被掘去变成了西式的花园，用水泥修建的水渠被设计成毫无自然曲线状的坚硬样式，古老的石桥也变成了新的水泥桥。我大失所望。这种情形不只是中国有，在日本和其他地方都有，但想来却令人感到伤感。西湖的一处名建筑遭到了彻底的毁坏。

不过当我独自在此愤懑哀叹的时候，M 君却全不在乎，到处都对着太太“咔嚓咔嚓”地拍照，显得很愉快。

从刘庄我们又坐船驶向“三潭印月”。湖中有三个石头的小圆塔，呈三角形置于水中，只有顶部露在水上。像是游游荡荡地浮在水面上似的。其不远处有一几乎与湖面同样高的岛。岛上有亭台楼阁，有小桥流水。仅是九曲状的石桥就令人觉得风情万种。穿过了岛后，又坐上了船，驶上了归途。

西湖的景色怎么看也看不厌。它体现了自然与人工融为一体的极致。西湖的美一半在自然，一半在其建筑。这里沉淀着几千年的历史文化。一木一石皆蕴藉着古人的精魂。

晚饭后我独自出了领事馆，沿湖畔的道路向北漫步而行。暮色渐浓，来往的行人稀少。但不时也有汽车从我后面急驶而过，好像是到前面新新旅馆去的客人。

道路一直紧靠着湖边。右边不远处是山，山下有数处寺院。在静谧的暮色中传来了木鱼的敲击声。行约一公里，来到了新新旅馆。我稍稍站在远处凝望着这家旅馆，回想起逝去的往昔岁月。石门、楼房、正门前的露台，一如往昔。有几个欧美来的男女在电灯下用餐。

六年前我带着在旅途中结识的她[1]来到杭州，在此旅馆中曾度过了几天短暂的欢乐时光。我还记得那时我们下榻

[1] “在旅途中结识的她”，即前文提到的Y子（赤城阳子），在村松梢风第一次来华时，两人曾一起到杭州旅游。

上下图分别为三潭印月和西湖春色（伍联德等编:《中国大观》，良友图书印刷有限公司，1930 年）

的三楼那间房间。稍离旅馆处，在临湖的道路边上，有几个木质的长椅。我在长椅上坐了下来，点燃了香烟小憩一会儿。长椅也一如往昔。我曾和她两个人坐在这长椅上静静地谛听着从幽暗的湖面上传来的凄婉的胡琴声，仰望着闪烁的星星细声私语。那时未曾想到我此生会有机会重访这里。我与她的关系，如同在天空中飞驰相遇的星星一般，只是短瞬间的一场梦。我现在甚至连她所居何处也不知道，也失去了打听询问的兴趣，但即使是这样的一个往昔的恋人，就在我回想起来的时候，仍依然保持着美丽、年轻、活泼的印象。

夜幕完全降临了之后，我走回到了领事馆。

那天夜晚市区里发生了火灾。

三

第三天是星期天。湖面上浮荡着无数的游船，就像一群水虫似的在左右蠕动。

今天计划去攀登五山。从领事馆下面的湖边坐小船出发，横渡过约两英里宽的湖面来到了静（金）波门。这是一座水门，河渠纵深地流向门内处。其附近的景色颇有特色。在河渠上架着一座高高的木桥。桥墩下有一幢农舍般的两层楼房。周围是繁茂的竹林。水上凫游着一大群鸭子。

河渠的两边是一排黄栌树和柳树。在阳光下黄栌叶变幻出各种颜色。附近多桑田。沿河渠一直向前划去，来到了一个村落。河岸边村妇们正在捣衣洗濯。河渠到此是尽头了。我们在一处写着“西莲古社”的小祠堂前弃船上岸。然后穿过村庄，这里正在修建宽广的道路，城墙正在被拆毁。我们走过土垣间狭窄的小路。路渐渐向山上延伸，这儿已是五山的山麓。

登上山顶并不怎么费力。山顶上整个一面都是奇岩怪石，山峦为一片枯草所覆盖，一棵树也没有。此处为所谓五山第一峰。稍微下面一点的山腰上，可见城隍庙的屋顶和外墙。

从这儿往下看，前面是开阔的杭州市区，左面可俯瞰西湖的全景，右边则可远眺浩浩荡荡的钱塘江。隔江还可遥望烟云朦胧中的会稽山。与我们所伫立的山峦紧密相连的是凤凰山。据说南宋的宫殿即在此山上。Y 君告诉我们说，他也曾到那里作过旧迹的踏访调查。传说金国的皇帝派了画师出使到南宋，命他将西湖的全景图画下来，后来金国皇帝见到的西湖图景远胜于他的耳闻，便立即取笔写下了“立马五山第一峰”之句，起师南征了。

下了山来到城隍庙，那天恰逢缘日，庙内满是参拜的人群。都是脖子上和手上挂着佛珠的老人和女孩子。庙堂内一片香烟弥漫，几乎要让人呛出眼泪。正堂后面还有两三个堂。

国民政府为了要打破迷信，贴出了布告禁止此类祭祀活动，但毫无效果。宗教这东西，从局外人看来全部都是迷信。从这一意义上来说，基督教也好，道教也好，佛教也好，都大同小异。国民政府的新思想家们仅将道教和佛教认作是迷信，这就大谬了。

最里面的一个庙堂里，几个年长的老人正在咏诵着什么，周围挤满了一大群人在围观。看客中也夹杂着剪短发的美丽姑娘。

出了庙走没几步，在一处远眺甚佳的地方有家茶馆。便一起走进去小坐片刻。不一会儿，刚在城隍庙内遇到的一群女子也进了茶馆，在距我们不远处坐了下来。其中有一个格外漂亮。她穿着黑色缎子的绣花衣服。在中国从前的小说中，必有城隍庙的缘日是青年男女相逢结缘，或是良家美女被豪门弟子看上后遭受调戏迫害之类的故事。这些年轻女子倒是甚若旧小说中的女主人公，可惜这儿没有与她们相般配的青年男子。

走完了下山的坡道后来到了市区。这一带旧日的风情浓郁。街上有好几家卖当地名产伞的商店。我们买了几把上有图绘的太阳伞作送人的礼物。从小巷来到了主要大街，这条大街在市区改造中已变成了一条很宽的通衢大道，街两边林立着漂亮的新式商店。浙江省是中国财阀的根据地。浙江省省府杭州的街市新貌反映了当地经济实力的增长。新建的浙江国货陈列馆等很气派的建筑也已近于完工。

我们逛了古董店、照相馆等数家商店后步行回到了领事馆。

四

当天傍晚坐了五点的火车，我们踏上了归途。Y 君夫妇一直送我们到了火车站。

火车中空气很混浊，而且车速很快，车厢剧烈地震荡着，令人感到很不快。M 君夫妇俩面对面地坐在可供四人坐的座席上，中间有个小桌，我则坐在通道对面的座位上，一个人占一个小桌。我取出一本书来读，想借此消磨时间，但头很沉，读不下去。M 君也说头痛。

M 夫人躺在座席上，过了一会儿直起身来说想吃点什么。我和 M 君在出发的时候已吃了早晚饭，那时 M 夫人没有吃。但 M 君脸上立即现出了若与夫人一同进餐的话一天十次也不厌多似的神情，立即赞同夫人的提议，叫来了侍者吩咐了吃饭的事。他问我吃不吃，我说不吃。侍者端来了饭菜和咖啡，M 君夫妇开始了幸福的晚餐，只有我像个性格乖僻的庶生子似的，坐在他们对面的窗户边，用手支撑着脸颊，呆呆地望着什么也看不见的窗外。

我想起了 Y 君告诉我的一件事。我上次来中国时曾与之交往很深后来又遭背弃的 S[1]——此人我曾在小说《上海》中作为主人公——已到天台山出家为僧了。Y 君是前几天去

[1] S 即朱福昌。

S 的家乡舟山列岛一带旅行时在当地听到的消息，应该不会有错。曾纳上海的名妓为妾、在游乐场内名声很响的 S 在去天台山做和尚之前曾与我有很深的关系。我脑子里一直在想着 S 的事情。

M 夫人又躺下了，M 君孤单一人，便拿出了牌来算命。

“是 7 呀，7，村松君，下一次跑马。”

M 君突然叫了起来，一会儿马上又“嚓啦嚓啦”地拿牌算了起来。

辑五

本辑文章译自《上海》，东京骚人书局，1927年。

上海的朱福昌 *

一

大正十二年（1923 年）的春天，我第一次去上海的时候，在当地认识了一个中国的青年绅士。这位青年绅士的姓名叫朱启绥，字福昌，出生于浙江省定海县[1]，现在居住在上海，人们通常都称他为朱福昌。那时他的年龄据说是 28 岁。不过中国说年龄时，都是实岁，因此以日本式的说法来说的话，虚岁正好是 30 岁。这位朱福昌，是一位十足的美男子。从整体上来说，中国人与日本人相比，虽然都是黄色人种，美男和美女却要多得多。

* 本文选自村松梢风的小说《上海》的“前篇”，标题为译者所加。作品虽是小说的形式，但据译者的研究，所述之事，绝大部分都是事实。有小部分内容的叙述，与《魔都》有不同程度的重复。

[1] 定海县位于舟山群岛，舟山设市以后，定海县改为舟山市下的定海区。

是出于总人口的比率呢还是其他什么原因，这个问题还不清楚，至少，若是你接触中国的上流或中流以上的社会阶层，会发现美男和美女多得惊人。从其容貌的端正这一点上来说，虽说令人感到遗憾，却是日本人望尘莫及的，这一点我可以断言。可以说，这是由于中国民族的历史要比大和民族悠久，在其古老的文化和各种生活样式中，自然洗练陶冶出来的结果，当然也可以探寻其他的缘由，这样的研究姑且以后再进行吧。总而言之，朱福昌在中国人中间，也是一位引人注目的美男子。他身材修长高颀，肤色白皙，皮肤一眼看上去就是细腻爽滑，一双机灵的眼睛满含着诱人的妩媚，红红的嘴唇具有一种女性般的水灵灵的光泽。我最早遇见他，是在虹口的日本俱乐部。他穿着一身流行的浅褐色的西装，在球台的一侧拿着一个台球，这时日本某大报的特派记者山田[1]把他介绍给我了。说起山田，这也是我两三天前抵达上海时才认识的友人。这样，后来我与朱福昌的关系就亲近起来了。

“我姓朱，请多多关照。”

他说着，递给我一张写着什么头衔的名片，然后毫不留恋地离开了台球桌。他对我说着一口流利的日本话，那应对自如、温文得体的模样，已经很日本化了，令人

[1] 据译者的查考，这里的山田，应该是村田孜郎，即前文的M君。

怎么也想不到他是一个中国人。说起来这也是有缘由的。从他的叙说中，我了解到，他岳父（据说几年前已去世了）长期在大阪经商。因此他在中学毕业后就立即去了日本，在大阪生活了两年左右。他与妻子是表兄妹关系，所以他岳父，也是他嫡亲的舅父。因此，他对日本的情况，似乎大致都知道。

第一次与他见面的印象，使得我对他完全产生了好感和亲切感。当然，他对我也表示了同样的好感，这也是事实。当天晚上，我们，当然也包括山田，一起在某个地方吃了晚饭，夜里很晚的时候，一起坐了汽车去了一个叫新卡尔登的舞厅。我们三个人都不会跳舞，只是啜饮着鸡尾酒，观赏着舞厅内华丽的景象。来客中有许多都是朱的熟人，他把他们都介绍给了我们俩。他跟经营着这家咖啡馆兼舞厅的一个叫什么的日本人老板和其他几个人也很熟。我们走出这家可以跳到天亮的舞厅的时候，已经是凌晨两点左右了。我们又去了一家名曰一品香的中国人开的旅馆，叫了许多来到这里的中国女子，见面聊了一下。

翌日，朱福昌来到了我住的旅馆。那天他也邀我出去，去看了多处我所不知道的地方。就这样，我与朱开始交往起来了。不久我对他的情况也开始慢慢了解了。他的故乡，前面已经说了，是浙江省的定海，听他说，他们的家，在当地是一个豪族，相当有名。令他们的家族特别出名的，是其家族中出了一个叫朱宝三[1]的人物。读者诸君大概也一定听说过这个名字吧。朱宝三那时担任上海总商会的会长，在现代的整个中国，作为一位一流的实业家而广为人们所知晓。这位朱宝三氏，是与朱福昌血缘比较近的族人。就这样，同时拥有门第和财力的朱氏一族，也使得朱福昌自己，在这里的中国人中，拥有了广泛的人脉。总体来说，宁波出身的商人在上海人多势众。不仅是上海，中国的很多大商人和实业家中，很久以前开始，就有许多的宁波人。这是因为宁波是中国最古老的贸易港，即便在近代以后贸易的中心转移到了上海、汉口以后，宁波人依然占据了商界的主要地位。大部分上海的商人都说宁波话，由此也可知宁波人的势力。定海是属于宁波的。因此，朱宝三氏代表宁波的实业家。朱宝三的侄子、我认识的福昌，到了上海很有人脉，也是理所当然的了。他在南京路的 801 号开了一家规模不小的店铺，801 号虽然有点偏了，但毕竟也是上海第一大街大马路的一部分。那家店铺主要经营老家出产的园艺蔬菜、中药材等的苗木和种子。店铺的名字叫“仙药种植”。他的名片上有“浙江省实业厅顾问”这样的

[1] 正确的写法是朱葆三（1848—1926），浙江定海人，自幼来到上海，从五金店的学徒开始，自学珠算、语文、英文，从五金行业起家，逐渐成为商界大佬，创办国内最早的华商银行——中国通商银行，同时创办保险公司，是宁波帮商人的杰出代表之一，成为上海商界领袖，担任上海总商会会长。

头衔[1]。不过，他的父亲在他幼小的时候就去世了，他是在他的伯伯朱宝三的身边长大的[2]。——这些事，有些是从他自己的口中听来的，但福昌是一个交际很广的人，也记不清是从谁的嘴里听来的，总之，渐渐地，我知道了上述的这些事情。

不过，如果只是这些事情的话，我对他的兴趣就不可能那么浓厚。他是一个十足的浪荡公子。任何一个国家，上流社会的子弟多半是浪荡公子，这个福昌也不例外，但是，显然他不是一个平凡的人。他几乎每天晚上都把我拉出去，或是去逛几家书厉[3]（艺妓屋），或是让我看几家有些暧昧的场所和赌博馆。完了之后他笑着对我说："今晚的地方已成了你小说的素材吗？"但他自己真正去玩的地方，却是一处也没有带我去。听说，福昌自己有一个爱妾，是上海第一流的艺妓，一般他都会去那里过夜。

"朱君，你把第二夫人介绍给我认识一下嘛。"

我这么一说后，他的脸上就会浮现出亲切和蔼的笑容，回答说：

"我没有第二夫人呀。"

---

[1] 朱福昌实际担任过定海农会会长，定海公学校董，因引进日本的"福岛樱"等多种樱花品种和驱蚊菊等有益植物而获得过农商部的三等奖。

[2] 朱福昌实际上是朱葆三的侄孙。

[3] "书厉"，原文如此，中文中似乎没有此词，日文中也没有，也许是某个汉字的笔误。

对于相交还比较浅的我，超出一定程度的话，他自然不会说，这也是可以理解的，不过据我的观察，他的为人处世，还是相当谨慎的。在当时日本人的艺妓中，不只是一个人，有两三个人都迷上了他，弄得有点沸沸扬扬的，但有时他与我们这些人一起去日本料理屋玩的时候，他都会很巧妙地跟这些艺妓周旋，结果都是让她们空欢喜一场，而不会对她们动真心。

在法租界的某个秘密的陪侍屋里，有一个母亲和两个女儿。我们知道这一家，是朱的朋友、一个姓杨的专治花柳病的年轻医生带我们去的。母亲的年龄在 40 岁左右，做这一行似乎已经很久了，刘海剪得短短的，有着浅浅麻点的脸上，抹上了让人看不出的白粉，眼神里充满了女性的妩媚。两个女儿，长得天真纯洁，是娼妓屋的女子中十分罕见的。当然，妹妹还没有接客。不过，她们既不是亲姐妹，与那个女子之间，也不是真的母女关系。那个叫银宝的妹妹，长得也很好看，还是一个纯真可爱的处女，不过自从我们第一次去了以后，她就被朱福昌的那种翩翩公子的模样完全迷倒了，表现出了这一行的女子才有的露骨的态度，主动与朱福昌接近。当然，那个妈妈是允许她这么做的。然而，即便在这样的场合，福昌也始终保持了他矜持的态度，坚定地用盾牌护住了自己的身体。我们在母女的陪伴下，或是去饭馆吃饭，或是去看电影，或是去龙华观赏桃花，但是福昌与那个少女的交往，始终保持着淡淡的浅浅的程度。无论他去哪里，别人都认识他，且他受到了所有女子的欢迎。他把无数的女人吸引到了自己的身边，却在任何时候都坚定地守护住了自己的身体。对于他这种恶魔般的坚强，我怀着颇为强烈的近似赞美的心情。事后想起来，对于这一墙垣，他若是跨越了一步，或是没有跨越，都肯定会在物质上给他带来很大的影响，但在当时的我的心目中，并未意识到朱福昌是这样一个工于心计的人。而且他还是一个年轻的、家境富裕的人。所以，他的言行举止，我都认为是他的才气和自负心的表现。而实际上，他既是一个富有才气的人，也是一个十分工于心计的人，爱交际，人缘广，挥金如土。他拥有自家的汽车和专用的司机，除了每天上午到自己的店里待一两个小时之外，其余时间都在外面游荡。

我认识绿牡丹，也是经朱福昌的介绍。绿牡丹那时是一个 16 岁——虚岁 18 岁——的少年优伶，差不多一直是上海的头牌花旦演员，极具人气。他在开封路上的一家名曰“春华舞台”的剧场里演戏。我在福昌的陪伴下去剧场的后台第一次见到绿牡丹的时候，被他那还带着戏剧妆容的一脸的艳丽迷醉了。翌日，绿牡丹和他的父亲，还有朱福昌一起来到了我入住的旅馆玩，福昌在戏剧界人脉似乎也很广，他觉得自己是绿牡丹的唯一的后援，世间一般也都这么认为。很多人说，绿牡丹能有今天这样的票房，其原因之一是靠了朱福昌的力量。对此我当然并不怀疑。自此以后，我得到了好几次与绿牡丹父子见面的机会。绿牡丹与朱两个人单独来到我这里的情形也不是没有，但是无论绿牡丹身处何方，他的父亲黄吉人一般总是紧紧地跟随着他。他的父亲留着胡子，高度的近视眼镜后面，是一双忙碌不定、目光锐利的眼睛。以前做过官吏的黄氏把儿子培养成了一个名演员，为儿子付出了所有的心血，不管什么时候都一直守护在儿子的身边。黄氏也希望儿子能到日本去演出。于是就把与日本剧场方面交涉的事，托付给了我。我欣然接下了这事。

就在这样的过程中，我与朱也不像以前那样频繁地见面了。与他见面时，他就会说近来生意忙起来了，除了开始的一段日子几乎每天都拽上我到外面去转之外，后来就渐渐地不再这样做了。而就我这边来说，若单单与他交往的话，那么他不带我去的地方，我就没有机会去接近了。对于中国的女人，也有点不想多见了。这样的状态我觉得也挺好，因而我也不怎么主动给他打电话，彼此有点疏远了起来。就在这个时候，我经历了一件令人意想不到的事情。关于这一事件，之后再叙述，这里就不详记了，总而言之，在这海外旅行地，我遭遇了出乎意料的不可思议的命运。从这以后，我就把自己潜藏在一个无人知晓的地方。一个月以后，我没有再与朱福昌和绿牡丹见面，独自回到了日本。

但是我并没有忘却答应过他们的事。回到东京以后，立即就去帝国剧场联系绿牡丹来日本演出的事，此事顺利谈妥，彼此签署了一份协议，绿牡丹将在当年的 10 月 1 日开始在剧场演出。合同的另一方是朱启绶，即朱福昌。然而突然之间，大地震袭击了关东地区，所有的计划都取消了。

此后朱也时常有信过来。我当时有点沮丧，觉得邀请绿牡丹和朱福昌来日本的机会，恐怕永远没有了。不料，在灰烬之下最早复苏的，竟然是剧场。帝国剧场在经过一整年的改建之后重新落成，在翌年的年底又重新华丽开场了。再过了一年，到了大正十四年（1925 年）的春天，出人意料的，绿牡丹东渡的筹划又复活了。其结果是，作为中介人，同时又作为剧场方面代理人的我，要再到上海去一趟，把一切都安排妥当。

我在 4 月上旬从东京出发前往上海。

二

载着我的“上海丸”轮船，在混黄的黄浦江中心溯江而上。随着上海的临近，江面上来来往往的船舶就多了起来。两岸的景象，就像掬手可得一般，清晰可见。江边有些生长着茅草芦苇的沼泽地，不一会儿，在一片杂草丛生之中，又可见潇洒的洋楼矗立在江边，岸边还有很大的四方形的抬网，一会儿下降到江水中，一会儿又升了起来。出现了好几幢纺织厂的建筑。香烟广告上的很大的文字倒映在江面上。烟囱中冒出来的煤烟在一碧如洗的天空中静静地向远处飘荡过去。造船厂的铁锤发出的咣当咣当的声音，仿佛在脾腹内回荡一般。不一会儿，我们的轮船横靠在了码头上。

码头上白铁屋顶的建筑物内，已经聚集了好几百个来迎接的人。船上的乘客大都也站在了船舷上，从船上俯瞰着码头上的场景。彼此挥动着手帕和帽子，船上船下遥相呼应，笑脸与笑脸交相辉映。既有日本人，也有中国人和西洋人。朱福昌在人群中最先看见了我，破颜一笑，挥动着帽子与我打招呼。然后，他对着站在自己身边的穿着洋装的绿牡丹，用手指着我的方向，告知我已在船上了。接着，绿牡丹又把我的到来告知了身后的父亲和几位女子。与他们一起来的还有两三个男子和两三个像是艺妓的女子。

我下了船，与来迎接的人一一握手，这时朱立即问我说：

“准备住在哪家旅馆？”

“还没有决定呢。”

“那么，一品香可以吧？”

于是朱就一个人帮我决定了。对我来说，实际上比起日本旅馆来，我对中国的旅馆更有兴趣，而且也方便，因而对这一决定没有异议。我们总共有八个人，但还是挤坐在一辆汽车上了。我和福昌之间，夹着两个女子，隔着汽车的窗户，我好奇地望着街上的光景，这时在我的耳边，响起了久违的婉转的上海话。

到了旅馆以后，也是朱福昌一个人和旅馆的茶房交涉，决定了房间。是三楼最里边的对着走廊的一间房间，墙壁和地板都是污迹斑斑，而且光线也很暗。不过中国旅馆一般都是这样，也没有办法。不过，房间很宽敞，也带有浴室。据说房钱是一天四元大洋。从今天开始，我就要在此起居，这样想来，也没有感到什么不愉快。

在迎接我的人中，有一个作为山田代理的名曰木下的日本人。他说，今天是星期六，山田要去江湾的跑马场赌马，没法来接你了。我一听笑了起来，山田还在玩赌马呀。此外，还有一个叫王某的人，据说也是朱的朋友。这个人穿了一身考究的绸缎料子的中式衣服，一头乌黑的头发留得长长的，整齐地梳向后面。只是这个人的眼角上有一颗很大的黑痣，面相让我感到稍稍有点异样。

绿牡丹已经长成一个大人了，都有点认不出来了，成了一个堂堂的男子汉。不过，长出了痘痘的这张脸，比他少年时瘦削了不少，失去了嫩叶一般的水灵气。

我从手提包中取出了两份受人所托的合同书，出示给朱福昌和绿牡丹父子看。这份合同书与前一年是一样的格式，剧场方面已经署名盖章。我在交给他们一万二千五百日元定金的同时，请朱福昌代表剧团署名，其中的一份合同交还给剧场方面。当然，黄氏父子对此没有提出异议。

然后我们从旅馆坐黄包车到了大世界前面的“辽东菜馆”去吃饭。当然，今天是福昌请客。这时候，山田也赶来了。他迈着径直的步子，摇晃着脑袋，走了进来。

“怎么样，跑马？”

“别提了别提了，一塌糊涂，输了九十大洋。”山田说着，在我身边的座位上坐了下来。

我瞧着他的脸，一阵无比亲切的感觉涌上了心头。我今天从他的部下木下的口中得知，他去年与他的妻子分手了。与他分手的这位妻子，是我上一次来上海的时候，几乎朝夕都要到她家里去、受到她照料的人。从那时开始，他们夫妻关系就出现了恶化，山田就会顺口说出“分手吧分手吧”这样的话。听说跟他分手的妻子去了东京。为了处理这桩婚变，他去年来回去了三次东京。山田的一双长长的筷子伸向远处的盘子，突然停住了手，对我说出了一句让我很惊讶的话：

“你有没有听说，赤城阳子也正好来到了这里？”

我的心口一下子收紧了。

“你不知道吗？”说着，山田瞥了木下一眼。但是，木下与我是第一次见面，这样的话，也不好开口对我说吧。

“她是什么时候来到这里的？”

“让我想想，嗯，是二月份吧。冷不防地来到了我这里，而且暂且还待在了我这里，还是那个样子，弄得我也是手足无措。”

“现在她在哪里？”

“这个我倒也没有仔细询问。不过，常常到我这里来。”

也不知为何，山田一下子表现出了不大感兴趣的神情。

“她在两国馆呢。”

这时木下对我说道。然后，木下又稍稍详细地向我讲述了有关她的消息。她来到上海，是为了修复她跟前夫金山的关系，但最终没有成功，据说她目前也是相当困窘。后来临时借了西洋人的房子，跟那个时候也在上海的某个什么电影演员一起开了一家舞厅，结果没什么客人，半个月左右就关掉了。

“那么，现在什么都没在做吗？”

“哦，好像是没有工作的吧。”温厚的木下对我露出了同情的神色。

“她一定会到你这里来的呢。”山田说。

于是我便把她与自己分手时候的事情向山田他们说了。我虽然有了几分醉意，人却是相当兴奋，好像说了一些她的坏话。不过，内心其实并不怎么恨她。两年的岁月，已经冲淡了我的感情。

“你们在说谁呀？”朱问道。

“在说我以前的恋人。”我回答道。

“哦，那我很熟呀。”

坐在圆桌边的两个女子，夹在福昌和黄氏之间，正谈得起劲，频频移动着筷子。一开始我还以为她们是艺妓，其实其中一人是黄氏的妻子。说两个人是姐妹，长得却并不像。妹妹要漂亮得多。年龄似乎也相差很大。姐姐叫高弟，妹妹叫高彩云，听说两个人都在大世界唱戏。两个人都打扮得珠光宝气。姐姐戴着翡翠耳饰，妹妹则是珍珠耳环。她看上去最多也就十八岁。唱戏演出的那类女子，都会留着很少的十来根刘海，从前额的正中央，下垂到鼻梁的地方。这对没有看惯的人来说，也许多少会觉得有点可笑，同时也会感到挺可爱。她脸上的肤色尤其漂亮，一对稍稍有点肿胀的眼睛，满含着妩媚。她穿着一件浅蓝色的绸缎上衣，绣成细致的花卉图案的桃色滚边，下身是黑色缎子面料的裙子，也有同样的刺绣。妹妹要比姐姐长得高挑，身体丰满而富有诱惑力。

我把刚刚记住的高彩云的名字一再念诵，此时福昌笑着说：

“老九长得好呀。”

“那，姐姐排行第几呀？”

“老五。”

她们俩对视而笑。福昌让老九坐在他的膝盖上，与她毫无顾忌地逗笑了起来。

三

日子就这样一天天过去了。第一天认识的那些人，我后来每天与他们来往。我独自一人的时候，就会一个人朝他们那儿走去。而且，住在一品香的感觉也不错。地点在西藏路上，这里两三百米的范围内，只是一边有房子，另一边是跑马场。街上几乎没有商店模样的建筑，好像公司、事务所一类比较多。有一所规模不大的女子学校，也有的挂着某某医生的招牌。可见互相邻接的长着绿苔的砖砌围墙和青灰色的砖墙。马路对面高高的铁栅栏内，是一片犹如原野一般的绿草如茵的开阔的跑马场。远处在树木的掩映中排列着许多红色外墙的建筑和砖瓦结构的房屋，如同玩具一般，在这万里晴空阳光灿烂的 4 月里，令人觉得心旷神怡。这里不通电车，行人也很稀少，四周很安静。

不过，这里距三马路和四马路都很近，稍稍移动几步拐进这两条马路，就来到了一个热闹的世界。在热闹的中国气息浓郁的街上漫无目的地闲逛，也是人生的乐趣之一。三马路上，有绿牡丹演出的剧场“大舞台”[1]。绿牡丹自去年开始，脱离了师父的羁绊，近来以黄玉麟的本名出现在舞台上。

因为距离最近，我一直去王家玩。还因为那里是朱福昌和高彩云同居的地方。朱虽然还是跟之前一样做着生意，不过南京路上的店铺已经没有了，与家人一起居住在浙江路的保康里，在那儿也经营着生意。我曾在他的陪伴下到那里去过。是一所进门很考究的颇为气派的住家。虽然没有怎么摆放着商品，但依然有两名伙计和一个学徒。他拿出了一本自己写的有关魔芋的用途和栽培法的书给我看，说这本书卖得很好，言语之间甚为得意。果然，在他的办公桌上，求购此书的订单堆得厚厚的。书的封面上，写着“国利民福之秘诀”的宣传字样，勒口上印着他自己的照片。内容似乎是根

[1] 初建成于 1910 年，由童子卿投资建造，全称为文明大舞台，为京剧专用剧场，1949 年以后，改称人民大舞台，后重新改建，仍称大舞台，今正门在九江路上，另一侧即汉口路（三马路）。

据日本的哪一本书编译的，所举的例子大抵都是日本的，照片也是从原著那里复印过来的。我问他，一本书实际的成本大概是多少，他答说只需五分钱而已。但是定价是一元。他是通过在报纸上刊载广告直接销售的。他神情更为得意地对我说，他是靠着自己在全国拥有的知名度和良好的信誉才卖得这么好的。确实，就像所有的人都说的那样，他这个人，在生意上相当精明。而且他也一直对我自夸说，他赚钱很在行。我听了这些话后，也深深觉得，像他这样机灵有头脑的人，是非常值得信赖的。在他的房间里，墙上挂着放大了的他父母的照片、他自己的照片、他与太太合影的相框。我也是在这个房间里，第一次见到了他太太。他太太，看上去与他年纪差不多，穿着平常的黑色的居家衣服，在她丈夫的呼叫下，牵着两个男孩走进来，一个七岁，一个三岁。孩子都像福昌，皮肤白白嫩嫩的。他太太马上就走了，孩子留在房间里玩耍，福昌不时地训斥他们。

王家位于从我入住的旅馆走过去大约两三百米的地方。沿着跑马场外弯曲的马路往前走，就来到了爱多亚路这条大马路。沿着这条大马路行走约一百多米后出现的小马路上，有一个名曰“芝兰坊”[1]的幽静的住宅区。里面两边排列着

[1] 经译者查考，“芝兰坊”位于昔日法租界的恺自迩路（今金陵中路）上。恺自迩（M. Emile Kraetzer 1839—1887 年），法国人，1885—1886 年任法国驻上海总领事，其间开设免费的法文书馆，铺设供租界内居民免费使用的自来水管道，后晋升为驻北京公使。

砖瓦建造的结构坚实的住家。这里已是法租界了。王家所住的是一幢两层的楼房，但窗户之高大，几乎要令人仰视。这是一幢相当气派的住房，我问月租要多少，答曰八十大洋。楼下只有两间房间，其中一间长方形的大房间，是供福昌居住的。墙面被涂上了美丽的绿色、挂着桃色的绸缎窗帘的那间房间，有一张西式的大床，放置着衣橱衣柜、梳妆台等崭新精良的家具。但是，这不是一处真正的住家，证据就是屋内没有一件供日常生活用的器物，过于宽敞的房间内，显得有些空空荡荡，弥漫着一股莫名的寒气。他每天总是在固定的时间从这里出发，前往他自己的家里，他在家里处理生意上的事务。这里的住房，只不过是他与高彩云栖息的巢窟而已。

二楼有四五间房间。最大的一间是王家夫妇起居寝卧的房间，放满了有雕饰的镶着金线的红木家具。主人的姓名要写出来的话，是“王瀛佐”这几个难写的汉字。听说他以前是演员公会的干事，现在似乎也没有什么职业，每天就这样闲闲度日。王先生有一双已经很大了的儿女。当然，并不是高弟生的孩子。在一旁他女儿睡的房间里，床边的墙上，挂着一幅放大了的中年女子的肖像照。

“这是谁的照片呀？”我问王先生。

“我的妻子。”王先生在我面前毫不掩饰地表现出了他对这位已经去世的妻子的感情。我在对王先生表示同情的同时，也觉得在旁边的房间内高声谈论着的高弟，有些可怜。王先生是一位话语极少，几乎不会发出大的声音的温厚男子。

十四岁左右的女儿，有时也会让她帮着女仆做点事情，而十一岁的儿子，则在上学。这位少年长得非常可爱，皮肤通透红润，性格开朗，有一双聪明伶俐的眼睛。他立即就记住了我的名字，每当看到我，就来到我的身边，用英语叫道："村松先生。"然后对我说些"这是什么""这是一本书"之类的对话。最后的收场总是被他父亲轻声骂道："你这个孩子真是烦人，早点去睡吧。"

每天晚上，王先生都要送妻子和妻妹去剧场的后台，两位女子有自己很漂亮的人力车，王先生则自己叫来了脏兮兮的黄包车，坐上车跟在她们后面。演戏的时候，他就一直等在那里，戏演完了再一起回来。两位女子出门去演戏，偶尔也会有九点十点的，但一般总在子夜十二点左右。表演的地点在大世界内一个叫共和片的舞台，那里有许多唱戏的女演员在表演。据说都是很有名的人。不过那个时候，我还不懂中国戏曲的妙处。等到高彩云出场的时候，因为她年轻，长得漂亮，显得很有人气，很多人涌过来捧场。高弟上场的话，就没有热闹的场面了。我对她们所唱的内容虽然不懂，但她们唱的声调和声音，和之前听过的任何人都不一样，真是一种不可思议的声音，是一种完全无法模仿的奇妙的声音。满堂的客人都在屏声静气地倾听，唱到精彩处，大家都连呼"好、好、好"。我听了她唱的戏曲之后，就对她尊敬了起来。

王先生总是闲得很无聊地坐在观众席后面的走廊上，用手撑着下颚，喝着茶，眺望着来往于跑马场的人群。一个拥有艺人妻子的男人的自豪、喜悦、无聊，等等，都集于他一身。他们大概在凌晨一点或两点回到自己的家里，然后一起吃夜宵。之后也不马上入寝。这个时候，福昌也一定回来了。从剧场回家途中的黄氏父子，有时也会到这里来坐一会儿。大家都集聚在王家夫妇这里。接着他们无休止地抽烟、喝茶、聊天，一直到夜色将尽。

平时总是头发梳理得整整齐齐、穿得干干净净的王先生，夜晚回到自己的家里后，首先把衣服脱了，只穿一件衬衣，斜着身子躺在床上。这时婢女就把装着清理得干干净净的鸦片烟具的镍制的盆，端到他的手边，王先生用习惯而熟练的动作，把一个小小的容器内的鸦片填塞在长长的烟管内，用一个酒精灯一边烧着鸦片一边吸了起来。王先生有吸食鸦片的习惯，不吸鸦片的时候，总是显出惘然若失的神情。一吸过鸦片，立即就来了精神。他也频频地劝诱我说，你也来一口吧。

“少量吸食的话，会让身体感到很轻松。”王先生说。

到了那个时间，每天晚上必然会有两个艺人结伴来到王家。两个人都是男艺人，并排坐在靠墙的地方，用一个小小的快板一样的东西打着节奏，犹如念着关西一带的说唱词一般，说着快板书一样的谣曲。节奏单调，是一种词尾消失了一般的曲调，带着一种亡国的感觉。这到底是一种什么曲艺，我问过，可是没有记住名字。不过他们说这是苏州那里的曲艺。王先生出生于苏州，即便住在上海，对故乡也难以忘怀，所以叫了这样的艺人来演唱家乡的曲艺。

就这样，到了临近深夜的时分，我要回旅馆去的时候，王先生必定用他们自家的车送我回去。我回到了自己的房间，躺倒在床上，晨光就立即映照在我的帐帷内了。

有一天，我将从银行里取来的一万二千五百日元，根据银价行情换算来的等额纸币，取回来带到了旅馆里。正好是一万大洋。我跟朱福昌约好，今天要把这些钱交给他。不过，在山田此前见到我的时候，我就将钱交给朱一事曾与他商量，他当时显得有点担忧地说："这事是否可靠呀。"

山田原本也是这一合同的证人。他这么一说，我也就没有反过来向他做什么保证了。我对这件事，实际上并不怎么担心。我觉得，朱是合同的当事人，只要黄玉麟父子对此加以认可，除了把钱交给他，应该也没有什么人可以选择了。而且，作为我来说，也没有任何理由不相信他。他虽然是一个浪荡公子，也经常去赌跑马，出入赌博馆，但这也不是现在才开始的，而且我也不能因为他有这样的习好，就把他定为不可信赖的人。他现在的这些所作所为，不过是像他这样的身份和境遇的人，都在过的生活而已。

"你不相信朱吗？"我稍稍带着不愉快的语气对山田说。

"不是，我并不是不相信他。不过，只是因为这是别人的钱，所以比较担心。”

“不过，总是疑神疑鬼的话，事儿就没法做了呀。”

“倒确实是这样。应该没事的吧。”山田的话语也改了过来。

山田早在他就读于同文书院的时代，就认识了福昌。那时同文书院在龙华。朱宝三的宅邸距离学校不远。从那里开始上中学的福昌，是一个绝世的美少年，校内校外无人不知无人不晓。听说，山田和朱的相交，也有十年以上了。

我对福昌完全信赖。与其说是信赖，不如说我喜欢他。这次的事情，虽说是把绿牡丹介绍到日本去，但不管怎么说，绿牡丹毕竟还是一个孩子。我与他之间，不可能有什么精神上相通的东西。我根本上的愿望，是想借此机会让福昌活动起来，让他在事业上能有一个华美的提升。

这项业务若能顺利完成的话，在收益上，他估计也能暗中获得一万元左右吧。我不管从哪一点上来看，都对朱没有什么怀疑。

朱拿着盖有保证人山田印章的收据来到了我所等待的地方。我将全部的钱交给了他。

他把纸币用报纸包了起来，用绳子捆扎好。当时的上海，没有百元的纸币，都是五元十元的纸币，所以一万大洋的话，都要用双手捧起来了。他说，我马上拿到银行去，用右手把钱紧紧地夹在腋下，一戴上帽子，就急匆匆地出去了。在鲜亮的青色斜纹哔叽的大褂外面，穿了一件黑色毛呢的马褂，戴着一顶中间有折缝的时髦的浅褐色帽子。如此一身打扮的、夹着一大包用报纸包起来的钞票的福昌的背影，不知为何，却像一个不安的象征一般，一瞬间留在了我的眼底。

四

距离一行人的出发日期，还有两个多月。我既没有非得在这里逗留一长段时间的理由，也没有非要急着赶回去处理的事情。绿牡丹除了在帝国剧场，还到关西地区去演出的事，我在来到上海之前也已经谈妥了。那么，我就待在这里玩一会儿吧，在这期间，人员和演出的剧目等也可以确定了吧。那么，我就带着这些回日本吧。

黄氏父子和朱之间，似乎每天都在商量这些事。黄氏在自己的家里，曾经设宴来招待我和朱以及大舞台的相关人员。绿牡丹与大舞台之间的演出合同到 6 月底暂时解除一事，也与大舞台的经理谈妥了。当然，条件是他从日本回来后还继续在这里演出。朱福昌曾经做东请很多人吃饭。客人中，有也在大舞台演出的诸如小达子、贾碧云这样的有名的演员，我与这些人也熟了起来。小达子也曾经做东，举行过以我为主宾的宴会。小达子出演文武老生，在大舞台可谓是头牌的名演员了。

我只是过着悠闲的日子。礼拜六就去喜欢的跑马场，晚上往往就去“诗谜”俱乐部。诗谜是当时上海流行的一种赌博游戏。这是怎样的一种游戏呢？在这里实在很难解释。简而言之，就是做庄家的人，拿出一句五言或七言的诗，其中有一个或者两个字用圆圈空出，在其一旁，列出了五个供你选择填入的字。可是，填入哪个字合适呢？几十张写着诗句的长纸条叠合在一起，其下面的部分掩藏在一个笔筒一样的容器里，放在桌子的中央。掩藏起来的部分中，写着正确的填入字，并注明这句诗的出处。桌子上有顺序一到五的置放骰子的地方，赌客可以一个个赌。庄家从容器中抽出一张纸。比如说：

一叶身轻戴○过

备选字是：渔、客、菊、月、酒。

然后从中选出一个正确的字填入○内。这里“客”是第二个字，“菊”是第三个字，那么就将字的顺序从前往后数，根据其放置的位置，分别把骰子放在第一韵到第五韵的地方。你认为是一，就选择一，你若认为一和二都有可能，那就放在一和二之间，或者觉得一有三分之二的可能性，二有三分之一的可能性，那也可以放在靠近一的地方。如果中了，庄家就支付给你三倍的钱。也就是说，你押了一元钱，返还给你四元钱。如果在一和二中各押了一半，不管是哪一个中，就给你一倍的钱，如果押的比例是七与三，那么比例为七的那个中了，一元钱就变成三元钱，而比例为三的那一个中了的话，就没有胜负。如果没有猜中，那么当然，你的钱就归庄家所有了。此外，你也可以把别人放的骰子挪到你认为对的数字上，如果中了，那么那个人的赌资和庄家所付的钱，全部归你所有，反过来，如果是别人原来押的那个数字对的话，那么庄家要付的钱就必须由你来付了。

基本上就是这么一个玩法。赌客首先要去购买五元或者十元的骰子，不是用现金来押，而是用骰子来押。众所周知，中国是一个赌博很盛行的国家。每年都有不少新的不同的赌博方式被创造出来。不过，这其中的诗谜，是一种比较巧妙高明的游戏，倘若不赌钱，只是作为一种游戏来玩，那就没有比这更为高尚的了。如果没有相当的知识和学问，是设想不出来这样的游戏的，不过，赌客则不需要这么高明的学养。反正有那么多供你选的字，玩得久了，就全凭你的运气了。虽然这么说，如果完全只是凭运气，也就不好玩了。有时候，靠你的学养也能成为大赢家。

你要是到大世界、新世界这样的娱乐场去，都会有几十家这样的诗谜店铺。有一个约两米见方的桌子，正面坐着庄家，桌子的周边围坐着赌客。因为这里不允许直接赌钱，所以事先买好香烟，以此来代替骰子。不管你赢了多少，都不能直接兑换成钱，而是带许多香烟回去。就好像日本的用气枪射击目标的游戏一样，这样的玩法是不犯法的。而我说的诗谜俱乐部这样的地方，则采取一种赌资比较大的玩法。当时在上海，这样的诗谜俱乐部有三十来家。都是借了交通比较方便的比较显眼的房子，在二楼最里边的地方放着一张大桌子。在大门口只是挂着某某总会、某某俱乐部这样的门灯，外行人完全不知道这里面是干什么的。每家都会制作会员名录，根据规则，表面上只有会员才可以玩，实际上，当然任何人进去都是受欢迎的。中国人在这样的地方迎客，真可以用得上“欢迎”两个字。

“请坐，请坐。”

店里的人异口同声地劝诱客人入座。一落座，立即就会有茶房端了茶过来。一般是在傍晚四五点钟的时候开门营业，到了六七点钟的时候，所有的赌客都被移到另一个房间里，招待晚饭。饭菜都是附近著名的饭馆送来的，山珍海味摆满了桌子。酒也是任你喝。每一家都有五六个茶房侍候，其间，还不断地会用茶、香烟、热毛巾、零食点心、水果等来招待客人。既有一个晚上一掷数百金的人，也有只买了一角钱的骰子在那里玩乐的人。店老板这边，对任何客人都一视同仁，完全不会另眼相待。一样地款待你，请你吃饭。虽说诗谜俱乐部也是一种赌博馆，但到这里来的人，大半是有知识的阶层。目不识丁的贩夫走卒，自然不可能进来，倘若客人没有相当的教养，就难以理解这种游戏的乐趣。玩的人都必须绞尽脑汁来作出判断，要反复思考在这样的诗句中必须使用这个字，才可以选中这个字来下注。制作者更是脑子不一般，往往会给你挖一个坑。当然，这些诗都是从自古至今的所有既有诗作中选出来的，绝不是制作者自己滥造出来的。在缺字的旁边，都明确标注了该诗句的出处，偶尔会有表示怀疑或异议的人，制作公司的人立即就会把原本拿过来给你看，让你心服口服。都是极为光明正大的。聚在这里的客人，虽然出身多少也有高低之分，但基本上来自上流社会。既有政治家，也有实业家，大学教授也会来。还有官吏、银行职员、军人、商人、僧侣、大家庭的少爷、有钱的隐居者……几乎网罗了所有的阶层。因为都是这些阶层的人，所以现场的气氛非常上品而平和。我从没见过哪怕一次丑恶的争吵或口角。

我原本也不算特别喜欢赌输赢的人，但也并不觉得赌输赢是什么坏事。当然这并不是说敢于去做国法所禁止的事。比如说去做一些大米的期货或买一些赌马的彩票等，我觉得这是很体面的赌输赢的事，也可以说是一种赌博。只是一方面这些事的进行，都有一个完整的组织，另一方面作为国家，也要利用这样的做法，所以都是得到许可的。赌博心理是人的一种本能，每一个人都有。尝试一下的话，每一个人都会喜欢上的。有些人对此不懂，就颇为讨厌，这也很正常。只是，有的人，不管是赢还是输，情绪都会走向极端，自己在物质上还没有足够的钱财来赌输赢，结果输了以后就一个劲儿地后悔，这就没有资格来参与了。我觉得，那些在心理上已有足够修炼的人，就不妨来玩一下。那些在赌博上输了就会去上吊或投河的人，只是暴露了他们在人格上还不成熟，没有把赌博这件事看明白。从这点上来说，中国人在赌输赢这件事上，其心理训练是很充分的。输了也不会后悔不已，赢了也不会得意忘形。尤其是这次我到了中国之后，深深感到，虽然大小不同，但赌博几乎就宛如空气和食物一样，已经渗透到人们的生活中去了。人们自幼就对此耳濡目染。如果在赌博上输了就持刀自尽或上吊自杀的话，那么中国的人口在一瞬间内就会减少几分之一了吧。住在银行、公司、旅馆和别人家里的服务生、侍者、茶房、佣人等，往往会把一年里积攒下来的钱，都用来去购买春秋两季跑马大赛的马票。一张马票十元大洋，要是中了一等奖，就能获得二十五万大洋。二等也有十二三万。但是，这是在十万张马票中中的奖，中奖绝非易事。他们投入的钱即使全都输了，也不会后悔。他们只要打听到今年是哪里的什么人中了奖，就满足了。只要能确定，在这茫茫人世中，在哪里有一两个人中了大奖、行了大运，就表明这样的好运什么时候就有可能转到自己这边来。知道有人中奖，他们就很满足了。于是他们在下一年中又孜孜汲汲地努力干活，用积攒下来的钱再去买马票。即便五年十年，也不改变这样的想法。他们相信，好运什么时候总会降临到自己的身上。他们在空中描绘着自己的好运，期待着，憧憬着，然后岁数一年一年地大上去。这种坚毅的觉悟和恬淡的态度，与期望着找到真理而坚定地活下去的圣者的心境，也有相似之处。我正这么想的时候，我所认识的某个在西洋人开的酒店中当服务生的中国年轻人，在跑马大赛中中了十五万大洋。结果整个酒店都沸腾了。

“哎呀，你这次成了家产十五万的富豪啦！有了这么多钱不可能再做服务生了，接下来你准备作何打算呀？”

有人兴奋地问他。

“我除了做服务生之外，其他的买卖一窍不通，我并不打算辞职不干。”

那个人当时这样回答他。于是他就把十五万巨款存入银行，自己依然干着服务生的活儿。

于是我就问他：

“你不想把那些钱用光吗？”

“不，不想用光。”

他笑着回答说。

以下是在广州发生的事。在某家赌博馆里，有一个公认的漂亮的女儿。这个女儿与父亲相依为命。赌博馆的名字叫“葫芦口”。老板姓林，女儿叫青儿。当时的报纸对此有报道。后来林老板患病死了，留下女儿一个人。林老板是一个赌博场上的高手，女儿也继承了父亲的禀赋，是一个赌博界的天才。林老板留下了赌博馆这样相当可观的财产和一个漂亮的女儿，不用说，来向女儿求爱的人自然不少，但伶俐的青儿都没有同意。有一天，有一个陌生的年轻男子走进赌博馆，对青儿说：“我把父母留给我的所有财产作为赌注，跟你来赌一场吧。不过条件是，要是你赌输了，你就要跟我结婚。”说着，把银行的股份、地契等合在一起价值五万大洋以上的证券放在了桌子上。一开始还以为这个人脑子有病，其实很正常。不用说，青儿拒绝了他的要求，但毕竟是对方主动提出来的，最后还是叫来了公证人等，彼此说妥，坐在桌子边，开始了一场输赢的决斗。青年人虽然也很厉害，但毕竟不是青儿的对手。他被青儿彻底打败后，就悄然离开了现场，此后杳无音讯。此后又过了很长一段时日，一个当时在现场的人，在距离广州不远的佛山这个地方，见到了这名男子，他已经成了乞丐。这个故事确实有点像小说了，不过在中国的话，这样的故事也没有那么离奇突兀。

我在福昌和其他人的陪伴下，去看过两三家诗谜俱乐部，但就在一品香附近的长春总会是去的最多的。那家是我所见过的诗谜俱乐部中，客人的感觉最好的。客人的感觉最好，倒并不是说他们下注的金额很大，而是场内的气氛最为平和舒适。

不过，我的朱福昌是玩诗谜的高手。他要去的话，一般总是赢的。他决不下一些五角、一元的小注。他到了那里，首先是下五元十元，以看看情况。这些注中了的话，他就把赢得的钱全部投下去。连续赢了两三次以后，手头一下子就有了一百元左右的骰子。这时候他就会慎重一些，觉得没有充分把握时，就应付着押上一点钱，感到自己有把握时，就等着所有的人把钱都赌上去之后，他在最后，把大额的赌注押在自己觉得对的地方。此外，还把看来不是别人放在那里的骰子，都移到了自己这边来。他旁若无人地把这些骰子都拢到盆内，最后说了一句："来吧。"这样一来，场上的气氛就紧张起来了。庄家也是一脸严肃。他使出了浑身解数，唰地抽出了正确的答案，结果福昌中了。福昌把几百大洋装入怀里，得意洋洋地离开了。这时他洋洋自得地用大阪话对我说：

"其他人都不懂诗。我懂。这，不是赌输赢的问题，是知识学问的问题。"

有时玩得不顺手，五六次都没押中，他就会说：

"今晚不行呀。我们去青楼走走看看怎么样？"

就出了门立即回来了。

有天晚上我们一起去长春总会的时候，发生了一件很奇妙的事。客人中有一个和尚，手上戴着戒指，镶在上面的一颗钻石掉在了地板上。这位和尚是别的俱乐部的诗谜作者，自己一天的工作结束后，就到别的俱乐部来远征了。他会制作诗谜，显然是位颇有学问的人，且又懂得其中的奥秘，是一位真正的行家，因而在游戏中常常猜中。就这样，自从诗谜流行以来，据说这个和尚积累了相当的财富。他年龄在三十五六，长着一张圆圆的温和的脸，总是穿着旧旧的灰褐色棉布做的法衣，而手指上却有一颗大大的质地精良的灿灿发光的钻石。恰好这个时候，在场内聚集了四五十个人，气氛十分热烈，大家的心思都被输赢吸引去了，谁也没有注意到和尚的事儿。和尚一个人惊慌失措地把头钻到了别人的腿脚之间，拼命在桌子下面寻找，但还是没有发现宝贵的钻石。不一会儿，福昌注意到了和尚的行为，就叫茶房点支蜡烛过来，请客人们站起来，自己也帮着一一寻找。无奈东西太小，最后还是没有找到。也许被谁很快地捡走了。和尚急得哭了，眼睛里挂着泪水。这颗钻石毕竟价值几千大洋，他自然会伤心焦急。之后不久，我和朱从那家俱乐部出来，刚走到门口，朱就说，刚才那个和尚的脸神很可笑，说着捧腹大笑起来。

“一个做和尚的，却在玩博弈，又戴着一个钻戒，真是老天惩罚他呀。”

这么说着，他在街上如织的人群中，笑得前仰后合，好像在呕吐一般。集聚在附近的黄包车夫，全都惊愕地望着他。我则在一旁想：“难道在中国，和尚不可以做博弈的事吗？”朱走到了我的身边说：

“村松先生，今晚发生的事情，可以成为你小说的好素材了吧。”

他对我的所有心思，都了如指掌。

若是自己作为赌客去参与诗谜，倒也不坏，然而福昌的玩心越来越浓，自我感觉也越来越好了，最后终于自己制作诗谜，自己做起了庄家。在上海，任何人都可自己来做庄家。一般是三十枚为一组，按规定，庄家若赢了，就把赢得的按一定比率交给俱乐部。但这也是很难的。诗谜的答案毕竟是外行做的，在三十枚中，难免会被外行的玩客看破两三枚。这时玩客就会无所顾忌地把所有的资金集中投向一个字。这样的情形若有一两次，做庄家的人立即就会破产了。我劝他不要做，但朱并不汲取以前的教训，一意要做庄家。于是，在某天晚上他输得很惨。他把一开始所买的所有的骰子都拿出来，还是不够要支付的金额。这时候，福昌的脸色也有点苍白了。必须在现场结清所有的金额，不可有一分钱的拖欠。于是他就对我说：

“村松先生，请借给我三百元，我明天还你。”

他用我的钱结清了账目。从那以后，他就不怎么带我出来了。他自己近来是否有去呢？我就一个人到那里去勘察，果然他还是去了，有时候他自己并不赌，只是用手托着半边脸颊，呆呆地看着别人玩。

“输啦？”我对他说。

“没有，今天不玩。”他回答说。

我替他垫付的三百元，也一直没有还给我。